JN110277

借金令嬢とひきこもり竜王子

専属お世話係は危険がいっぱい!?

青田かずみ

23619

角川ビーンズ文庫

CONTENTS

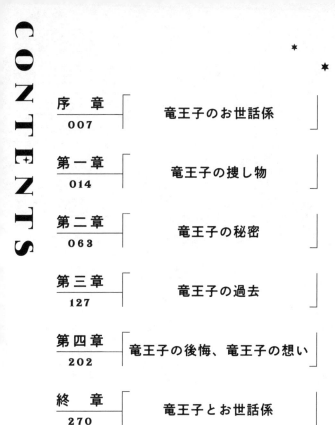

メルヴィン・
ドロテリア
ドロテリア王国の第二王子。
不健康な見た目のひきこもりで、
常に本を読んでいる。
とある事情により極度の人間不信
コルネ・
ゲードフェン
お人好しと有名な
ゲードフェン伯爵家の令嬢。
実家の借金返済のため、
王宮でメルヴィンの世話係に

エーリク・フレッカー

次期団長候補とも目される騎士。
フレッカー子爵家の当主でもあり
女性人気も高い

トラヴィス・ドロテリア

ドロテリア王国の第一王子。
非常に優秀な次期王位継承者。
弟を溺愛している

借金令嬢とひきこもり竜王子

専属お世話係は
危険がいっぱい!?

CHARACTERS

ドロテリア王国

領土の南側を海で囲まれた穏やかな国。

一人の男と、男に恋をした竜によって作られた国であり、王族には竜の血が流れているとされる。ここ数百年竜を見た者はおらず、今となっては創作か、伝承程度の存在

本文イラスト／ウラシマ

序章　竜王子のお世話係

　コルネの世話係としての仕事は、分厚いカーテンを開け放つことから始まる。

　南と東、二箇所《かしょ》にある窓のカーテンを開けるだけの非常に簡単な仕事だが、最も神経を使う作業でもある。理由は単純明快。目的の窓へとたどり着くまでに、床《ゆか》に建てられたいくつもの本の塔《とう》を越《こ》えていく必要があるからだ。

「おはようございます、メルヴィン様」

　部屋の主に声をかける。だが、毎度のごとく返事はない。かすかに響《ひび》いてくる紙のこすれる音を聞きつつ、コルネは部屋への一歩を踏《ふ》み出す。

　低いもので五冊、高いものだと二十冊近く本を重ねて作られた塔は、ほんの少しの衝撃《しょうげき》でも崩《くず》れてしまうほど不安定な状態でそびえ立っている。ときには塔の上を大股《おおまた》でまたぎ、ときには塔と塔の隙間《すきま》をぎりぎりすり抜《ぬ》ける。

　どうにか塔を崩さずに東側の窓へとたどり着いたコルネは、濃紺《のうこん》色のカーテンを勢いよく開ける。薄暗《うすぐら》かった室内に、力強い朝日の輝《かがや》きが届けられる。

「眩《まぶ》しい」

　不機嫌《ふきげん》そのものといった低い声が室内を揺《ゆ》らす。声の主は、南側の窓に背を向ける形で椅子《いす》に座っている。コルネが昨夜この場を辞したときからほとんど変化がなかった。唯一《ゆいいつ》変わった点があるとすれば、その手に持った本が別のものになっていることぐらいだろう。どうやらまた徹夜《てつや》をしたらしい。

コルネが働き始めて本日で五日。その五日間、毎日徹夜をしている。多少昼間に仮眠《かみん》を取っているのだろうが、それでも明らかに睡眠《すいみん》不足で、不健康極《きわ》まりない生活だった。

「おはようございます。もうとっくに太陽が昇《のぼ》っているんですから、ランプを消してカーテンを開けた方が明るくなりますよ」

やはり返答はない。代わりに紙をめくる音が幾分《いくぶん》大きくなる。閉めろ、という無言の圧力に気付いたコルネはため息を飲み干し、レースのカーテンだけもう一度閉め直した。

再度本の塔を慎重《しんちょう》に避《よ》けて南側の窓に向かう。カーテンと一緒《いっしょ》に窓も開け放った。湖面を滑《すべ》り抜けてきたさわやかな風が吹《ふ》き込み、夜の間にこもった空気を一掃《いっそう》してくれる。

「風で本のページがめくれる。鬱陶《うっとう》しい、邪魔《じゃま》だ。すぐに窓を閉めろ」

矢継《やつ》ぎ早に文句が放たれる。最初は鋭《するど》い声音《こわね》に萎縮《いしゅく》していたものの、五日間同じやりとりをしていればさすがに慣れてしまう。

「申し訳ございません。ですが、換気《かんき》は必要なものですから。十分ほどで閉めますので、少しだけご辛抱《しんぼう》いただけますか」

コルネはランプを消す。特有の鼻を突《つ》く臭《にお》いが発せられるが、先ほど開けた窓から入り込む風がすぐに吹き飛ばしてくれた。清々《すがすが》しい風はコルネの気分も上げてくれる。

「まずは顔を洗って、それから着替《きが》えをしましょう。すぐにお湯を用意しますね」

「うるさい。俺は今本を読んでいるんだ。必要ない」

「ですが、私はメルヴィン様の兄君、トラヴィス様から逐一《ちくいち》メルヴィン様の状況《じょうきょう》を報告するようにと厳命されております。メルヴィン様が着替えもしなかった、と報告したら、きっとトラヴィス様はとても心配して心を痛めると思いますよ」

沈黙《ちんもく》が部屋を包む。持論や嫌味《いやみ》を言うときは饒舌《じょうぜつ》になるのに、自分に都合が悪くなると口を固く閉じて無言を貫《つらぬ》く。それが彼、メルヴィン・ドロテリア第二王子の習性らしい。

（うーん、メルヴィン様は私の弟や妹よりも、もっとずっと手のかかる子どもだわ）

コルネは椅子の前に回り込み、部屋に入ったときから一切《いっさい》顔を上げずに本を読み続けている相手を見つめる。

メルヴィンは、豪勢《ごうせい》な装飾《そうしょく》はないものの一目で高価だとわかる椅子に座っている。床に向かってゆるやかな曲線を描《えが》く四つ脚《あし》、柔《やわ》らかな座面には光沢《こうたく》を放つ赤色の布が張られ、ゆったりと手を置ける肘掛《ひじか》けが備えられている。

鮮《あざ》やかな木目が美しいサイドテーブル、細やかな銀装飾が施《ほどこ》されたオイルランプ、艶《つや》やかで上品な手触《てざわ》りのカーテン、落ち着いた風合いの机。家具や調度品は最低限のものしかないが、そのすべてがコルネでは一生手に入れられないだろう高級品だ。

だが、いくら品の良い調度品が並ぼうとも、床に所せましと並べられた本の塔、そして何よりも部屋の主がすべて台無しにしてしまっている。

座面に左足を立てた行儀《ぎょうぎ》の悪い状態で座り、膝《ひざ》の部分に背表紙を置いて一心に本を読んでいる人物。白いシャツに黒のパンツを身に付けている。規則正しくページをめくる姿は物憂《ものう》げな様子で、覇気《はき》の欠片《かけら》も感じられなかった。

椅子は小さいわけではない。だが、華奢《きゃしゃ》な反面手足の長いメルヴィンにはいささか窮屈《きゅうくつ》そうに見える。常に背を丸めて座っているせいだろう、彼は歩くときも基本猫背《ねこぜ》だった。

王族特有の銀髪《ぎんぱつ》は腰《こし》の辺りまで無造作に伸《の》ばされており、前髪《まえがみ》は目にかかるほど長い。顔は小作りだが繊細《せんさい》で、高い鼻梁《びりょう》と薄《うす》い唇《くちびる》、涼《すず》しげな細い顎《あご》で形作られている。肌《はだ》は白くきめ細やかで、遠目からだと精巧《せいこう》な人形が椅子に座っているように見えた。

吹き込む風によって、艶やかな銀の髪《かみ》が揺れ動く。外で過ごす時間が多く、直射日光で焼かれてぱさぱさになったコルネの髪とは似ても似つかない。高価な銀糸のようだ。端麗《たんれい》な容姿が多い王族の中でも、恐《おそ》らくメルヴィンは一、二を争うほど綺麗《きれい》だろう。全体的に色素が薄く、触《ふ》れれば溶《と》けてしまいそうな儚《はかな》げな美貌《びぼう》を持っている。が、その美しさをかき消してしまうほど内面に問題があった。

(元はすごく端整《たんせい》なんだから、伸ばしっぱなしの髪を切って、服装を整えれば……。いえ、中身がやっぱり問題ね。トラヴィス様曰《いわ》く、あちこち複雑骨折しているらしいし)

弟は内面が複雑骨折している部分がたくさんあってね、と彼の兄のトラヴィスは清々しい笑顔《えがお》で語っていた。

「こちらの本はもう読み終えたものですよね。片付けてもよろしいでしょうか?」

サイドテーブルに置かれた本は読み終えたものなので、片付けても問題ない。ここ数日で学んだことだ。ちなみに床に建設された本の塔は、読んでいない本、もう一度読み返す本が積み上げられているため、片付けることはもちろん動かすことも禁止されている。

メルヴィンの瞳《ひとみ》がちらっとサイドテーブルを見やる。十冊ほど無造作に置かれた本を素《す》早《ばや》く一瞥《いちべつ》し、再び手元へと視線は戻《もど》っていく。

「好きにしろ。だが、どれも非常に価値のあるものだ。お前の給金一月分では到底弁償《とうていべんしょう》できないほどな」

「え⁉　私の給金一月分以上、ですか？　この本たちが？」

「当然だろう。もう手に入らない本、絶版になった本も多いんだ」

何気なく持ち上げた本の重みが増した気がする。元の位置にそっと戻してみる。今度からもっと注意して本を扱《あつか》おう、と内心で考えていたコルネへと、部屋に入ってから初めてメルヴィンの視線が向けられる。

「さらに借金を背負いたくなければ、扱いにはくれぐれも注意しろ」

もし傷一つでも付けたらすぐに解雇《かいこ》する、と低い声が酷薄《こくはく》そうな唇から吐《は》き出される。前髪の間からねめつけてくる瞳は猫《ねこ》科の動物を彷彿《ほうふつ》とさせる吊《つ》り目で、右の目尻《めじり》には泣きぼくろがある。

東の窓から差し込む太陽に照らされた顔は、白を通り越してもはや青い。体型は華奢を超《こ》えて痩《や》せ細っており、手足もかなり細い。非常に不健康そうで弱々しかった。

「上に置いたその二冊は王宮図書室から借りたものだ。返すついでに、次はこの紙に書かれている本を借りてこい」

ぽい、と二つ折りにされた紙がコルネに向かって放《ほう》り投げられる。慌《あわ》てて受け取ったコルネは、開いて中身を確認する。そこには読みやすい流麗《りゅうれい》な筆勢で、本の題名がいくつか記載《きさい》されていた。このやりとりもすでに日課になりつつある。

(山間地域における気候変動対策、道路 橋梁《きょうりょう》 建設の補修維持《いじ》管理、流域治水の変遷《へんせん》、利水技術の調査研究……うっ、相変わらず眺《なが》めているだけで、不思議と頭痛がしてくるわ)

メルヴィンが読む本は雑多だ。良く言えば幅広《はばひろ》い、悪く言えば統一性がない。一ページに字がみっちりと書かれた学術書を読んでいるかと思えば、ときには大衆向けの娯楽《ごらく》小説や画集、絵本のような内容にまで目を通している。ありとあらゆるものを幅広く、けれど決して浅くはなく、かなり踏み込んだ内容の本まで徹底《てってい》的に読んでいる。

興味の範囲《はんい》が広すぎる。とにかく多種多様な本、活字ならば何でも読むらしい。

(また司書の方に聞いてみよう。一人で探しても時間がかかるだけ、見つけられない可能性が高いし、それに遅《おそ》くなるとメルヴィン様に嫌味を言われるだけだもの)

コルネは投げ渡《わた》された紙をスカートのポケットに入れる。初日は自力で見つけ出そうとして、結局無駄《むだ》に時間と気力を削《けず》ることになった。

「この仕事が嫌《いや》になったのならば、好きに辞《や》めればいい」

初日から何度も耳にし、もはや聞き飽《あ》きてしまった言葉にコルネは表情を引き締《し》める。

そして、感情の色のない、無機的な瞳で見上げてくる相手へと真っ直《す》ぐに視線を返す。

「――辞めません。私はまだ、メルヴィン様の世話係を辞めるわけにはいきませんから」

「ああ、そうか。借金令嬢《れいじょう》のお前は金が必要なんだったな」

気怠《けだる》い雰囲気《ふんいき》の中にどこか色気がにじんだ視線は、再び本へと戻っていく。

「俺はお前がこのまま続けようがすぐに辞めようが、心底どうでもいい」

吐き出された声は冷たい。そこにはコルネへの関心など微塵《みじん》もない。

「……ひとまず朝食をお持ちしますね。あちらの机に置いておきますので、よければ召《め》し上がってください。できるだけ食べやすいものを用意しました。一口だけでもどうぞ」

沈黙が続く。それが意味する答えは一つだ。十中八九、朝食を食べることはないだろう。

「では、私は一度王宮の方へ行ってきます。本の貸借《たいしゃく》と昼食を準備してきますので。何か昼食のご要望はありますか？　メルヴィン様が食べたいものを用意してきますよ」

こちらにも予想通り返答はない。さすがのコルネも、ちょっとだけむっとしてしまった。

でも、すぐに首をぶんぶんと左右に振《ふ》って、沸《わ》き上がった怒《いか》りを頭から追い出す。

(この程度で怒《おこ》っている場合じゃないわ。弟と妹のために頑張《がんば》ってお金を稼《かせ》がないと)

わざわざ故郷から遠い王宮まで来て、気難しい相手の世話をしているのは他《ほか》でもない家族のためだ。可愛《かわい》い弟と妹の顔を思い出しながら部屋を後にしたコルネは、もはや何度目になるかわからない気合いの声を上げる。

「すべては借金返済と家族のために！」

第一章　竜王子の捜し物

ゲードフェン伯爵《はくしやく》家の娘《むすめ》、十六歳となるコルネにはとにかくお金が必要だ。人生で一番切羽詰《せっぱつ》まっている。過去、こんなにもお金を求めたことはない。

コルネの父にしてゲードフェン家の現当主は、とにもかくにもお人好《ひとよ》しで困っている人がいると手もお金も貸してしまう。いや、お金は貸すのではなく、もはやあげていると表現する方が正しいだろう。いつだって返済してもらうことなど欠片も考えていない。

大なり小なりお人好しの家系であるゲードフェン家にとって、常に台所事情が火の車なのも、貧乏《びんぼう》なのも借金だらけなのも、もはや標準装備だ。それでもどうにかこうにかこれまで生活してこられた。が、父のある言葉によって慎《つつ》ましやかな日々に危機が訪《おとず》れる。

「まずいぞ、コルネ。このままだと屋敷《やしき》と周辺の土地が抵当《ていとう》に入りそうだ。とうとう貧乏で借金まみれの田舎《いなか》伯爵に、家なしという文言が付け加えられそうだな」

ははははと原因の父はあっけらかんとした様子で笑っていた。良く言えばのんきで大らか、悪く言えば危機感のない能天気な父に、このときばかりはコルネもめまいを覚えた。

そして、緊急《きんきゅう》で行われた家族会議の結果、早急にお金を稼ぐことに決まった。

まだ幼い弟と妹のためにも、とにかく家なしになることだけは避《さ》けたい。そのためには一にも二にもお金が必要となる。しばらくお金は貸さず、いや、お金をあげることはせず、内職でも何でも構わないので働くように父には強く言い聞かせておいた。

そして、コルネは高い給金に釣《つ》られて、折良く募集《ぼしゅう》の手紙が来た王宮での仕事に諸手《もろて》を挙げて飛びついた。詳《くわ》しい仕事内容が一切《いっさい》書かれていないことなど気にせずに。


「そういうことで、君にはこの離宮《りきゅう》でひきこもり生活を続ける私の弟、メルヴィンの世話係として働いてもらうことになるね」

前触《まえぶ》れもなく告げられた内容に、コルネは「は？」と調子の外れた声を出してしまった。そういうことで、に繋《つな》がるような説明が一切行われていない。意味が全然わからない。

眉《まゆ》を寄せて困惑《こんわく》するコルネに対して、目の前にいる人物、トラヴィス・ドロテリアは悠《ゆう》然《ぜん》とした態度を崩《くず》さず先を続ける。

「コルネ嬢《じょう》は私の弟のことは知っているかな？」

「え？　ええと、はい。トラヴィス様の弟君、メルヴィン第二王子ですよね。確かメルヴィン様は生まれつき病弱で、王宮内で人前に出ず療養《りょうよう》中と聞いていますが」

メルヴィンの名前はコルネも知ってはいる。だが、その姿を見たことは一度もない。彼は幼い頃《ころ》から体が弱くて表に出ることはできない、と現国王が昔国民に向けて宣言したはずだ。年齢《ねんれい》はコルネよりも一つ上、十七歳だっただろうか。

「あ、それは建前でね、昔はともかく今は病弱とかではないから安心して。まあ、病弱ではないものの、色々問題点はあるんだけどね。その辺はおいおい説明するよ」

そんなのは些細《ささい》なことだと、トラヴィスは大量の情報を処理しきれていないコルネを置いて話を進めていく。

「基本的に勤務時間はこの離宮で働いてもらうことになる。手が空いているときは、申し訳ないが王宮での仕事も手伝ってもらうことになるかもしれないね。中は後から案内するけれど、一通りすべてのもの、客室や炊事場《すいじば》、浴室、あと書庫もある。空いている客室は自由に使ってもらって構わないよ。ここに泊《と》まってももちろん構わないけど、まあ、それだと問題があるか。後で宿舎にも連れて行くよ」

息つく暇《ひま》もなくどんどん与《あた》えられる情報に、目をぱちぱちさせてしばしの間放心してしまっていたが、慌てて「ちょ、ちょっと待ってください！」と声を上げる。

「ここで働くって、ええと、ここって一体どんな場所ですか？」

コルネが面接のために王宮に来たのが三十分ほど前。部屋に通され、何故《なぜ》かこの国の第一王子、トラヴィスと対面し、開口一番「合格」と言われてから二十分。わけもわからず王宮の裏手にある森の中に引きずり込まれてから十分。そして、現在に至る。

「だから、ここは私の弟が生活している場所だよ」

トラヴィスはにこりと笑《え》みを浮《う》かべ、首をわずかに傾《かたむ》ける。その動きに合わせて、一つにまとめられた銀色の髪《かみ》が流れるように揺《ゆ》れた。

ゆるやかに曲がる細い眉、切れ長の青い瞳《ひとみ》、鼻筋の通った顔立ちは一見すると冷淡《れいたん》な印象を与えるが、穏《おだ》やかな表情が温かみをもたらしている。白いシャツにベスト、その上に羽織った青の上着がとてもよく似合っている。文句の付けようのない完璧《かんぺき》な美丈夫《びじょうふ》だ。

だが、混乱真っ只中《ただなか》のコルネには、トラヴィスの美貌《びぼう》に見惚《みと》れている余裕《よゆう》などまったくない。情報過多で頭が爆発《ばくはつ》寸前だったコルネに救いの手を差し伸《の》べてくれたのは、この場にいるもう一人の人物、エーリクだった。

「トラヴィス様、もう少しゆっくりと概要《がいよう》をお伝えになった方がよろしいかと」

「遅かろうと早かろうと、伝える内容は変わらないさ。だったら、情報はできるだけ速《すみ》やかに、かつ端的《たんてき》に伝えた方が親切だろう？」

「みながみなあなたのように頭の回転が速いわけではありません。その程度のことわかっていらっしゃるでしょうに、メルヴィン様のことになると本当に浅慮《せんりょ》になられますね」

落ち着いた声音《こわね》は臆《おく》することなく的確な指摘《してき》をぶつける。トラヴィスが「そうかな？」と言うと、「そうですよ」とエーリク・フレッカーと名乗った騎士《きし》が答える。

エーリクはコルネが王宮に着いてから、面接の部屋まで案内してくれた人物だ。騎士の制服に身を包んだ体軀《たいく》は、一目でかなり鍛《きた》えられていることがわかる。年齢はトラヴィスと同じ、二十半ばぐらいだろう。短く切り揃《そろ》えた黒髪《くろかみ》、精悍《せいかん》な顔立ちに浮かぶ緑の瞳は目《め》尻《じり》がやや下がっており、穏やかで優《やさ》しい雰囲気をまとっている。

二人のやりとりを聞いている間に、若干《じゃっかん》混乱は収まってきた。コルネは深呼吸を一度してから、意を決してトラヴィスに話しかける。

「私は侍女《じじょ》の仕事をするために王宮に来ました。メルヴィン様の世話係、でしたでしょうか。そのようなお話は寝耳《ねみみ》に水です」

「あれ、私が君の家に出した手紙には、侍女の募集をしているなんて一言も書かなかったはずだよ。王宮での仕事を募集しているから働きに来ないか、って内容だったはずだ」

手紙の内容をよくよく思い出すと、「侍女の募集」という文言は確かになかった気がする。王宮での仕事、となれば侍女だと勝手に脳内変換《へんかん》してしまっていたらしい。

コルネは目の前にいるトラヴィス、そしてその背後に控《ひか》えるエーリク、最後に森の中に建つ離宮を見つめる。

白磁の壁《かべ》に淡《あわ》い水色の屋根が印象的な建物は一階建てで、横に伸びた長方形の形を成している。正面のちょうど真ん中に当たる場所に、三角の屋根を持つ玄関《げんかん》ポーチがあり、それを挟《はさ》む形で左右に窓が三つずつ並んでいる。

背後に広がるのは湖だ。太陽の光を浴びてまばゆいほどの煌《きら》めきを発している。大きさは王宮の中庭と同じくらいだろうか。底が見えるほど透明《とうめい》度が高い水は、空の青と共に木々の鮮《あざ》やかな緑もまたその身に映していた。

王宮から離《はな》れた森の中にある離宮。こんな不便な場所に第二王子が住んでいること自体、明らかにおかしい。

（……どうしよう。三食食事付きで宿舎も完備、って条件は最高だけど、いくつか腑《ふ》に落ちない点があるのが気に掛《か》かるわ。森の出入り口に騎士が二人見張りに立っていたこととか。あれは離宮の傍《そば》には人を置きたくない、ってことかしら）

迷うコルネの後押しをするように、トラヴィスはにっこりと満面の笑みを浮かべて言う。

「ちなみに給金は侍女の二倍、いや、三倍出すよ。どうかな？」

「さん、ばい……」

コルネの頭の中に、大切な弟と妹、ついでに父親の顔が浮かぶ。

「――わかりました。そのお仕事、喜んでお引き受けいたします」

近いうちに家がなくなるかもしれない不安定な極貧《ごくひん》生活。それを改善するためには、高給金の安定した仕事に就《つ》くことが第一だ。

（迷って後悔《こうかい》するよりも即《そく》行動、が我が家の家訓でもあるし、何事も挑戦《ちょうせん》あるのみよね）

そもそも今のコルネには、仕事内容をえり好みできる余裕はない。

「よかった、これで少しの間は大丈夫《だいじょうぶ》かな。いや、もう、本当に困っていてね。一応王子という立場上、それなりの身分のある人間じゃないと世話係は任せられないし、かといって身分があれば誰《だれ》でもいい、というわけにもいかない。一目見て君はあのゲードフェン伯《はく》爵《しゃく》家の人間、素直《すなお》な正直者だとわかったからね。できるだけ長く続けてくれると助かるよ」

断られることなど最初から想定していなかった、というようにトラヴィスはにこにこと笑っている。きっとあらかじめコルネの内情は調べ尽《つ》くされており、先立ってお金が必要なことも当然わかっていたはずだ。

それにしても、王都からかなり離れた田舎に住むコルネにまで声がかかるほど人材不足、という点も気に掛かる。引き受ける人間がいないのか、あるいはすぐに辞《や》めているのか。

「あの、世話係の仕事ってもしかしてすごく大変なんですか？　何か専門的な知識や技術が必要だったりするんでしょうか？」

「いやいや、そんなに難しい仕事じゃないよ。ざっと七年間ほど、あの離宮から一歩も出ない弟のために食事を運んでもらったり、部屋の掃除《そうじ》をしてもらったりするだけだ。基本的な仕事内容は侍女とそれほど変わらないんじゃないかな」

非の打ち所のない微笑《ほほえ》みを作るトラヴィスを一瞥《いちべつ》した。直感的に、目の前の相手が見た目通りの人間じゃないと察してしまう。口調は真摯《しんし》だが、どこか淡泊《たんぱく》な響《ひび》きがある。

「……参考までにお聞きしたいのですが、これまでの世話係の方々はどのくらいの期間従事されていたんでしょうか？」

恐《おそ》る恐る尋《たず》ねるコルネに対して、トラヴィスは淡い微笑みを口元に刻んだ。

「ここ数年だと、長くて三ヶ月ぐらいかな」

「長くて三ヶ月……。では、短くてどのくらいですか？」

「最短記録は三日だね」

は？　と素《す》っ頓狂《とんきょう》な声が出る。想像していたよりもさらに短い期間に、コルネの口はあんぐりと開いてしまう。

「大丈夫、大丈夫。心配しなくても私やエーリクもできる範囲《はんい》で手助けするよ。仕事の詳《しょう》細《さい》や注意事項《じこう》は後で説明するとして、まずは肝心《かんじん》のメルヴィンに紹介《しょうかい》しないとね」

こげ茶色の玄関扉《げんかんとびら》の前に立ったトラヴィスは、手の甲《こう》で三回ほど軽くノックする。

「メルヴィン、私だ。少し話がしたい、開けてくれないかな」

待つこと数十秒。反応は一切《いっさい》ない。物音もせず、人の気配もない。

その後何度ノックして声をかけても、一向に返答は戻《もど》ってこない。もしかして眠《ねむ》っているのか、あるいはどこかに出かけているのか。そんなことを考え始めていたコルネの耳に、

「仕方がないな」と呆《あき》れと愛情の混じったトラヴィスの呟《つぶや》きが届く。

「この間お前に頼《たの》まれていた歴史書の稀覯本《きこうぼん》、ようやく見つかったから持ってきたよ」

直後、がたっと扉の向こう側で物音が響く。そして、ゆっくりとした足音が聞こえてくる。

少しの間を置いて、固く閉《と》ざされていた扉が開かれた。

現れた人物を目にした瞬間《しゅんかん》、コルネは思わず「うわ」と声を出してしまった。

銀色の髪に長身、猫背《ねこぜ》、華奢《きゃしゃ》な体軀に飾《かざ》り気のないシャツとズボン、前髪《まえがみ》から覗《のぞ》く澄《す》んだ青い瞳。とても目鼻立ちの整った顔立ちをしている。だが。

(――ものすごく不健康そう)

とにかく顔色が青白い。良く言えば染《し》み一つない澄んだ肌《はだ》、と言えるのだろうが、もはや良く言うことは難しい。不健康極《きわ》まりない顔色、ひょろひょろで風に飛ばされそうな痩身《そうしん》、目の下にはうっすらとだが隈《くま》もある。

「やっと出てきたか。もう少し早く扉を開けてくれるといいんだけどね」

「申し訳ございません、トラヴィス兄上」

「また読書に夢中になって、自分の都合の良《い》いこと以外聞こえていなかったんだろう?」

かすかに頷《うなず》く姿は、猫背のせいで実際よりも大分小さく見える。

「兄上、先ほど話していた本は?」

「ああ、すまない。あれはお前を呼び出すための嘘《うそ》でね」

「……毎回毎回、そうやって嘘を吐《つ》いて呼び出すのはやめてくれませんか?」

「私も好きでやっているわけではない。最愛の弟を騙《だま》すのは心苦しいが、そうしないとお前が扉を開けてくれないから泣く泣く騙しているだけだろう。必要悪というやつだ」

朗《ほが》らかに笑う兄に対して、弟の顔には苦々しい表情が浮かんでいる。

「本は今度必ず持ってくるよ。今日はお前の新しい世話係を紹介しにきたんだ」

半開きの扉から外を見ている相手、メルヴィンの目がコルネへと向けられた。

「こちらが新しくお前の世話をしてくれるコルネ嬢《じょう》、ゲードフェン伯爵家のご息女だ」

右目に泣きぼくろが見える。メルヴィンの吊《つ》り目が観察するようにすがめられた。そこには警戒《けいかい》と共に敵意がにじんでいる。

「コルネ嬢、こちらが私の弟のメルヴィン。まあ、見ての通り、メルヴィンは離宮《りきゅう》にひきこもり中でね。見た目の不健康さは、病気からではなく年がら年中部屋にひきこもっているせいだから安心して欲しい」

「ゲードフェン伯爵家……ああ、あの田舎《いなか》の伯爵家か。確か、田舎伯爵とか、貧乏《びんぼう》借金伯爵とか、そんな風に言われている家だろう。そんな家の人間が俺の世話係になるのか」

「メルヴィン様、そのような言い方はよくないと思います」

「俺は事実を言っているだけだ、エーリク」

メルヴィンの言うとおり、ゲードフェン家は一応伯爵の爵位《しゃくい》を与《あた》えられており、この国、ドロテリア王国の土地の一端《いったん》を任されている領主でもある。とはいえ、その与えられた土地は王都からはかけ離れた場所、いわゆる田舎と称《しょう》される小さな村だ。

他《ほか》の貴族からは田舎伯爵と陰口《かげぐち》、否《いな》、表立って揶揄《やゆ》されている。貧乏で借金まみれの田舎伯爵、なんてとても素晴《すば》らしい呼ばれ方もしているぐらいだ。

「どうせそいつもこれまでの世話係と同じ、口では国のためにと言いながら、俺の世話係を通して王族や強勢な貴族連中に上手《うま》く取り入る算段を考えているだけだ」

吐き捨てるような物言いをするメルヴィンに、コルネは努めて笑顔《えがお》で話しかける。

「改めまして、コルネ・ゲードフェンと申します。私は一にも二にも給金のために、メルヴィン様の世話係として一生懸命《いっしょうけんめい》働かせていただきますので、どうぞこれからよろしくお願いいたします」

「……金の、ため？」

「はい。何せ私は借金令嬢と呼ばれていますので。最初に断っておきますが、王族や有力貴族との繫《つな》がりなどこれっぽっちも求めておりません。借金返済が第一です」

思いもよらない返答だったのだろう。ぽかんとしたメルヴィンの表情は、どこか幼さを感じさせるものだった。

「よし、これで丸く収まったね。あ、ちなみにメルヴィンの世話係をしていることは公言しても問題ないんだけど、メルヴィン個人については一切話さないように注意して欲しい。あくまでも病弱で表に出られない、って設定を守ってね」

設定、とコルネは口中で呟く。ひきこもっている理由は不明だが、第二王子が王族としての役目も果たさず離宮に閉じこもっている、というのは世間体《せけんてい》がよろしくないのだろう。

「それと、メルヴィンに害をなすことがあれば、たとえ伯爵家の人間であろうとも私は容《よう》赦《しゃ》しない。だから、くれぐれも注意して欲しい」

トラヴィスはさわやかに笑っている。だが、明らかにその目は笑っていなかった。

「そんなに過保護にしてもらわなくても、俺は大丈夫です」

「何を言っているんだ。兄が弟を可愛《かわい》がるのは当然だろう」

あ、やっぱり失敗したかも。目の前に吊るされたお金のために、早まった判断をしたかも。コルネの頭の中で様々な後悔の念が沸《わ》き上がってくるが、すぐに全部打ち消す。

(頑張《がんば》るって決めたんだから、文句を言わずにやり遂《と》げないと。とりあえず、まずは最短記録を乗り越《こ》えて、三ヶ月を目標に頑張ろう。いや、三ヶ月は厳しいかも……うん、一月頑張ってその後のことを考えよう、そうしよう)

前向きなようでいて、後ろ向きなことを考えつつ、コルネは自身を叱咤《しった》激励《げきれい》する。

そんなこんなで、コルネはメルヴィンの世話係として王宮で働くことになったのだった。

コルネがメルヴィンの世話係になって八日目。毎日が一進一退、否、一歩進んでは三歩近く後退しているような日々を送っている。

(ものすごく手間がかかる野菜を育てている気持ちで、なおかつ畑に出没《しゅつぼつ》する凶暴《きょうぼう》な野生動物と適度に距離《きょり》を置いて付き合う感覚でやれば、どうにかメルヴィン様の世話係を続けられるはず……だと思いたいわ)

吐き出しそうになってしまったため息は、ごくりと喉《のど》の奥に飲み込む。

(とにかく前向きに頑張っていかないと！　すべては借金返済と家族のために！)

コルネは「よし」と心の中で気合いを入れる。

「失礼します。メルヴィン様、ちょっとよろしいですか？」

ノックして部屋に入ると、椅子《いす》に左足を立てた状態で本を読んでいる相手が視界に入る。

コルネの問いかけに対する答えは無言、いや、紙をめくる音だった。

(うーん、ダメだわ。先に書庫の掃除《そうじ》をして、時間を置いてからもう一度声をかけよう)

メルヴィンは読書に集中すると、周りの声が一切聞こえなくなる。いや、もしかすると本当は聞こえているのかもしれないが、まったく反応をしてくれなくなる。集中しているときに邪魔《じゃま》をされたくないのだろう。

背後から向けられる静かな眼差《まなざ》しには気付かず、コルネは物音を立てないように注意しながら部屋を出た。白い壁《かべ》と無垢《むく》材の床《ゆか》で作られた廊下《ろうか》を進む。離宮の内部は外観同様余計な装飾《そうしょく》の類《たぐ》いはなく、質素だが落ち着きのある造りになっている。

書庫は離宮の北側に設けられている。数多く設置された本棚《ほんだな》には、どこもきっちりと大量の本が詰《つ》め込まれていた。膨大《ぼうだい》な本に対して圧迫感《あっぱくかん》が少ないのは、天井《てんじょう》が高く作られているからだろう。

書庫の扉と、日光が入らないように作られた北向きの窓を開けて風を通す。独特の紙とカビっぽさが混じり合った匂《にお》いが若干《じゃっかん》薄《うす》れる。コルネははたきを片手に、埃《ほこり》清掃を開始した。一気にすべて掃除するのは無理なので、今日は扉を入って右手側の一角と決めている。

本棚と本の隙間《すきま》にはたきをいれ、上部に溜《た》まった埃を払《はら》っていく。何気なく背表紙に目をやったコルネは、掃除をしている本棚に竜《りゅう》関連の書物が多数並べられていることに気が付いた。

「竜、かあ。竜、ねえ」

ついつい疑念の混じった声が出てしまう。

ここ、ドロテリア王国は領土の南側を海で囲まれた穏《おだ》やかな国で、主要な産業は漁業と貿易だ。過去には領地や資源を巡《めぐ》って隣国《りんごく》と戦争もあったが、現在は国王の統治の下《もと》、穏やかで平和な国政が行われている。

ドロテリア王国の建国には、竜が関《かか》わっていたと伝えられている。一人の男と、男に恋《こい》をした竜によって作られた国で、それゆえ一人と一匹《いっぴき》の子孫である王族には竜の血が流れているとされていた。

非常に高い知性と優《すぐ》れた身体能力を持つ竜は、遥《はる》か昔は王国のあちこちに広がる深い森や山脈に住んでいたと言われている。今なお竜が隠《かく》れ住んでいるんじゃないかと主張する人間がいる一方で、ここ数百年実際に見た者は一人もいない。結果、コルネ同様大半の国民が「昔いたのかな？　いや、創作？　空想？」程度の認識《にんしき》しかない状態だ。

孤独《こどく》な竜と優《やさ》しき王様、伝説の竜たちと魔法使《まほうつか》い、竜の住む王国物語、といった題名が続く。名称《めいしょう》でわかるとおり、並べられているのはどれも創作の類《たぐ》いだ。竜の生態などに関する書物が一切《いっさい》ないことも、存在を疑問視するのに一役買っている。

——はたして、この国に本当に竜は存在しているのだろうか。

「うん、考えても仕方がないことは、気にしないのが一番。どのみち竜がいようがいまいが、メルヴィン様が竜の血を引いていようがいまいが、私の仕事に変わりはないものね」

コルネは掃除に集中する。時折咳《せ》き込みつつ、埃を綺麗《きれい》にしていった。

「メルヴィン様、今少しだけ話しかけてもよろしいでしょうか？」

およそ一時間後、今日の分の書庫掃除を終えたコルネは、再びメルヴィンへと声をかける。今度は一拍《いっぱく》の間を置いて、「何だ？」と淡々《たんたん》とした返答が戻《もど》ってきた。

目線は本へと注がれているが、コルネの声を無視するほどには集中していないらしい。

ただし、ページをめくる速度は変わらない。

「昼食に食べたいものはありますか？」

「あまり食べる気がしない。そもそも満腹だと集中力が低下する」

「確かにそうですね。でも、私は空腹でも集中力が低下すると思います。腹八分目が一番ってことですね」

顔は本に向けたまま、胡乱《うろん》な視線がコルネを捉《とら》える。

「俺はそういう話をしているんじゃない」

「申し訳ございません。昼食の話でしたよね。メニューは何がよろしかったでしょうか？」

笑顔のコルネに対してメルヴィンの表情は冷ややかだ。ふんと短く鼻を鳴らす。

「どうせ一日二日食事を抜《ぬ》いた程度で体を壊《こわ》すことなどない。王族は竜の血を引いているがゆえ、普通《ふつう》の人間よりも体が丈夫《じょうぶ》で病気にもなりにくい」

「え？　でも、それはメルヴィン様以外の王族の場合、ですよね？」

反射的に吐《は》き出してしまった言葉に、

「何か言ったか？」

鋭《するど》い声が間髪《かんはつ》を容《い》れずに戻ってくる。一段下がった低い音調に慌《あわ》てて己《おのれ》の失言を取り繕《つくろ》う。

「いえ、まさか。何も言っていませんよ」

笑ってどうにかこうにか誤魔化《ごまか》す。コルネの下手くそな言い訳などもちろん相手は見抜《みぬ》いているのだろうが、面倒臭《めんどうくさ》いと思ったのか、あるいは反応する価値もないと思ったのか、それ以上厳しく追及《ついきゅう》されることはなかった。

「無駄《むだ》な会話はもう十分だ。早く王宮に行って本を借りてこい」

邪魔なコルネを追い払うためか、メルヴィンは手にしていた紙切れを投げてくる。床に落ちる前に空中で上手《うま》くつかみ取ることができた。

「はい。では、王宮に行って本を借りるついでに、何か昼食もご用意してきますね」

部屋を後にするコルネの背後で、かすかなため息の音が響《ひび》いたような気がした。


右手に昼食が入ったバスケット、左手にメルヴィンから頼《たの》まれた本を抱《かか》え、コルネは王宮の外に出た。離宮《りきゅう》のある森へは、鮮《あざ》やかな花々が美しく整えられた中庭を横切り、さらに青々とした樹木が立ち並ぶ裏庭を進んでいく必要がある。

「――コルネ嬢《じょう》」

裏庭に差しかかったところで、背後から名を呼ばれる。コルネが足を止めて振《ふ》り返ると、中庭の方角から近付いてくるトラヴィスの姿があった。

片足を下げて挨拶《あいさつ》をしようとしたところで、目の前に来たトラヴィスに止められる。

「ああ、いいよ、そういうのは。公的な場じゃないんだから、堅苦《かたくる》しいのは必要ない。これから離宮に戻るところ?」

「はい。メルヴィン様に頼まれた本と昼食を持って行くところです」

「荷物を増やしてしまって申し訳ないが、これも一緒《いっしょ》に持って行ってもらえるかな？」

トラヴィスに渡《わた》されたのは、一冊の分厚い本と紙の束だった。紙の束は本の半分ほどの厚さで、二百枚ほどの紙が茶色い紐《ひも》でまとめられている。何かの資料だろうか。

「この間話していた稀覯本《きこうぼん》、ようやく見付かってね。手に入れるのに随分《ずいぶん》と骨が折れたよ」

やれやれといった言葉や態度とは裏腹に、トラヴィスの目には温かな光が見て取れる。

トラヴィスは第一王位継承《けいしょう》権を持つ、次期国王候補だ。とても優秀《ゆうしゅう》な人物で、国民からはもちろん、貴族や高官からの信頼《しんらい》も厚く、王族の見本のような人物として好かれている。彼がいる限り、今後のドロテリア王国は安泰《あんたい》だ、と言われている。

実際話してみると、トラヴィスは王族らしい威厳《いげん》や気品は備えているものの、メルヴィンのような気難しい面は一切なくコルネに対しても友好的だった。ただし、一筋縄《ひとすじなわ》ではいかない癖《くせ》のある人物だということは、面接した日から嫌《いや》というほど理解している。

エーリクから聞いた話だと、トラヴィスは護衛も付けず一人でふらふらしていることが多いらしい。実際、今コルネと話しているときも護衛の姿は見当たらない。ただの品行方正な王子様、というわけでもないようだ。

「責任を持ってメルヴィン様にお渡しします。それにしてもこの本、随分と年季が入っていますね」

丁寧《ていねい》に保管されていたのか、破れや染《し》みなどは見当たらないが、表紙を見ただけでもかなりの経年劣化《れっか》を感じさせる。横から覗《のぞ》いてみると、ページも大分黄ばんでいる。

「大分古い本みたいだからね。我が国ではもう絶版になっている、ってメルヴィンが言っていたよ。歴史書なんだけど、内容が隣国に関する……」

よどみなく続いていたトラヴィスの言葉が、不自然に途切《とぎ》れる。不思議に思って問い返すよりも早く、

「おっと、これは余計な話だったかな。どこかの堅物《かたぶつ》が小言を抱えて捜《さが》しに来る前に、私は執務室《しつむ》に戻るとしよう」

どこかの堅物、というのは恐《おそ》らくエーリクのことだろう。肩《かた》を軽くすくめたトラヴィスは歩き出そうとして、しかしすぐさま何かに気が付いたかのように足を止める。そして、再びコルネに向き直った。

「危ない、忘れるところだった。申し訳ないが、明日は朝から王宮の方で侍女《じじょ》の仕事を手伝ってもらえるかな。どうも人手が足りないみたいでね」

「わかりました。もしかして王宮で働く侍女たちに、病気でも流行《はや》っているんですか？」

世話係になって八日、王宮の手伝いに駆《か》り出されたのはすでに四回にものぼる。

「単純に人数が足りないだけだよ。最近、ちょっと王宮内がゴタゴタしていてね。そのため暇《いとま》を取る者も増えているんだ」

「そうですか。ええと、明日は一日、メルヴィン様のお世話は必要ない、ということで大《だい》丈夫《じょうぶ》でしたか？」

「食事だけは運んでやってくれるかな。あとは自分でどうにかする、というか、恐らくず

っと読書しているだけだと思うから、一日ぐらい放って置いても平気だよ」

確かに普段《ふだん》のメルヴィンの様子から察するに、コルネが来なくても気にしなそうだ。

「色々頼んで申し訳ない。代わりと言っては何だが、君が少しでも過ごしやすいようにできる限り手を貸すつもりだよ。何かあれば遠慮《えんりょ》なく言って欲しい」

ありがとうございます、とコルネがお礼を言うと、トラヴィスはひらひらと手を振って王宮の方向へと戻っていく。常に猫背《ねこぜ》のメルヴィンとは対照的な背中が見えなくなってから、コルネは離宮へと戻った。


「戻るのが遅《おそ》くなってしまい申し訳ございません、メルヴィン様」

思いのほかトラヴィスと長く話してしまっていたらしい。コルネは部屋に入ると同時に謝罪したが、メルヴィンはまったく気にせず読書を続けている。

「本は借りられたのか？」

「はい。あ、途中《とちゅう》でトラヴィス様にお目にかかって、先日お話ししていた稀覯本を預かってきました。それからこちらの紙の束も」

コルネが最後まで言い終えるよりも早く、メルヴィンは空いている左手を突《つ》き出してきた。無言で伸《の》ばされた手の意図は、恐らく「稀覯本を渡せ」ということなのだろう。

早くしろとばかりに揺《ゆ》らされる手に、コルネは笑顔《えがお》で本、ではなくバスケットの中から取り出したロールパンを置いた。時間が経《た》ってしまったので心配だったが、紙に包まれたパンにはまだ温《ぬく》もりが残っている。これなら美味《おい》しく食べられるはずだ。

手渡《てわた》されたものを一瞥《いちべつ》したメルヴィンは、ようやくコルネへと顔を向ける。手入れなどしていないはずなのに艶《つや》やかな銀髪《ぎんぱつ》の間から、碧眼《へきがん》が鋭い眼光を浮《う》かべて睨《にら》んできた。

「誰《だれ》が昼食を渡せと言った。俺が欲しいのは兄上からの本だ」

「わかっています。でも、先に昼食をどうぞ」

「後でいい、面倒《めんどう》だ。読み終えたら食べる」

「読み終えたら食べるということは、食欲はあるということですよね？」

返事は戻って来ない。だが、食欲が一切《いっさい》ないときは「いらない、食べたくない」と拒否《きょひ》するので、多少はお腹《なか》が空《す》いていると考えられる。

食欲がないのならば無理に食べさせるつもりはなかったが、ほんのわずかでも食べる気があるのならば是《ぜ》が非でも食事をしてほしい。本に集中して一日、いや、二日近く急に食べなくなると非常に困る。料理もできる限り食べやすいものにしてきた。

「食べると約束していただければ、稀覯本も王宮図書室から借りてきた本もすべてメルヴィン様にお渡しします」

無言で睨まれる。眼光は鋭くかなり威圧感《いあつかん》があるが、何せメルヴィンは不健康だ。隈《くま》のある青白い顔ですごまれても、正直あまり怖《こわ》くなかった。

(怒《おこ》り出すか、無視するか……。怒ったら本を渡して、昼食は諦《あきら》めよう)

無視した場合は少し時間を置いてみよう。そう考えていたコルネの耳に、深いため息の音が届く。メルヴィンはいつも愛用しているしおりを挟《はさ》むと、本を足元に置いた。食事で汚《よご》したくなかったのだろう。そして、大儀《たいぎ》そうな様子ながらも昼食を食べ始める。

（やった、上手くいったわ！）

一歩確実に前へと進んだ。コルネは心の中で拳《こぶし》を握《にぎ》り、大きく片手を掲《かか》げる。もちろん実際にやることはしない。メルヴィンの機嫌《きげん》を損《そこ》ねる可能性のある行為《こうい》は厳禁だ。

さっさと食べて本を読もうと考えているのか、メルヴィンは黙々《もくもく》と食事を口に運ぶ。手づかみで無造作に食べる姿は、礼儀《れいぎ》作法の欠片《かけら》もない。だが、汚《きたな》らしく見えるどころか、逆にどこか上品に感じられる。生まれ持った美貌《びぼう》ゆえか、にじみ出る高貴さゆえか。

「そういえば、この離宮周辺の森には野生動物が何か生息しているんでしょうか？　森の中を何度も行き来しているんですが、猪《いのしし》の一匹《いっぴき》すら見かけないんですよね」

スープの入ったコップをサイドテーブルの上に置きながら話しかける。メルヴィンが本を読んでいないときは、できる限り話しかけるようにしていた。返事は期待していない。仲良くなりたい、というわけではないが、仲が悪いよりは良《い》い方が仕事もしやすいだろう。

もぐもぐと、咀嚼《そしゃく》音が響く。やはり返事はないかと、コルネがさらに口を開くよりも早く、ごくんと飲み込む音がした。

「この森自体には、野生の鹿《しか》や猪、狼《おおかみ》、ウサギなんかの生き物がいるにはいる。ただし、離宮《りきゅう》周辺には絶対に来ない」

意外にも返事が戻《もど》ってきた。スープを飲むメルヴィンに再度質問を投げかける。

「どうしてですか？」

「俺がいるからだ」

「メルヴィン様がいると、どうして来ないんですか？」

「……竜《りゅう》だからだ」

わずかな間を空けて、小さな声が放たれる。上手《うま》く聞き取れなくて首を傾《かし》げるコルネに、ふんと鼻を鳴らす音が突き刺《さ》さる。こんっと、コップがサイドテーブルに乱暴に置かれる。

「お前は馬鹿《ばか》が付くほどの正直者だから、動物には好かれやすそうだな」

「確かに昔から動物には好かれやすいですね。でも、正直者かどうかはまったく関係ないと思いますけど」

「関係ある。大馬鹿正直で裏がないから、動物も安心するんだろう」

いちいち言い方が嫌味《いやみ》っぽい。わざと相手を怒らせるような言い方をしている気すらしてくる。他人に嫌《きら》われたい願望でもあるのだろうか。

コルネは言い返そうとして、しかし、開いた口を閉じた。思えば馬鹿正直なのは真実だ。それに、馬鹿正直というのは悪いことでもない。嘘《うそ》を吐《つ》けず、表裏がない。加えて動物に好かれやすい。褒《ほ》め言葉かもしれない。

「ありがとうございます」

パンをもう一つ渡《わた》しながら礼を言うと、メルヴィンは眉根《まゆね》を寄せて異様なものを見る目を向けてきた。

「は？　どうしてここで礼の言葉が出るんだ？」

「褒めてもらっている気がしましたので」

「全然褒めてない。どこをどう取ったら褒めていることになるんだ？　馬鹿か？　ああ、そうか、馬鹿なんだった」

顔を歪《ゆが》めたメルヴィンはさらに嫌味を追加しようとしたようだが、出てきたのは「うっ！」という低い叫《さけ》び声だった。

「どうしたんですか？　何かありましたか？」

メルヴィンは手にしたパンをすごい形相で見つめている。心なしか持つ手が震《ふる》え、青白い顔はより一層色をなくし、額には冷や汗《あせ》すら浮かんでいる。

固まっているメルヴィンの視線をたどる。その瞳《ひとみ》はただ一点、パンに挟まれた緑色の野菜を凝視《ぎょうし》しているようだった。

「……ピーマン、ですか？」

コルネの声に、びくっと体が揺れる。

「もしかして、メルヴィン様はピーマンがお嫌い――」

「そんなわけないだろう。何でもない、気のせいだ」

「では、本日の夕食はピーマンをたくさん使った料理にしますね」

「やめろ！　絶対にやめろ！　俺にこの緑色の物体を見せるな」

まるで危険物を取り扱《あつか》うかのごとく、メルヴィンはピーマンの入ったパンをサイドテーブルの上に恐《おそ》る恐る置く。手元から離《はな》れると、安堵《あんど》の息が薄《うす》い唇《くちびる》からもれた。

「ピーマンの味がお嫌いなんですか？」

「色も、臭《にお》いも、味も、すべてが嫌いだ。存在自体が許せない。視界に入るだけでめまいがする。食べた日には、きっと俺は死ぬ」

いや、大げさだろう。食べて死ぬはずがない。しかし、メルヴィンの顔も声も本気だ。

「俺の食事には、今後絶対にこの緑色の物体は入れるな」

早く俺の目の前から消せと、メルヴィンは足元に置いていた本を拾うと、ページを開いてピーマンを視界から遮断《しゃだん》する。もう片方の手は鼻をつまんでいた。

そこまで嫌いなのかと驚《おどろ》く一方で、コルネの顔には自然と笑みが浮かぶ。

口をへの字に曲げたメルヴィンからは、常のひねくれた感じが消え、年相応の子どもっぽさがにじんでいる。良い意味で親しみやすさがある。

「メルヴィン様、私はこの仕事をできるだけ長く続けたいと思っています」

「……何だ、急に。金が必要だから働き続けたいんだろう、初日に聞いた」

「そうですね、給金のために続けたいというのが私の希望ではあります。でも、だからといって私がいることで、メルヴィン様を不快にさせるのは本意ではありません。メルヴィン様が快適に過ごせるように取り計らうのが、世話係としての本来の仕事ですよね」

メルヴィンが目の前に掲げた本を少しだけ下げ、窺《うかが》うように見上げてくる。表情に変化はないものの、若干《じゃっかん》驚いているような、奇妙《きみょう》なものを目にしたような雰囲気《ふんいき》があった。

「ですので、できるだけメルヴィン様が気持ちよく過ごせるように頑張《がんば》るつもりです。だから、文句や不満があればどんどん言ってください。できる範囲《はんい》内で改善しますから」

わがままや嫌味をぶつけられるのは正直大変だ。しかし、メルヴィンの世話係という仕事には、きっとそれに対応することも含《ふく》まれているのだろう。

それに、幼い弟たちの面倒を見て、父にあれこれ振《ふ》り回され、令嬢《れいじょう》らしからぬ様々な仕事を経験してきたコルネにしてみれば、多少気難しいぐらいならば受け流せる。普通《ふつう》のご令嬢ならば逃《に》げ出すようなことでも、普通じゃないコルネならば立ち向かえるはずだ。

（メルヴィン様と上手く折り合いを付けて、なおかつメルヴィン様が少しでも快適に生活していけるようにこれから頑張っていこう。私が仕事を続けることで、メルヴィン様が毎日不快な思いをするのはやっぱり間違《まちが》っていると思うもの）

トラヴィスはとりあえず身の回りの世話をするだけでいい、本人の主張や意見は適当に受け流して構わない、と働き始める際に言っていたが、コルネはそれは違うと思う。何よりも大切なのは、世話をされる側のメルヴィンの気持ちや考えだ。

「少し前」

「え？　何ですか？」

「俺に昼食について尋《たず》ねる少し前、一度声をかけただろう。何故《なぜ》すぐにやめたんだ？」

言われている内容を理解できず首を傾《かたむ》ける。考えること数秒、ようやく書庫の清掃《せいそう》をする前にメルヴィンに声をかけ、しかし返事がなかったのでやめたことを思い出した。

「あのときのメルヴィン様は読書に集中しているようでしたので、しつこく声をかけても邪魔《じゃま》になるだけだと思いました。急ぎの内容でもありませんでしたし」

「……お前は今までの世話係とは違うな。良くも悪くも、変わっている」

表面上は笑顔《えがお》で取り入ろうとして、けれどその裏では辟易《へきえき》した様子を見せる者。口うるさく自分の意見だけを言って、メルヴィンのことなど本当は何も考えていない者。王族という立場だけを重視し、笑顔と嘘で取り繕《つくろ》う世話係が大半だったらしい。

「確かに変わり者だってよく言われますね。ついでに伯爵《はくしゃく》令嬢らしくない、って言葉もその後によく続きますよ」

ふっと吐息《といき》がもれる。そこにはわずかに笑みの気配が含まれている気がしたが、再び本を読み始めたメルヴィンの顔に笑みは欠片も浮《う》かんでいなかった。

(世話係を続けていれば、いつかメルヴィン様が笑ってくれる日が来るかしら)

そんな日が来ることを願いつつ、まずは世話係の仕事をしっかりとまっとうしていこうと決意を固める。が、残念ながら、コルネが考える以上にメルヴィンの世話係の仕事は大変で、なおかつ面倒《めんどう》事や厄介《やっかい》事に巻き込まれる頻度《ひんど》が高いものだった。

世話係になって十日目。今日も一日仕事を頑張るぞ、と気合いを入れて離宮にやって来たコルネは、部屋に足を踏《ふ》み入れた瞬間《しゅんかん》ぱかっと大きく口を開けてしまった。

「え？　ええ？　何ですか、これ」

壁際《かべぎわ》に寄ってどうにか窓まで進み、急いでカーテンを開ける。光源がランプ一つしかなく、薄暗《うすぐら》かった室内の全容が明らかになる。だが、明るくなっても視界に飛び込んできた惨劇《さんげき》は変わらなかった。むしろひどさを痛感する。

「ど、泥棒《どろぼう》にでも入られたんですか？　え、室内で嵐《あらし》が起きたとか？」

慌《あわ》てふためくコルネの目に映ったのは、床《ゆか》にぶちまけられた本の数々だ。

それなりにまとめられていた本の塔《とう》は、跡形《あとかた》もなくぐちゃぐちゃに崩《くず》されてしまっていた。ある本は逆さまに、ある本は縦に、ある本はページの途中《とちゅう》で開かれたままうち捨てられている。とにかくひどい有様だった。

あまりの事態に混乱していたコルネだが、部屋の中央、ちょうど本の絨毯《じゅうたん》に取り囲まれるような形で座り込むメルヴィンの姿を見付け、すぐさま声をかける。

「メルヴィン様、大丈夫《だいじょうぶ》ですか⁉　何かあったんですか⁉　もしかして物盗《と》り、いえ、メルヴィン様の命を狙《ねら》う刺客《しかく》が現れたとか――」

「ない」

コルネの大声を遮《さえぎ》って、ぽつりと小さく、けれどよく響《ひび》く音色が室内を揺《ゆ》らす。

「……ない？　ないって、一体何がないんですか？」

遠目から見た感じでは、メルヴィンが怪我《けが》をしているような様子はない。そのことにほっと胸を撫《な》で下ろしつつ、とにかく足元の本を適当に重ねて端《はし》に寄せていく。

「ない、どこにもない。見付からない」

ぽつぽつと抑揚《よくよう》のない声音《こわね》がメルヴィンの口からこぼれ落ちていく。床に座り込む姿は非常に弱々しく、髪《かみ》の毛はいつにもましてぼさぼさになってしまっている。どこか遠くへと投げられた青い瞳は虚《うつ》ろで、コルネの存在を認識《にんしき》しているのかすらわからない。

コルネは一歩一歩、本を脇《わき》に寄せながら部屋の中央へと近付き、ようやく床に座っているメルヴィンの前にたどり着くことができた。

真正面から改めてメルヴィンの様子を観察する。怪我はしていない。顔色は青白く、隈《くま》も大分濃《こ》くなっているが、すぐに手当てが必要なほど具合が悪そうにも見えない。物盗りや刺客といった危険な事柄《ことがら》が起きたわけではなさそうだ。

そうすると、部屋をかき回したのはメルヴィンということになる。メルヴィンがここまで本を乱暴に扱うのは、空から本が降ってくるぐらいの異常事態だろう。

「メルヴィン様、私です、コルネです。わかりますか？」

肩《かた》に手を伸《の》ばして声をかける。メルヴィンの細い肩に触《ふ》れたと同時に、コルネの手は思いのほか強い力で叩《たた》き落とされた。当然、叩いたのはメルヴィンだ。

あまりにも激しい拒絶《きょぜつ》反応に、痛みよりも驚きの方が強かった。目を丸くするコルネの前で、はっとした様相でメルヴィンは瞬《またた》く。そして、ここにきてようやく自分以外の存在に気が付いた、とばかりに青い眼差《まなざ》しがコルネの姿を捉《とら》える。

「……お前、いつからそこに？　それに、今俺は」

虚ろだった瞳に光が戻《もど》ってくる。その目がコルネの右手、メルヴィンに叩かれて赤くなってしまった手の甲《こう》に向くよりも早く、コルネは自らの背中に右手を隠《かく》す。

「たった今こちらに来たばかりです。それで、メルヴィン様は何か捜《さが》し物ですか？」

「別に、何でもない。お前には関係ない」

「関係ありますよ。私はメルヴィン様の世話係です。お手伝いできることがあるのならば、遠慮《えんりょ》なく言ってください。じゃないと職務怠慢《たいまん》でトラヴィス様に怒《おこ》られてしまいますよ」

できるだけ軽い調子で言えば、きつく寄せられていたメルヴィンの眉《まゆ》がほんの少しだけ緩《ゆる》んでいく。それに合わせて、張り詰《つ》めていた周囲の空気も若干《じゃっかん》和《やわ》らいでいく。

「本当に変わっているな、お前は」

「馬鹿《ばか》正直者の借金令嬢ですからね、私は。普通じゃないんですよ」

「そうだな、普通の貴族令嬢とはほど遠いな。だが、普通じゃないのは俺も同じか」

メルヴィンは一度深く息を吐《つ》く。そして、気を取り直した様子で話し出した。その顔には落ち着きが戻っている。

「しおりを捜しているんだ。どこかで見かけなかったか？」

「しおり……あ、メルヴィン様がよく使われているあの黄ばんだしおりのことですか？」

「黄ばんだ……。まあ、確かにずっと使っているものだから、大分黄ばんでよれよれになってはいるが」

「申し訳ございません！　その、別に悪く言ったわけではなくてですね、ただ純粋《じゅんすい》に見た目の確認をしただけであって、だから、ええと」

あわあわと弁解する。明らかに失言だ。また毒舌《どくぜつ》が投げ付けられるんじゃないかと身構えるコルネの予想とは裏腹に、メルヴィンは淡泊《たんぱく》な口調で先を続ける。

「で、その黄ばんだしおりを見かけなかったか？　昨夜、お前が離宮《りきゅう》から宿舎へ戻る直前にはあったはずなんだが、それ以降どこを捜しても見付からない」

昨夜、宿舎に戻る直前の出来事を思い出してみる。昼間つい掃除《そうじ》に夢中になって返却《へんきゃく》を頼《たの》まれたことを忘れてしまい、メルヴィンに何か嫌味《いやみ》を言われる前にと、サイドテーブルに置かれた本や紙の束を一気に抱《かか》えて離宮を出た記憶《きおく》しかない。

「すみません、私には覚えがないですね」

そうか、と覇気《はき》のない一言が放たれる。今のメルヴィンには毒舌を放つ元気も余裕《よゆう》もないのだろう。細い体がさらに一回り小さくなった気がする。

「ですが、昨夜メルヴィン様が見たのでしたら、この部屋の中には必ずあるはずですよね。どこか家具の隙間《すきま》か、あるいは本の間に入り込んでしまったんじゃないでしょうか？」

「俺もそう考えた。結果がこれだ」

メルヴィンの視線が部屋の中、荒《あ》れに荒れた室内をぐるりと見渡《みわた》す。よくよく観察すると、床にばらまかれた本だけでなく、机や椅子《いす》、サイドテーブルといった家具の類《たぐ》いもかなり動かされた形跡《けいせき》があった。文字通り、部屋中をひっくり返したらしい。

かなり徹底的《てってい》に捜したようだ。それでも見付からなかった、ということか。

「もう一度この部屋を捜してみましょう。二人分の目があれば見付かるかもしれません」

「私は家具の下や後ろ、中を捜してみますので、メルヴィン様はもう一度本の中を捜してみてください」と続けてコルネは動き出す。最初はどこか驚《おどろ》いたような顔でコルネを見ていたメルヴィンも、再び周囲の本に手を伸ばして捜し始めた。

しおりは手の平に載《の》る大きさで長方形、厚紙で作られている。青い紐《ひも》が上部に結ばれているだけで、特に模様や飾《かざ》りはなく、長年使い込んでいることを示すように日焼けしてやや黄色くなっている。

メルヴィンからしおりの詳《くわ》しい見た目を聞いたコルネは、必死に部屋の中を捜索《そうさく》する。それなりの厚さはあるようだが、紙製なのでちょっとした風によって吹《ふ》き飛ばされ、どこかの隙間に入り込んでしまう可能性は高い。

端から端まで、二時間近くかけて丁寧《ていねい》に捜し回ったものの、結局しおりを発見することはできなかった。室内はもはやぐちゃぐちゃを通り越《こ》して混沌《こんとん》と化している。

こうなったらこの部屋ではなく別の部屋、離宮全体を捜してみようと意気込んでいたコルネの耳に、疲労《ひろう》と諦《あきら》めの混じった重い響きが届く。

「……もういい、十分だ。こんなに捜しても見付からないんだ。ここにはないんだろう」

「そうですね、この部屋にはなさそうですね。それじゃあ、次は隣室《りんしつ》と書庫を捜してみましょうか。あ、ゴミ箱の中も確認してこないと――」

室内の片付けは後回しだ。とにかくしおりを見付けることが第一、家具や本は後できちんと元の位置に戻しておこう。

さらに捜そうと動き出したコルネを止めたのは、再び床に無気力に座り込んでしまったメルヴィンだった。

「いや、もういい。捜しても無駄《むだ》だ」

「無駄って、そんな、まだ捜していない場所がたくさんあるんですよ」

「無意味なことはこれ以上したくない。もういいんだ。なくなったってことは、俺にはもう必要のないもの、手にしているべきものではないってことなんだろう」

だからもう捜す必要はない、と淡々《たんたん》とした声が続く。銀の髪に隠れて、コルネの位置からはメルヴィンの顔は見えない。だが、生気の抜《ぬ》け落ちた無表情を浮《う》かべていることが、何となく想像できる。

コルネは本を踏みつけないように注意しつつ、座り込むメルヴィンへと近付く。そして、目線を合わせるためしゃがみ込むと、俯《うつむ》くメルヴィンの顔を覗《のぞ》き込む。

「あのしおり、メルヴィン様にとって大切なものなんですよね？」

「え？　あ、ああ……大切、だな」

突然《とつぜん》近付いたコルネにぎょっと目を見開きながらも、メルヴィンはゆっくりと頷《うなず》く。

「それなら、諦めずに捜しましょう。まだ諦めるのは早いですよ」

「いや、だが、ありそうな場所はもう全部捜した——」

コルネは「いいえ」とメルヴィンの言葉を強く遮る。

「捜す場所はまだたくさんありますよ。可能性のありなしはひとまず置いておいて、とにかく捜せる場所は全部捜しましょう。気付かないうちに全然違《ちが》う場所に移動してしまったかもしれませんよね」

力説するコルネを目にして、メルヴィンは呆気《あっけ》に取られた顔をする。何で自分よりもコルネの方が必死になっているんだと、困惑《こんわく》の色がにじんだ瞳が語っている。

「だって、ここで簡単に諦めたら、メルヴィン様は絶対に後悔《こうかい》すると思います」

「……後悔」

「はい。たとえもし見付からなかったとしても、できることを全部やったのならば、後から思い出しても後悔することはないはずです。でも、中途半端《ちゅうとはんぱ》な状態で諦めてしまったら、あのときもっとああしていれば、こうしていればって思い出すたびに後悔してしまいます」

「結局のところ見付からなければ、何をしようがしまいが後悔するんじゃないか？」

「そうかもしれません。でも、どうせ後悔するなら、途中で諦めてやめてしまった後悔よりも、やれることは全部やりきった後悔の方がいいと思いませんか？」

メルヴィンは迷うようにゆっくりと左右に動かしていた瞳を閉じると、ため息とも深呼吸ともとれる吐息《といき》をもらした。

「持論をこれでもかと畳《たた》みかけた上に、説教まがいなことを言う世話係は初めてだな」

開かれたまぶたから現れた青い瞳がじろりと睨《にら》んでくる。端整《たんせい》な顔には冷ややかな表情が浮かび、緩んだはずの眉根《まゆね》が再度寄せられている。ものすごく不機嫌《ふきげん》そうだ。

「うっ、すみません。あの、でも、言い方はちょっと悪かったかもしれませんが、口にした内容は私の本心でして、その、説教では決してなくてですね、ええと」

ついついいつもの調子で思ったことを口にしてしまった。だが、相手は王子であり、コルネにとっては主人でもある。本来であればあれこれ意見していい相手ではない。説教なんてもってのほかだろう。

しどろもどろに謝るコルネを無視して、メルヴィンは緩慢《かんまん》な動きで床《ゆか》から立ち上がる。そして、ふらつく足取りで扉《とびら》に向かって歩き出した。おぼつかない歩みではあるが、足元にばらまかれた本の数々は上手に避《よ》けて進んでいくところがちぐはぐな印象を与《あた》える。

まずい、これは解雇《かいこ》されるかもしれない。

(家なしの伯爵家《はくしやく》……いやいや、さすがにそれは笑えないわ。爵位を剝奪《はくだつ》されそう)

コルネ個人にしてみれば、正直なところ爵位にそれほど執着《しゆうちやく》はない。なければないで構わないものの、ゲードフェン伯爵家の領地に住んでいる民《たみ》のことを考えると、簡単に爵位を手放すわけにはいかない。

どうにかして屋敷《やしき》と周辺の領地だけは死守しないと、と考え込むコルネの背中に、刃《やいば》のごとく鋭《するど》い一喝《いっかつ》が突《つ》き刺《さ》さってくる。

「おい、何をしているんだ。別の場所も捜すんだろう。グズグズするな」

驚いて振《ふ》り返ると、扉付近から尖《とが》った視線を投げてくるメルヴィンの姿がある。

「言っておくが、俺はもう体力がない。従って体を動かして捜《さが》す役目は全部お前がやるんだ。まあ、言い出しっぺがやるのは当然のことだな」

「え、あの、まだしおりを捜すんですか？」

「はあ？　お前が捜せる場所は全部捜すって言ったんだろうが」

メルヴィンの眼光に刺々《とげとげ》しさが増していく。目に見えて機嫌《きげん》が下降していく。このままだと不満と怒《いか》りが大爆発《だいばくはつ》して、毒舌《どくぜつ》の嵐《あらし》が吹き荒れそうだ。被害《ひがい》が甚大《じんだい》になる。

コルネは慌《あわ》てて立ち上がり、音が鳴りそうなほど激しく首を縦に何度も振った。

「捜します！　離宮全体をひっくり返して捜します！　頑張《がんば》って捜しましょう！」


それから五時間、ぶっ続けでしおりを捜した。

書庫はもちろん炊事場《すいじば》、普段《ふだん》は一切《いっさい》使っていない客室の隅々《すみずみ》まで捜し回った。もはや離宮は元の整った姿とはかけ離《はな》れた状態だ。

「うーん、ここまで捜して見付からないとは……。窓の外に飛ばされた可能性も考えて、離宮周辺の森まで捜してみたんですけどね。返却した王宮図書室の本にまぎれ込んだのかも、と思って確認《かくにん》してきましたが、そちらにもありませんでしたし」

コルネは両手を組んで首をひねる。

洗濯物《せんたくもの》やゴミに入り込んでしまった可能性も考えて捜したが見付からなかった。食事を運んでいるバスケットにもなかったし、厨房《ちゅうぼう》で働く料理人にもそれらしいものを見なかったか確認したものの首を横に振られてしまった。一応宿舎のコルネの部屋も引っかき回してみたが、発見することはできなかった。

「よし、もっと捜索範囲《そうさくはんい》を広げてみましょう！　暗くなる前に、私はもう一度離宮《りきゅう》周辺の森の中を捜索してきますね」

窓の外に見える太陽は西の方向へとすっかり移動してしまっている。吹き抜ける風も大分冷たくなってきていた。だが、日没《にちぼつ》までにはまだ時間が残されている。

(可能性は低そうだけど、私が行き来する頻度《ひんど》が高い王宮内部も捜した方がいいかしら)

気付かないうちにコルネの服にしおりがくっ付き、王宮に運んでしまった可能性も否定できない。そう考えると、離宮に行く際必ず通る中庭や裏庭も怪《あや》しい。

(中庭と裏庭は明日の朝、いえ、ランプを持っていけばある程度は捜せるはずだわ)

やるべきことは決まった。コルネが自らに活を入れて歩き出そうとすると、いつもの椅《い》子《す》に座ったメルヴィンが疲《つか》れきった様子で話しかけてくる。

「まだ諦めないのか？」

椅子の上で両膝《りょうひざ》を抱《かか》えるような形で座り込んだメルヴィンは、もはや一歩も動けないとばかりに背もたれにぐったりと寄りかかっている。常よりも乱れた銀髪《ぎんぱつ》に縁取《ふちど》られた顔は白く、目の下の隈《くま》は倍近く濃《こ》くなってしまった気がする。

この数時間、あれこれ動き回っていたのはコルネだ。メルヴィンは指示を出すだけで、力仕事の類《たぐ》いは一切やっていない。だが、明らかにメルヴィンの方が疲労度が高い。

メルヴィンは離宮から外に出ないため運動不足かつ体力がゼロ、しかも徹夜《てつや》ばかりしているので体調も悪く、加えて大事なものをなくしたせいで精神的にも不安定になっている。これ以上彼を動かすと具合を悪くして倒《たお》れてしまうかもしれない。

「もちろん諦《あきら》めませんよ。私はもう少し捜してみますから、メルヴィン様はこちらで休んでいてください」

「お前だって疲れたんじゃないのか？」

「ご心配ありがとうございます。でも、私は体力には自信がありますので、まだまだ動けますよ。あ、そうだ、紅茶とお茶菓子《がし》ぐらいならば炊事場ですぐに用意できますので、捜す前にこちらに持ってきますね」

ゲードフェン伯爵家ではお金に困るのは日常茶飯事《さはんじ》だ。そのため、屋敷の庭では畑を作って作物を育てているし、給金を得るためあちこちで仕事もしていた。領民の農作業も手伝っていたので、とにかく体力だけはどんな貴族令嬢《れいじょう》にも負けない自信がある。

「今日は私が徹夜をしてしおりを捜しますので、メルヴィン様はどうかゆっくり休んでください。メルヴィン様がいくら普通《ふつう》の人より体が丈夫《じょうぶ》で病気になりにくくても、それでもきちんとした睡眠《すいみん》は大事ですよ」

「……どうして、何故《なぜ》お前がそこまでして捜すんだ？　お前にとってはあんな汚《よご》れたしおり、どうでもいいもののはずだろう」

「何を言っているんですか。メルヴィン様にとって大切なものなんですから、私が捜すのは当たり前じゃないですか」

「世話係の仕事だから、か？」

「そうですね、それもあります。ですが、大切なものをなくして困っている人がいたら、相手が誰《だれ》であれ捜すのを手伝うのは当たり前ですよね」

コルネが当然のことだと訴《うった》えると、メルヴィンは息を呑《の》む。そして、摩訶不思議《まかふしぎ》なものを目《ま》の当たりにしたとばかりに、まじまじとコルネを観察してくる。その視線には出会った当初のときのような敵意はなく、ただ純粋《じゅんすい》な困惑と疑念、わずかな興味が宿っている。

ふうっと、薄い唇《うすくちびる》から吐息がもれる。瞬間《しゅんかん》、世話係を始めてからずっとギスギスとしていたメルヴィンの雰囲気《ふんいき》が、ほんのかすか穏《おだ》やかになった気がした。

「お前は馬鹿《ばか》みたいにお人好《ひとよ》しだな。色々疑っているこちらの方が馬鹿になってくる」

「えーと、そちらも褒《ほ》め言葉として受け取っておきますね」

「まったくもって褒めてはいない。むしろけなしている。お前の家がどうして借金まみれなのか、もはや理由を聞かなくてもよくわかったぐらいだ」

メルヴィンの口からはすらすらと毒舌が吐《は》き出されてくる。理由はわからないが、いつもの調子が戻《もど》ってきたらしい。

左足を座面に立てて座り直したメルヴィンは、こめかみに右手を当てて目を閉じる。

「落ち着いて考えろ。むやみやたらに捜しても非効率で体力を使うだけだ。もっと理論的に、きちんと筋道を立てて可能性の高い場所を導き出すべきだ、俺らしくもない」

自分に言い聞かせるかのごとく早口で呟《つぶや》いたメルヴィンは、閉じていた目をしっかりと見開いてコルネを見上げてくる。何度も視線が重なっているはずなのに、このとき初めてメルヴィンと本当の意味で目が合ったと、そうコルネには感じられた。

「紅茶を用意してくれ。少し頭に糖分がほしい」

「はい、すぐに用意してきますね」

コルネが用意した紅茶を「濃い、熱い」と文句を言いながらも飲み干し、お茶請《ちゃう》けで添《そ》えたチョコを一欠片《かけら》口にしたメルヴィンは、あごに触《ふ》れつつ首を右に傾《かたむ》ける。

「まず、離宮の中にしおりはない。これは明らかだ」

「そうですね、隅《すみ》から隅まで捜し回りましたからね」

「だとしたら、離宮の外、別の場所にあると考えるのが妥当《だとう》だ。一番可能性が高かった王宮図書室の本には挟《はさ》まっていなかった。昨夜返却《へんきゃく》させた本の題名は全部覚えている。そのすべてを確認したのだから間違《まちが》いない。そうだな？」

「はい。一ページずつちゃんと確かめましたので、絶対にないと言い切れますよ」

「では次、窓から離宮の外に飛んでいった可能性。これも即座《そくざ》に否定できる。何故ならば、お前が帰った後、俺は部屋の窓を一度も開けていない。この部屋に出入りは何度かしたが、外に通じるような窓や玄関扉《げんかんとびら》は一切開けることはしなかった」

「なるほど、なるほど。それならば外に飛ばされるようなことはありませんね」

メルヴィンの言葉にコルネはうんうんと頷《うなず》き返す。体力に自信はあるが、理詰《りづ》めで物事を考えるのはコルネの苦手分野だ。聞き役に徹《てっ》することにする。

同意を示すだけのコルネに半目になりつつも、メルヴィンは先を続ける。

「さらに次、お前の洋服にしおりがくっ付いていった可能性。こちらもほぼないと断言できる。あのしおりは紙製ではあるが、普通のしおりよりは大きく、厚さと重さもそれなりにある。小さな紙切れならばまだしも、知らずに洋服にくっ付くような代物《しろもの》ではない」

「それならばしおりはどうやって離宮の外へ出たんでしょうか？　この離宮から外に出るものといえば、私自身と、それから借りてきた本と食事の類いぐらいですよ」

メルヴィンにならってきちんと考えてみると、昨夜は夕食を「いらない」と言われてしまったためそもそも用意しなかった。なので、当然食事の類いの持ち出しはしていない。

沈黙《ちんもく》が広がる。残念ながらコルネはお手上げだ。もう何の考えも浮《う》かばない。

「外に出るもの、すなわち持ち出すもの……。昨夜ここから持ち出したもの——あ」

メルヴィンの手があごから離れる。傾いていた頭が元の位置に戻る。

「そうか、わかった。俺は何でこんな簡単で、なおかつ最も可能性の高い事柄《ことがら》を見逃《みのが》していたんだ。三日間の徹夜のせいか、いや、食事を抜《ぬ》いたことにより頭に糖分が足りなかったせいか。それとも新しい世話係によって環境《かんきょう》が変化したせいか、そうに違いない」

駆《か》け足であれこれ文句をまくし立てたメルヴィンは、きょとんとしたままのコルネにはっきりとした口調で告げる。

「今すぐに兄上のところに行ってこい」

メルヴィンの頭の中では正しい答えが導き出されたのだろう。だが、コルネの中では何一つとして答えは出ていない。

視線で意味がわからないと訴えると、メルヴィンは面倒《めんどう》だという態度を一切隠《いっさいかく》さず、仕方がないとばかりに口を開いた。


「これです、これ！　やった、ようやく発見できました！」

コルネは手にしたものを頭上に掲《かか》げ、人目もはばからず喜びの声を上げる。王宮の廊下《ろうか》を行き交《か》う使用人や侍女《じじょ》、貴族がちらちらと好奇《こうき》の視線を向けてくるものの、今のコルネにはそんなものは何一つとして意識に入ってこない。

ようやく目的のもの、メルヴィンのしおりを見つけ出すことができた。そのことだけでコルネの頭はいっぱいだ。嬉《うれ》しくて自然と顔がにやけてしまう。

「これをずっと捜《さが》していたんですか？　朝から今までずっと？」

「はい。ありがとうございます、エーリクさん。トラヴィス様が公務で外に出ているのでどうしようかと思っていたんですが、エーリクさんと偶然《ぐうぜん》会えて本当に良かったです」

お仕事で忙《いそが》しいところすみませんでしたと謝ると、エーリクは穏やかな表情を浮かべたまま首を横に動かす。

「構いませんよ。これ、メルヴィン様が普段《ふだん》から使われているしおりですね。ああ、昨夜返却したあの書類の束にまぎれ込んでしまっていたんですね」

コルネが数十分前、メルヴィンから言われたこと。それは「昨夜兄上に返すように頼《たの》んだ嘆願書《たんがんしょ》の束の中を捜してこい」という端的《たんてき》なものだった。その一言を聞いて、コルネはようやく昨夜自分が離宮から持ち出した紙の束の存在に思い至った。

しおりも紙の束も同じくサイドテーブルの上にあった。どんな経緯《いきさつ》で入り込んでしまったのかはわからないが、恐《おそ》らくコルネが紙の束をまとめる際、気付かずしおりも一緒《いっしょ》に挟み込んでしまったのだろう。

(うう、やっぱり私が原因よね。後でメルヴィン様にしっかり謝らないと。でも、とにかく無事に見付かって本当に良かったわ)

頭上に掲げていたしおりを引き戻す。青い紐《ひも》はよれ、厚紙はわずかに黄ばんで角が丸くなっているが、大きな汚れは見当たらない。大事に扱《あつか》われてきたことが一目でわかる。

(ん？　気のせいかしら。このしおり、中央に不自然な厚みがあるような……厚紙の中に何かが挟まっている？)

見ただけではわからない。触《さわ》ってみたからこそわかる。厚紙を二枚、重ねたように作られたしおりの中央部分が端《はし》よりも明らかに膨《ふく》らんでいる。

疑問に思ったものの、コルネは手にしたしおりをなくさないようスカートのポケットの中に仕舞《しま》い込む。メルヴィンが大事にしているしおりだ。余計な詮索《せんさく》はせず、持ち主の手に一刻も早く返すことが第一だろう。

「何かの資料だと思っていましたが、あの書類の束は嘆願書だったんですね」

「国民から送られてきた嘆願書をまとめ、その対応方法について記したものですね。あの方は活字中毒のような部分がありますから。ありとあらゆる文字を読みたい、と思っているのかもしれません。国政に関する他《ほか》の書類もよく読んでいますよ」

苦笑《くしょう》を浮かべるエーリクに、コルネも同じような笑《え》みを返す。わずか十日間だが、コルネもまた身をもって体験している。

「それでは、すみません、私は離宮《りきゅう》に戻りますね。メルヴィン様に見付かったしおりをお渡《わた》ししてきます。ありがとうございました」

離宮に向かって駆け戻ろうとした寸前で、エーリクに引き止められる。

「お待ちください。そちらの右手、手当てをしなくても大丈夫《だいじょうぶ》ですか？」

え？　とコルネは自らの右手に視線を向ける。そこでようやく右手の甲《こう》に赤い線、親指の第一関節ほどの長さのひっかき傷ができていることに気が付いた。

脳裏《のうり》にメルヴィンに手を振《ふ》り払《はら》われた際の出来事が蘇《よみがえ》る。恐らくあのとき爪《つめ》が当たって、軽く皮膚《ひふ》が切れてしまったのだろう。しおりを捜すのに夢中で全然気が付いていなかった。

「ああ、大丈夫です、手当てをしなくてもこのぐらいすぐに治りますよ。色々捜し回っている内にどこかにぶつけたんだと思います」

メルヴィンのせいではない。あれは急に触ろうとしたコルネが悪い。他人に触られるのを極端《きょくたん》に嫌《いや》がる人も存在している。考えが及《およ》ばず、無遠慮《ぶえんりょ》に触ろうとしてしまった。

エーリクの浮かべている笑みが若干《じゃっかん》薄くなる。

「メルヴィン様の世話係は大変ではありませんか？」

ごく自然な、世間話のような質問なのに、不思議とどこか重いものが宿っているように感じられた。だが、コルネはにっこりと笑顔で答える。

「もちろん大変ですよ。でも、お金を稼《かせ》ぐのに大変じゃないことなんてありませんよね」

虚《きょ》を衝《つ》かれたようにエーリクの目が丸くなる。

「それに、私実は気付いたことがあるんです。メルヴィン様って猫《ねこ》みたいですよね」

「は？　え？　猫、ですか？」

「はい、毛を逆立ててすごく警戒《けいかい》する猫にそっくりです！　メルヴィン様の場合は最上級の気難しい猫だと思います。仲良くなれるまでには適度な距離《きょり》と長い時間が必要ですね。私、頑張《がんば》って仲良くなってみます！」

エーリクはコルネの勢いに負けたかのように曖昧《あいまい》に頷く。そんなエーリクに「失礼します」と一礼し、今度こそ離宮に向かって走り出した。

常の半分以下の時間で離宮に到着《とうちゃく》し、コルネは走ってきた勢いのまま部屋に飛び込むと、驚《おどろ》いて目をむくメルヴィンにしおりを差し出した。

「……これ」

「メルヴィン様が予想したとおりの場所にありました。本当に申し訳ございません。多分私が誤ってあの紙の束にしおりを挟んでしまったんだと思います」

勢いよく頭を下げようとしたコルネの動きを止めたのは、メルヴィンの穏《おだ》やかな声だった。普段の刺々《とげとげ》しさは一切ない。

「いい、お前が謝ることじゃない。管理の甘かった俺も悪い」

手にしたしおりを見るメルヴィンの表情は、すごくほっとしているようでもあり、しかし、それ以上に辛《つら》そうにも見えた。

(嬉しくなさそう、ってわけでもないけれど、何だろう、悲しそうっていえばいいのか、苦しそうっていえばいいのか)

もしかしてどこかに汚《よご》れや破れがあったのかもしれない。問いかけようとしたコルネだったが、口を開く前に何かが眼前に放《ほう》り投げられてくる。慌《あわ》てて両手で受け取った。

ゆっくりと両手を開くと、銀色の小さな入れ物がある。

「以前兄上にもらった傷薬だ。捨てようと思っていたが、お前にやる」

どうして、と問いかけようとしたところで、メルヴィンの青い目がコルネの右手、甲にできたひっかき傷に向いていることに気付いた。自然とコルネの口角が上がっていく。

「ありがとうございます。使わせてもらいますね」

かなりわかりにくいが、それでもメルヴィンの気持ちは確かに伝わってきた。

「わ、わる……いや、あ、あり……な、何でもない」

メルヴィンは何か言いかけたものの、不自然に途中《とちゅう》で言葉を切ってしまう。口を何度かぱくぱくと動かした後、大きく頭を振ってしおりを胸ポケットに仕舞った。

「俺は寝室《しんしつ》で寝《ね》る。朝まで起こすな」

そして、勢いよく椅子《いす》から立ち上がった。が、直後、ぴたりとその動きが止まる。

「メルヴィン様？」

怪訝《けげん》に思ったコルネがメルヴィンに近付いて名前を呼ぶと、長身の体が不安定に傾《かたむ》く。

あっと思う間もなく、その体はコルネに向かって倒《たお》れかかってきた。

コルネは反射的にメルヴィンの体を支えようと手を伸《の》ばす。が、いくら痩身《そうしん》とはいえ人一人、しかも自分よりも一回りほど大きな男性の体だ。突然《とつぜん》倒れてきた相手を支えることは多少力があると自負しているコルネにも難しかった。

二人揃《そろ》って床《ゆか》に頽《くずお》れていく。メルヴィンを抱《だ》き抱《かか》えるような形で、コルネはその場に尻《しり》餅《もち》をついた。不幸中の幸いは、一にも二にもメルヴィンが見た目通り軽かったことだろう。おかげで衝撃《しょうげき》は少なくて済んだ。しかも、ちょうど本のない場所で助かった。

突然のことに驚いたコルネだったが、急いでメルヴィンの様子を確認《かくにん》する。

「メルヴィン様、大丈夫ですか!?　どこか具合が悪いんですか!?」

四肢《しし》からは力が抜《ぬ》け、ぐったりと倒れるメルヴィン。肩《かた》の辺りに寄りかかる顔をのぞき込む。まぶたは固く閉《と》ざされ、薄《うす》い唇《くちびる》からは寝息が——え、寝息？　とコルネは目を見開く。

「え？　ええ？　まさか、寝《ね》ている？　この状態で？」

すうすうと、規則正しい柔《やわ》らかな息が耳に届く。足は床に投げ出され、上半身はコルネに寄りかかった状態だ。倒れた原因は立ち上がった瞬間《しゅんかん》眠《ねむ》りに落ちたからなのだろう。

呆気《あっけ》に取られること数秒、コルネは自らの上に倒れ込むメルヴィンに言葉をかける。

「メルヴィン様、起きてください。メルヴィン様！」

大きめの声で呼びかけて肩を揺《ゆ》するものの、起きる気配はまったくなかった。背中を軽く叩《たた》いても反応はゼロだ。糸が切れた操《あやつ》り人形のごとく、ぴくりとも動かず眠っている。

（……ダメだ、起きる気配が全然ない。というか、よくこんな体勢で熟睡《じゅくすい》できるわね）

起こすことは諦《あきら》める。ため息を吐《は》き出し、コルネは間近にある顔を見つめた。

長いまつげときめの細かい肌《はだ》がすぐ傍《そば》にある。異性とこんなに近い距離、否《いな》、もはや触《ふ》れ合っている状態になったことなど一度もない。だが、コルネの中に恥《は》ずかしさやときめきはもちろんのこと、嫌悪感《けんおかん》も生まれない。

（メルヴィン様はすごく綺麗《きれい》なんだけど、とにかくこの不健康な感じが気になって、ドキドキする前に心配の方が先立ってしまうのよね。うわ、隈《くま》がひどい……）

睡眠《すいみん》不足、栄養不足、運動不足。健康になれる要素が何一つとしてない。不健康の塊《かたまり》のような相手だ。

（さっきのあの不自然な言葉。もしかして、悪かった、ありがとう、って言おうとしていたのかしら。でも、言いたくても言えなかった。もし私の考えているとおりだとしたら、メルヴィン様はものすごく不器用な人だわ）

寄りかかったメルヴィンの顔を眺《なが》めながら、コルネは小さく口元に笑みを浮《う》かべた。

「おやすみなさい、メルヴィン様。良《い》い夢を」

弟や妹にするように、そっと頭を撫《な》でる。柔らかな髪《かみ》から伝わる体温は、普段《ふだん》の冷ややかな言動とは反対にとても温かいものだった。

第二章　竜王子の秘密

何が何でも屋敷《やしき》を死守する、と目標を掲《かか》げてコルネがメルヴィンの世話係となって早三週間。最も難関な壁《かべ》にぶち当たっていた。

ここ二日間ほど、メルヴィンの調子が良くない。

いや、元々不健康の塊で常に調子は悪そうなのだが、より一層悪化している気がした。

「メルヴィン様、夕食はどうしますか？」

「……いらない」

椅子に左足を立てて座ったメルヴィンから、いつも以上に気怠《けだる》い、覇気《はき》のない返事が戻《もど》って来る。調子の悪さを示すかのごとく、ページをめくる速度もかなり遅《おそ》い。

昨日も夕食を食べなかった。今日は昼食を食べてはくれたものの、半分近く残していた。

食事をしていないせいか、顔色は青白いのを通り越《こ》してもはや色がない。紙のようだ。

しおりの一件以降、メルヴィンは幾分《いくぶん》落ち着いていた。毒舌《どくぜつ》も神経質も、わがままな言動も以前と変わってはいないが、刺々しい空気はかなり柔らかくなっていた。

(最近は毎食食べてくれて、徹夜《てつや》する回数も減って、ほんの少しだけ不健康から離《はな》れつつあった気がしたのに)

本人が「いらない」と宣言している以上、何を言っても無駄《むだ》なことはわかっている。

どうしようかと悩《なや》むコルネの耳に、鬱々《うつうつ》とした声が突《つ》き刺さる。

「……おい、紅茶をくれ」

「はい、わかりました。すぐに淹《い》れますね」

炊事場《すいじば》に移動したコルネは紅茶の準備を始める。お湯を沸《わ》かしながら、ポットにカップ、茶葉を用意する。手順を守りつつも、手早く紅茶を淹れた。

サイドテーブルの空いている場所に紅茶を置くと、メルヴィンはのろのろとした手つきでカップを持ち上げる。最初の頃《ころ》は「まずい」「ぬるい」「熱い」「薄い」「渋《しぶ》い」と散々文句を言われていたが、この頃ようやく文句を言わずに飲んでくれるようになった。

少しでも何か食べてくれれば、とお茶請《ちゃう》けでクッキーも準備したが、メルヴィンの手が伸びることはなかった。半分ほど飲んだところでカップを元の位置に戻すと、視線でサイドテーブルの上に置かれた本の山を指し示す。

「そこの本、王宮図書室に返してきてくれ。終わったら今日はもう戻って来なくていい」

メルヴィンは非常に億劫《おっくう》そうな様子で椅子から立ち上がる。

「明日は休みだ。絶対に離宮《りきゅう》には来るな」

言い返す間もなく、右に左にと揺れ動きながら本の塔《とう》を通り過ぎ、メルヴィンは廊下《ろうか》へと出て行く。すべてを拒絶《きょぜつ》する背中を、コルネは見送ることしかできなかった。

離宮から森の出入り口に向かって歩きながら、ついため息をもらしてしまう。メルヴィンが大人しいのは悪いことではない。毒舌をぶつけられることも、わがままを言われることもなく、驚くほど穏やかに一日が過ぎた。

(……でも、やっぱりメルヴィン様のあの毒舌とわがままがないと、逆に心配になるわ)

このままだとコルネの調子までおかしくなってしまいそうだ。

(トラヴィス様は本日王宮にいらっしゃるかしら。もしいなければ、そのときはエーリクさんに相談してみよう)

実の兄と、兄のような騎士《きし》。二人ならば何かしら助言をくれるだろう。やるべきことが決まると、重かったコルネの足取りも幾分軽くなる。

もうすぐ出入り口というところで、前方からちょうど会いに行こうと考えていた相手の声が聞こえてくる。

「もし警備中に少しでも異変を感じたら、すぐに教えてください」

「はい、エーリク様」

「それと、ここは日中ずっと日が当たる場所ですから、くれぐれも体調には気をつけてください。適宜《てきぎ》休憩《きゅうけい》を取り、水分補給も忘れないように」

わかりました、と明るく芯《しん》の通った声が二つ重なる。

森の出入り口には常に警備の騎士が二人立っている。日によって人は替《か》わるが、大体は騎士団に入ったばかりの若い騎士が立っていることが多く、コルネもすでに全員と顔見知りになっていた。

「明日はいつも通り自分が一人で警備をします。何かあった場合は団長、副団長に直接指示を仰《あお》ぐようにしてください」

エーリクの言葉に頷《うなず》く二人の若い騎士は、信頼《しんらい》と尊敬の眼差《まなざ》しを一心に注いでいる。それだけでエーリクが他《ほか》の騎士たちから慕《した》われていることが容易にわかった。

相手が王族だろうと、若い騎士だろうと、エーリクは同じように丁寧《ていねい》な口調と柔らかな態度を崩さず、いつも優《やさ》しく穏《おだ》やかな雰囲気《ふんいき》を放っている。騎士として仕事ができることもあり、貴族や高官はもちろんのこと、使用人たちからの評判も良い。

声をかけるよりも早く、エーリクがこちらに気が付く。二言三言、騎士たちに言葉をかけて離れると、まだ森の中にいたコルネに近付いてきた。

「こんにちは、コルネさん。王宮図書室に行くところですか?」

コルネの手にある本に視線を向け、エーリクが問いかけてくる。

「こんにちは。はい、お祭しの通り本を返却《へんきゃく》しに行くところです」

「申し訳ありません。自分はこれから離宮へ行くため、お手伝いをすることができず」

「見た目ほど重くないですし、それにこれは私の仕事ですから大丈夫《だいじょうぶ》ですよ。エーリクさんにはいつも気にかけてもらって、本当にすごく助かっています。ありがとうございます」

しおりの一件でぐちゃぐちゃになった離宮を片付ける際も、エーリクが手伝ってくれた。手早いエーリクのおかげで、一日で元の綺麗な離宮に戻すことができた。コルネ一人でやったら、恐《おそ》らく三日か四日ほどの時間を費《つい》やしただろう。

「どういたしまして。コルネ様はこれまで世話係を務めたご令嬢《れいじょう》の方々と比べて、心身共にとても健《すこ》やかで素《す》直《なお》なお方ですね」

目元をふわりと和《やわ》らげた相手と目が合う。ただ感じたことを言っただけ、そこに他意などないとわかっているのに、頰《ほお》が熱くなってしまった気がして急いで視線を逸《そ》らす。

「明日は休日でしたよね。どうぞゆっくりと休んでください。覚えていらっしゃるでしょうが、新月となりますので離宮には近付かないようお気を付けください」

「新月……そういえば規則にありましたね」

新月の日は休日で、かつ離宮には絶対に近付くな、という世話係の規則がある。様々な規則がある中でも最も謎《なぞ》の規則だ。初日にトラヴィスに詳細《しょうさい》を確認《かくにん》したものの、「とにかく守ってくれればいい」と笑顔《えがお》で流されてしまった。

「明日はメルヴィン様の様子をちょっと見に行くのもダメ、ってことですよね」

「トラヴィス様は規則には厳しいお方ですから、もし破れば解雇《かいこ》される可能性もあります。メルヴィン様のことならば心配いりませんよ。二、三日すればすぐに調子が戻ります」

まるでコルネの悩みを察したかのような言葉に、目をぱちくりとさせてしまう。

「繊細《せんさい》なお方で、感情の起伏《きふく》も大きいですから。あまり心配しすぎないでください。コルネさんに元気がないと、逆にメルヴィン様が気にしてしまいますよ」

メルヴィンのことを話すときのエーリクは、本当に優しい眼差しをしている。心から大切にしていることが伝わってくる。だからこそ、その言葉には説得力があった。

「わかりました、それじゃあ数日様子を見てみます。エーリクさんはこれからメルヴィン様のところに行くんですよね？　エーリクさんが顔を見せたら喜ぶと思います」

「フレッカー子爵《ししゃく》家は代々王族の乳母《うば》を務める名誉《めいよ》を与《あた》えていただくことが多く、母もまたトラヴィス様とメルヴィン様の乳母を務めておりました。恐れ多いことですが幼い頃はお二人と兄弟のように過ごさせていただきましたので、メルヴィン様は自分のことを信頼してくださっているのだと思います」

乳兄弟《ちきょうだい》という関係を考えれば、三人の仲が非常に良《い》いのも頷ける。主従を超《こ》えて、きっともう家族のような関係なのだろう。

エーリクがフレッカー子爵家という貴族出身であることは、王宮での仕事を手伝っているとき侍女《じじょ》たちが話しているのを耳にして知った。両親共にもう亡《な》くなっておりエーリクが現当主であること、次期団長候補の呼び声が高いことなど、侍女たちは黄色い声で話していた。エーリクの人柄《ひとがら》を考えれば女性人気が高いのも当然だろう。

「メルヴィン様は恥《は》ずかしがり屋で天の邪鬼《じゃく》な一面もある方ですので、なかなか本心を表に出すことをいたしません。ですが、公言しているほど人嫌《ぎら》いでも他人を信用なさらない方でもありませんよ。向き合っていく内にあの方の内面がきっとわかるようになります」

エーリクの声も眼差しも、本当の弟に対するもののように愛情深い。トラヴィスと同じ、否、それ以上にメルヴィンのことを大切に想《おも》っているのだろう。

「コルネさんが長く世話係を続けてくだされば、自分も安心できます。何か困り事がありましたら、遠慮《えんりょ》せず声をかけてください」

「ありがとうございます。一日でも長く世話係の仕事を続けられるように頑張《がんば》りますね。あ、引き止めてしまってすみません。メルヴィン様のこと、お願いします」

「はい。では、自分はこちらで失礼します」

コルネに向かって礼儀《れいぎ》正《ただ》しく頭を下げてから、エーリクは離宮へと足早に去って行く。

(エーリクさんが会いに行けば、メルヴィン様もちょっとは元気になるはず。よし、私はこの本を図書室に返却して、それから家族に手紙でも書こうかな)

エーリクと話したおかげで、コルネの中にあった重い気分はすっかり消えていた。

(それはそうと明日は休日、か。特に予定もないけど、うーん、どうしようかしら)

コルネは足取り軽く王宮に向かって歩きながら、明日の予定について考え始めた。

翌日、コルネは厨房《ちゅうぼう》に足を運んでいた。

「料理長、メルヴィン様の昼食をお願いしてもいいですか？」

「お、コルネじゃないか。あれ？　今日は休みだって言ってなかったか？」

「いえ、その、あまりにもやることがなくて暇《ひま》で……。森の出入り口まで食事を運ぶ手伝いを申し出たんですよ」

あれから休日に何をしようかと色々考えたものの、結局家族に手紙を書くこと以外何も思いつかなかった。

(故郷にいるときなら、畑仕事をするとか、領民の作業を手伝うとか、やりたいことはいっぱいあるわ。でも、ここだと畑もないし知り合いもいないし、かといって慣れない街中に出かけるのもあまり気が進まないのよね)

いいか、都会には色んな人間がいるんだ。変な人に騙《だま》されるんじゃないぞ、と故郷を出るとき父に何度も言われた。正直、そっくりそのまま言った張本人に投げ返したい。

「せっかくの休日、ゆっくり休めばいいのに。本当にお前さんは変わった伯爵令嬢《はくしゃくれいじょう》だな」

料理長はからからと明るい笑い声を出す。メルヴィンへと出す料理をあれこれ相談している内に、料理長とはすっかり仲良くなってしまった。

「それで、昼食は何にするんだい？　ここ数日、また食欲が減っているんだろう？」

「朝食は召《め》し上がらなかったようです。昼食も手を付けないかもしれませんが、メルヴィン様の気が向いたときに食べられるように準備しておきたいんですよね」

凝《こ》ったものではなく、手軽に食べられるものがいいだろう。

「定番のサンドイッチにしましょうか。具は卵、鶏《とり》むね肉とレタス、ポテトサラダで」

「了解《りょうかい》。それならすぐに作れるな。ちょっと待っていてくれ」

「もしよければ、今日は時間があるので私にもお手伝いさせてください」

料理長は「本当に変わっているなあ」と笑いながら頷いてくれた。


サンドイッチとスープをバスケットに詰《つ》め、コルネは森の出入り口に向かう。だが、そこには目的の人物の姿がなかった。

「あれ？　エーリクさんがいない」

いつも必ず騎士《きし》がいる場所はもぬけの殻《から》、周囲を見渡《みわた》しても人の気配はない。しんと静まり返っている。

エーリクは少し席を外しているだけかもしれない。もう少しここで待っていようと考えていたコルネの耳に、小さな足音が聞こえてくる。

(子どもの足音……森の中から？)

慌《あわ》てて視線を森へと向ける。木々の間にかすかに見えたのは、間違《まちが》いなく子どもの足だった。しかし、すぐさま見えなくなってしまう。

森はかなり広く、最初に説明されたとき切り立った崖《がけ》や深い川もあると聞いた。離宮《りきゅう》に続く道を逸れれば迷子になり、最悪命を落とす危険性もある。悩《なや》んだのは一瞬《いっしゅん》、コルネはバスケットを足元に置くと、急いで森の中へと走り出す。幸運なことに道を大きく外れることがなかったため、早々に追いつくことができた。

五歳ほどの貴族の子は、親と一緒《いっしょ》に王宮に来たがあまりにも暇で、中庭や裏庭をうろうろと歩き回っていたらしい。本来ならば警備の騎士がいる場所に誰《だれ》もいなかったため、好《こう》奇《き》心《しん》に駆《か》られ森の中に入ってしまったようだった。

すぐに貴族の子を森の出入り口まで連れて行く。そこにはまだ誰の姿もない。

「私が飛ばされた帽子《ぼうし》をちゃんと捜《さが》してくるから、あなたはここで待っていてもらえる？　危ないからもう森の中に入っちゃダメだよ」

素直に頷《うなず》く子どもを残し、コルネは再び森の中へと戻《もど》る。

（水色の帽子ね。そんなに遠くまで飛ばされていないといいんだけど）

森の中を走っている最中、突風《とっぷう》で帽子が飛ばされてしまった。捜して欲しいと訴《うった》える子どもに、コルネは自分が見付けてくるからと約束し、先ほど来た道をもう一度進んでいく。

「あ！　あった、あれね！」

ほどなく帽子は見付かった。離宮まであと少し、という位置にある木の枝に引っかかっている。高さは二メートルほど、太めの幹にはあちこち枝があり、手や足をかけやすそうだ。コルネは迷うことなく木に近付き、登り始める。

「よし、取れた！」

帽子を片手に、注意しながら木を下り始める。最後は飛び降りる形で地面に降り立ったコルネは、動き出そうとした足を止めてしまった。

コルネは幹に顔を向けた状態で立っている。その背後から——聞き慣れない音が聞こえてくる。

荒《あら》い呼吸音に混じる低い唸《うな》り声。すぐ真後ろで、明らかに何かの気配がする。かすかに獣臭《けものしゅう》みたいな臭《にお》いが鼻に届く。本能的に危険を感じ取ったのか、コルネの体は意思とは無関係にぴしりと固まってしまう。

(……この音、どこかで似たものを聞いたことがある気がするわ)

冷や汗《あせ》が頰《ほお》と背中を流れ落ちていく。振《ふ》り返って確認《かくにん》したい。だが、確認するのが怖《こわ》い。帽子を持つ手は小刻みに震《ふる》えていた。

(そうだ、思い出した！　図《はか》らずも近距離《きんきょり》で野生の熊《くま》と出会ってしまったときに、これと似た音と気配を感じたわ)

あのときはお互《たが》いに睨《にら》み合うこと数秒、熊が踵《きびす》を返して離《はな》れていったため助かった。しかし、現在コルネの背後から響《ひび》く声は、一向に立ち去ってくれる様子がなかった。

このまま固まっていても仕方がない。コルネは覚悟《かくご》を決めて振り返った。

「――え？」

てっきり熊がいると思っていたのだが、目に飛び込んできたのは想像を超えるものだった。驚《おどろ》きと恐怖《きょうふ》で、叫《さけ》び声すら出てこない。

瞳孔《どうこう》の開ききった青い瞳《ひとみ》が一番に視界に入ってくる。手の平ほどもある大きな鱗《うろこ》は銀色の煌《きら》めきを発し、全身をびっしりと包み込んでいる。木漏《こも》れ日を浴びて光る鱗は、触《さわ》らずともかなりの強度があることが容易にわかり、堅固《けんご》な鎧《よろい》のように見えた。

開いた口からは唸り声が絶えず吐《は》き出され、鋭《するど》い牙《きば》が覗《のぞ》いている。四つ足に備えられているのは尖《とが》った爪《つめ》だ。翼《つばさ》を広げれば大きさは五メートルを超《こ》えるかもしれない。

「これ、まさか、そんな……竜《りゅう》？」

宝石のような瞳、銀色の体軀《たいく》、巨大《きょだい》な翼。絵本の挿絵《さしえ》に描《か》かれた竜が、現実に飛び出してきたかのごとくコルネの目の前にそびえ立っている。

二メートルほどの距離を空けた位置にある青い瞳が、ゆっくりと細められる。向けられているのは明らかな敵意だ。縄張《なわば》りを侵《おか》された野生動物が見せる警戒《けいかい》と威嚇《いかく》、そしてその裏に隠《かく》された怯《おび》えの色も感じられる。

（……そっか。竜って本当にいたのね）

あまりにも恐怖と驚愕《きょうがく》が大きすぎて、逆に頭の中が空っぽになってしまったようだ。徐々《じょじょ》に距離を詰めてくる相手を、ぼんやりと眺《なが》めていることしかできない。

（もし私がここで竜の食材になった場合、業務中の事故ってことで家族にお金が払《はら》われるのかしら？　いえ、単なる不幸な事故扱《あつか》い？）

どうでもいいことをぼんやりと考えてしまう。一歩、また一歩、竜が近付いてくる。巨《きょ》体《たい》が進むたびに足元から振動《しんどう》が伝わってくる。耳に届く唸り声が段々と大きくなっていく。目を閉じたいけれど、直立の形で硬直《こうちょく》した体はまぶたを閉じる動きさえ許してくれない。

コルネまであと一メートル。口が大きく縦に開かれる。びっしりと生えた鋭い牙が嫌《いや》でも視界に入ってくる。嚙《か》まれたら間違いなく真っ二つに引き千切られてしまうだろう。唸り声と共に生温かい息が吹《ふ》きかけられる。

あと五十センチほど。もはやいつ嚙み付かれてもおかしくない。激痛に身構えるコルネだったが、不意に竜の動きが止まる。突然《とつぜん》青い瞳と口をきつく閉じると、苦しそうに頭を左右に動かす。そして、一歩、二歩と、背後に下がっていく。唸り声の代わりに、ぎりぎりと歯を嚙みしめる低い音が響き渡《わた》る。

まるで何かと葛藤《かっとう》しているかのようだ。見えない何か、いや、自分自身の内側にあるものと闘《たたか》っている気がした。わずかに開いた口からぐぐっと、苦痛の声が吐き出される。

何が起きているのかわからないが、逃《に》げるなら今しかない。コルネがそっと足を横に移動させようとした瞬間《しゅんかん》、すぐ目の前から突風が吹き付けてきて、反射的に両手をかざして顔を庇《かば》う。直後、ぽんっというどこか場違《ばちが》いな音が響くと同時に、突如《とつじょ》発生したつむじ風も瞬《また》く間に消えていく。

コルネは恐《おそ》る恐る顔の前にかざした両手を下ろす。すると、先ほどまで目の前にいた巨体はかき消え、代わりにコルネの足元にいたのは――。

「……巨大なトカゲ？」

反射的にぽろりと落ちたコルネの言葉に、足元で仁王立《におうだ》ちした物体の体がぴくりと揺《ゆ》れる。短い尻尾《しっぽ》が苛立《いらだ》ちを示すかのごとく乱暴に揺れ動く。何となくだが機嫌《きげん》が悪そうだ。

コルネは安全のため一定の距離を保ちつつ、足元の物体をじっくり観察する。大きさは三十センチほど、一見するとトカゲのようだが、大きな瞳には澄《す》んだ青い光が宿り、しかもモフモフの毛が生えている。柔《やわ》らかな毛は銀色の輝《かがや》きを有していた。

(トカゲ、じゃない……? 可愛《かわい》いぬいぐるみ、にも見えるけど、でも、明らかに尻尾が動いているから生き物よね。あ、もしかしてさっきの竜の子どもとか?)

コルネは慌てて周囲を見渡す。先ほどの巨大な竜の姿はどこにも見当たらない。とにかく命の危機は脱《だっ》したようだと、ほっと胸を撫《な》で下ろした。

「あ、危《あや》うく竜の食材になるところだったわ」

「……お前みたいなまずそうなもの、誰が食べるか」

ん? とコルネはきょろきょろと周りを見る。今、誰かの呟《つぶや》きが聞こえたような気がした。が、どこをどう見てもこの場にいるのはコルネだけだ。いや、正確に言えばよくわからない生き物がいるにはいるが。

足元に視線を落とすと、こちらを見上げていたらしい青い瞳と重なる。よくわからない謎《なぞ》の生き物ではあるが、見た目は可愛らしいし、襲《おそ》ってくる様子もない。もしかしたら都会には、田舎《いなか》にはいない種類のトカゲがいるのかもしれない。

モフモフの生き物はまるで人間のように目を細めると、ぷいとコルネから視線を逸《そ》らして歩き出す。ものすごく疲《つか》れた様相で、ふらふらと右へ左へとおぼつかない足取りで歩く様子は誰かの姿を彷彿《ほうふつ》とさせる。

縦に細長い体軀をゆらりと揺らしながら歩く人物——。

「……メルヴィン様?」

ぴたりと謎の生き物の足が止まる。合わせて尻尾の動きも止まった。

ぎぎぎぎと、錆《さ》びた扉《とびら》を無理矢理開くかのごとき緩慢《かんまん》な動作で振り返った生き物は、元々大きな青い瞳をさらに見開いてコルネを見る。どうして、とその口が動いた気がした。

コルネは迷わず謎の生き物に近付くと、視線を合わせるためしゃがみ込む。ぎょっとしたように目をむく姿は、やはり記憶《きおく》の中にある人物と寸分違《すんぶんたが》わず同じだ。

（綺麗《きれい》な青い瞳、艶《つや》やかな銀色の毛、気のせいかと思ったけどかすかに聞こえたあの声。そして、何よりも可愛らしい容姿でも全然隠しきれない、疲労《ひろう》と不健康さがにじみ出たこの雰囲気《ふんいき》……うん、間違《まちが》いなくメルヴィン様だわ！）

確たる理由があるわけではない。そもそもあり得ない、非現実的なことかもしれない。だが、コルネの直感が間違いないと告げてくる。

このモフモフの謎の生き物はメルヴィンだ。

「ん？　ということは、もしかしてあの大きな竜もメルヴィン様ですか？　なるほど、この小さい竜と大きな竜、どちらの姿にもなれるってことですね」

そう考えると、あの巨体が一瞬で消えたことにも納得《なっとく》がいく。うんうんと一人で頷いているると、コルネから離れるため一歩後ろに下がった謎の生き物、いや、メルヴィンは苦々しい表情をその可愛らしい顔に刻む。

メルヴィンは口を開き、だが、言うべきか言わざるべきか、逡巡《しゅんじゅん》を示すかのごとく無言のまま閉じる。重苦しい数秒の間を置いて、諦《あきら》めの吐息《といき》が小さな口からこぼれ落ちた。

「……信じられない、不可解だ。一体どういう思考回路で、どういう理屈《りくつ》で考えると、そんな突飛《とっぴ》な……明らかにあり得ないだろう結論が導き出されるんだ？」

「えー、うーん、上手《うま》く説明できませんが、何となくそう感じたと言いますか」

「野性の勘《かん》、みたいなものか。俺はそういう理屈抜《ぬ》きの勘とか直感とかが大嫌《だいきら》いだ。真面目《まじめ》に色々考えているのが阿呆《あほ》らしくなってくるだろうが」

はあ、と心底疲れ切ったといったため息がもれる。

「それで、どうしてお前はここにいるんだ。新月の日は離宮《りきゅう》に近付くな、という規則があるだろうが。何でそんな簡単なことも守れないんだ」

「森の出入り口に警備の人がいなくて、貴族の子どもが中に入っちゃったんですよ。その子は外に連れ出しましたが、森で帽子《ぼうし》をなくしてしまったというので私が捜《さが》しにきました」

コルネが手にしていた帽子を見せると、再度メルヴィンは重量感のあるため息を吐く。

「また無駄《むだ》なお人好《ひとよ》しを発揮したわけか。いいか、近付くなという規則があるからには、それなりの理由があるということだ。別にお前自身が捜さずとも、誰《だれ》かに報告するとか他《ほか》にもやりようが色々あるだろう。もっと頭を使って考えろ」

いつも通りぶちぶちと嫌味《いやみ》を吐くものの、メルヴィンの声には覇気《はき》がない。可愛らしい姿も相まって威圧感《いあっかん》もゼロだ。もっと嫌味を追加しようとして、けれど話していることにすら疲れてきたのか、メルヴィンは力なく首を振った。

「いい、無駄話は後だ。エーリクと兄上を離宮に連れてこい。本当は話すつもりは一切《いっさい》な

かったが、見られた上に正体もばれたのならば誤魔化《ごまか》したところで無駄だろう。本音を言えば嫌で嫌で仕方がないが、こうなったら全部話すしかない」

憂鬱《ゆううつ》そうな声でそう続けたメルヴィンは、今度こそコルネに背を向けて離宮のある方向へと歩き出す。その背中には鬱々《うつうつ》としたどす黒い空気がのしかかっているようだった。

コルネが森の出入り口に戻《もど》ると、貴族の子どもと共にエーリクの姿もあった。帽子を渡して子どもを王宮に送り届けた後、森の中であったこと、トラヴィスとエーリクを連れてきてほしいとメルヴィンに頼《たの》まれたことを告げると、神妙《しんみょう》な面持《おもも》ちをしたエーリクはすぐさまトラヴィスを呼んできてくれた。

そして、離宮にて緊急《きんきゅう》の会議が行われることとなる。

「本当はずっと隠しておきたかった秘密だし、規則を守らなかったことに対して罰《ばつ》を与えないといけないんだけど、でも、子どもが森の中に入ったのは明らかにエーリクの落ち度だしね。まあ、急用でエーリクを呼び出した私も悪いか。すぐに戻らせるつもりだったのに、話の長い高官がちょうど横から口を挟《はさ》んできたせいだな」

「いいえ、すべて自分の落ち度です。申し訳ございませんでした」

深く頭を下げるエーリクを一瞥《いちべつ》した後、トラヴィスはコルネへと顔を向ける。

「というわけで、今回は君に罰を与えるつもりはないから安心して」

「はあ。ところで、メルヴィン様は竜《りゅう》の姿に変化できる、ってことでしょうか？」

「そうだよ。王族には竜の血が流れているのは知っているよね。その中でもメルヴィンは特別でね、国王や私よりもずっと濃《こ》い竜の血が流れている。その結果、先ほど君が見たように竜の姿に変化できるというわけだ。あ、もちろん現在竜の姿になれるのはメルヴィンだけ、過去には数人いたみたいだけどね」

話題の本人、メルヴィンは椅子《いす》に腰《こし》かけて無言を貫《つらぬ》いている。いつもと違《ちが》うのは、その姿が人ではなく竜、モフモフの銀色の毛をした可愛らしい子竜の姿をしていることだろう。ちょこんと大きな椅子に座る姿は、一見するとぬいぐるみのようで愛らしい。

メルヴィンは離宮に戻ってから、むすっとした表情で口を閉じたまま、一切話そうとしない。その視線がコルネに向くこともなかった。不機嫌《ふきげん》、いや、不安や怯《おび》えを機嫌の悪さで押し隠《かく》しているようにも感じられた。

「自分の意思で大きな竜にも、この小さな竜の姿にもなれるってことですか？」

「本人はどちらの姿にもなりたくないみたいでね。基本的に好んで姿を変えることはない。ただ、今日みたいな新月の日は別で、竜の力が強制的に強くなってしまう。そのためメルヴィンの意思とは無関係に、こうやって竜の姿になってしまうんだ」

新月の日は竜の力が強まり、メルヴィンはどうしても力を制御《せいぎょ》できず竜の姿になってしまう。力が強くなると同時に自我を保つことも難しくなり、目に付いた相手を襲う可能性がある、とトラヴィスは説明してくれた。

「それで新月の日は世話係の仕事は休み、離宮に近付くことも禁止になっていたんですね」

「そういうこと。今は自分であれこれ調べ、努力した結果、こうやって子竜の姿になることで自我を保つことはできるようになった。ただしこの姿でいるのはかなり負担がかかるみたいでね。基本的には離宮のすぐ傍《そば》で巨大《きょだい》な竜の姿、成竜の姿で寝《ね》て過ごすのがメルヴィンの新月の過ごし方だね」

トラヴィスが丁寧《ていねい》に説明してくれている間も、子竜姿のメルヴィンはどこか遠くを眺《なが》めたまま微動《びどう》だにしない。子竜姿は負担がかかるらしいので、あまり動いたり話したりしたくないのかもしれない。あるいはコルネと話したくないのか。

「メルヴィン様が離宮で生活していらっしゃるのは、竜の姿に変化できるせいですか？」

「それも理由の一端《いったん》ではある。が、すべてではないね。その辺は私の口から話すことはない。それで、これから私が君に言うことはわかるかな？」

弟をとても大切にしているトラヴィスが、さわやかすぎる笑顔《えがお》をコルネに向ける。にこにこと微笑《ほほえ》むその姿からは多大なる圧力が放たれている。

さすがのコルネもメルヴィンから視線を逸らし、背筋を伸《の》ばしてトラヴィスと向き合う。

「はい、大丈夫《だいじょうぶ》です！　メルヴィン様の秘密は必ず守ります、絶対口にしません！」

「もちろん秘密は絶対に守ってもらう。メルヴィンが竜になれることは両親と私、それとエーリクしか知らないことだ。もし口外した場合大変なことになるからね。ただ、秘密を守る以前に、コルネ嬢《じょう》、君はまだメルヴィンの世話係を続けるつもりかな？」

予想していなかった質問に、コルネは「え？」と場にそぐわない間の抜《ぬ》けた声を出してしまった。ぱちぱちと瞬《まばた》きを繰《く》り返すコルネに、今までずっと口を閉《と》ざしていたメルヴィンがようやっと言葉を発する。

「ついさっき、お前は俺に殺されるかもしれなかったんだ。あんな化け物になれる俺の世話係なんて、もう続けたくないだろう、当然だ」

「まあ、はい、そうですね、大きな竜の姿は確かに怖《こわ》かったですよ。でも、野生の熊《くま》みたいなものですよね？」

室内に沈黙《ちんもく》が広がる。あれ、とコルネは首を傾《かし》げる。

「……熊？」

長い静寂《せいじゃく》の後、三者三様の声で同じ言葉が呟《つぶや》かれる。一つは呆然《ぼうぜん》とした調子で、一つは驚《おどろ》いたような調子で、もう一つは楽しそうな調子だった。最後の反応をしたトラヴィスは、口元に手を当ててくすくすと面白《おもしろ》そうに笑い続けている。

「熊、熊ねえ。あはは、一応この国では神聖な存在の竜が、熊と一緒《いっしょ》か」

「す、すみません！　別に馬鹿《ばか》にしたつもりではなくて、単純に遭遇《そうぐう》したことがあって、それで似ているなあって思った次第《しだい》でして」

「いいの、いいの、熊みたいなものだよ。変に怖がったり敬ったりされるより、君みたいな反応の方が私は信じられるよ。その調子で今後もぜひ世話係を続けてほしい」

笑い続けるトラヴィスを横目に、コルネは椅子の上で呆気《あっけ》に取られた表情をしているメルヴィンに近付く。そして、思い切り頭を下げた。

「申し訳ございませんでした、メルヴィン様」

「……それは何に対しての謝罪だ？」

「竜の姿、私に見られたくなかったんですよね。不可抗力《ふかこうりょく》とはいえ、勝手に見ることになってしまい本当に申し訳ございません」

トラヴィスはメルヴィンが竜の姿になりたくないと言っていた。なりたくない姿を他人に見られてしまう。それはすごく辛《つら》くて苦しくて、嫌《いや》で仕方がないことのはずだ。

目を丸くして驚くメルヴィンに、顔を上げたコルネは必死に話しかける。

「ですが、私は絶対に口外しません。どうか信じてください。ゲードフェンの家名にかけて、絶対に秘密は守りますから。大船に乗ったつもりでいてください」

まじまじとコルネを見つめていたメルヴィンは、子竜の眉間《みけん》にずっと寄せていた深いしわを消し去ると、視線を逸《そ》らすように横を向いてしまう。

「……すぐ沈《しず》みそうな泥船《どろぶね》に乗った気分になるな」

ぽつりともれた呟きは言葉の内容に反してとても穏《おだ》やかで、思いのほか優《やさ》しい響《ひび》きをまとってコルネの耳に届けられた。

新月の騒動《そうどう》から二日、ここ何日かふさぎ込むことの多かったメルヴィンは、けろっとした様子でいつもの調子を取り戻していた。朝一で本の塔《とう》を崩《くず》したら、間髪《かんはつ》を容《い》れずに「鈍《どん》臭《くさ》い奴《やつ》だな」と嫌味《いやみ》を言われたぐらいだ。

竜の姿に強制的に変化してしまう新月は、メルヴィンにとっては最悪な日、最も憂鬱な日らしい。だからこそ、新月が近付くにつれ精神的に落ち込んでしまうことが多い、とエーリクがこっそり教えてくれた。

ようやく落ち着いた日々が戻ってきた、と胸を撫《な》で下ろしていたコルネだったが、その翌日、トラヴィスから王宮での仕事を手伝ってほしいと頼まれたことにより、再び新たな騒動に巻き込まれることになってしまった。

「本当に申し訳ございません」

ほぼ直角に近い角度で腰を曲げて謝罪する相手に、コルネはぎょっと目を見開く。半日振《ぶ》りに自由になって清々《すがすが》しい気持ちで裏庭を歩いていたのだが、そんな気分は瞬時《しゅんじ》に吹《ふ》き飛んでいた。

「顔を上げてください！　何度も言うように私はそれほど気にしていませんし、ましてエーリクさんのせいではありませんから」

「いえ、ですが、騎士《きし》団の一員としてどれほど謝っても許されることではありません。伯《はく》爵《しゃく》家のご令嬢《れいじょう》を、無実の罪で一晩も牢《ろう》に拘留《こうりゅう》するなど……」

「私なら本当に平気ですよ。むしろすごく貴重な体験ができたと思っています。取り調べされたり、牢に入れられたりする経験なんて、そうそうできるものじゃありません」

それに、夕食もちゃんと出してもらえましたから、と軽い調子で続けると、顔を上げたエーリクの表情がほんのわずかだが和《やわ》らぐ。それでも、まだ厳しい面持ちは崩れない。

「実はここ二、三ヶ月ほど、王宮内で窃盗騒《せっとうさわ》ぎが頻発《ひんぱつ》している状態なんです。窃盗騒ぎと言いましても、実際の所は盗難《とうなん》なのか、ただ単に紛失《ふんしつ》しただけなのか、お恥《は》ずかしい話ながらそれすらいまだに明らかになっておりません」

なるほど、以前トラヴィスが言っていた「ゴタゴタしている」というのは、その窃盗騒ぎのことだったのだろう。本当かどうか定《さだ》かでなくとも、そんな風に騒《さわ》がれている場所で働きたくない、と考える使用人たちが複数出ており、結果人手不足ということか。

本当に申し訳ございませんでした、と再度謝ろうとするエーリクを遮《さえぎ》るように、コルネは感謝の言葉を口にする。

「私の方こそエーリクさんにお礼を言わないと。私の無実を証明してくださって、本当にありがとうございました」

昨日王宮内で起きた窃盗騒ぎに巻き込まれ、犯人と疑われて牢に入れられた。だが、今日の朝には無実の証拠《しょうこ》が見付かった、ということですぐに釈放《しゃくほう》され、今に至る。

笑顔で頭を下げると、ようやくきつく結ばれていたエーリクの口元が緩《ゆる》む。

「お礼ならば自分ではなく、どうかメルヴィン様へ」

「あなたが牢に入れられてすぐ、メルヴィン様から連絡《れんらく》がありました。自分は騎士の仕事で王宮の外に出ていたのですが、その連絡のおかげですぐに王宮へ戻《もど》ることができました」

昨夜は牢にいたコルネの代わりに、料理長がメルヴィンの夕食を運んでくれた。離宮《りきゅう》の扉《とびら》が開かれることはなかったものの、扉越《ご》しに二言三言会話をした際、「あの世話係はどうした？」と質問されたらしい。あの世話係、というのはもちろんコルネのことだ。

「本当の、本当に、あのメルヴィン様が調べるように言ったんですか？」

驚くコルネに、エーリクの穏やかな声音《こわね》が向けられる。

「はい。ものすごくわかりにくいですし、口や態度の悪さが特に目立ってしまうかもしれません。ですが、あの方は慈愛《じあい》の生き物とも呼ばれる竜《りゅう》の血を、最も濃《こ》く引いております。いえ、竜の血を抜きにしても、あの方は本来情の厚い方なんですよ」

「情、ですか。いや、でも、どう考えても私には……」

いまだに毎日嫌味を言われているし、もうすぐ仕事を始めて一月経《た》つのに、おいとかお前とかしか呼ばれていない。コルネの名前を覚えてくれているのか、正直疑問だ。

「今まで世話係を務めたどの方よりも、あなたのことを気に入っているように見えます」

「う、うーん、正直私には全然そんな風に感じられませんが……。ですが、いずれにせよこれから離宮に行って仕事をしようと思っていましたので、メルヴィン様にもちゃんとお礼を伝えようと思います」

わざわざ離宮の前まで送ってくれたエーリクと別れたコルネは、開口一番笑顔で、

「助けてくださりありがとうございました、メルヴィン様」

と言った。が、そんなコルネに戻ってきたのは、毎度のごとく無言だった。

しばし反応を待つ。だが、椅子《いす》に座っているメルヴィンから言葉が出てくる様子はない。

牢から出てきたばかりのコルネのことなどまったく気にせず、黙々《もくもく》と本を読み続けている。

コルネは一瞬《いっしゅん》迷ったものの、思い切って再度メルヴィンに声をかける。

「あの、メルヴィン様はどうして私のことを助けてくださったんですか？」

返事がなければ諦《あきら》めようと思っていたが、本を読んだままメルヴィンが口を開く。

「別に助けたくて助けたわけじゃない。不本意だがお前には借りが二つある。仕方がないからそれを返すため、今回無実を証明する手伝いをしてやっただけだ」

「借り？　私、何かメルヴィン様に貸していましたか？」

まったくわからなくて首をひねるコルネに、これでもかというほど大きなため息がぶつけられる。

「頼《たの》んでいないがしおりを捜《さが》すのを手伝ってもらったのと、それから……先日成竜の姿でお前を襲《おそ》いそうになっただろう。あれの詫《わ》びだ」

意外なことにメルヴィンはかなり律儀《りちぎ》な部分があるらしい。いや、ついさっきエーリク

が言っていたとおり、心優しい部分があると言うべきか。しおりの一件や竜の騒動のときのことを、メルヴィンなりに大分気にしていたらしい。

「それに、手元にある材料から考えれば、お前は窃盗《せっとう》の犯人じゃないと思っただけだ」

「手元にある材料……それは、どんなものですか？」

「理由は三つ。まず一つ目。給金のために働くと声高《こわだか》に宣言した馬鹿《ばか》正直者が、こそこそと盗《ぬす》みを働くとは考えにくい。もし最初から盗みが目的で王宮に来たのならば、できるだけ目立たず、周囲に溶《と》け込むように振《ふ》る舞《ま》うはずだ、普通《ふつう》ならな」

流暢《りゅうちょう》な言葉が次々とメルヴィンの唇《くちびる》から紡《つむ》がれていく。話しながらも本をめくる動きが止まることはない。

「でも、王宮で働いている内に高価な品々に目がくらんで、つい出来心で盗みを働く可能性もありますよね？」

「二つ目。もしお前が盗人《ぬすっと》ならば、最初に盗むのはここ、離宮のものだ。調度品は少ないが、それでも値の張る物がここには色々ある。そこのオイルランプとか、そっちの花瓶《かびん》とか。王宮のもの、しかも貴族のものを盗むよりも、ここにあるものを盗んだ方がずっと簡単で安全だろう」

家具に興味のない俺は盗まれたところで気付かないかもな、と淡々《たんたん》とした声が続く。

「そもそも、お前にはもっと手軽に盗める高価なものがある」

「え？」

「本だ。前に言っただろうが。ここにある本の中には、お前の一月分の給金よりもさらに価値の高い本がある、と。知っての通り、ここの書庫には多数の本がある。中には金の装《そう》飾《しょく》を施《ほどこ》された本、宝石で飾《かざ》り付けられた本もある。それを盗んだ方が手っ取り早い」

興味があれば探してみればいい、とこれまた素っ気ない声が続いた。

「ただし宝石であろうと本であろうと、盗品《とうひん》を売りさばくのは楽じゃない。盗むからにはそれを安全に換金《かんきん》できる手段が必要不可欠だ。お前にそんな伝手《つて》があるとは到底《とうてい》思えない」

「もしかしたらゲードフェン伯爵家にそういう伝手があるかもしれませんよね？」

「愚《おろ》かなまでにお人好《ひとよ》し、馬鹿正直者の集まりであるお前の家、ゲードフェン家にか？」

鼻で笑う音が冷たく響《ひび》く。ちょうど本を読み終えたらしく、メルヴィンはサイドテーブルの上に手にしていた本を置くと、視線を足元へと落とす。

「三つ目。顔に考えが出やすい人間に、盗みを働くなんて器用な真似《まね》は不可能。どうせ挙動不審《ふしん》に陥《おちい》って、自ら墓穴《ぼけつ》を掘《ほ》るのが関の山だろ」

メルヴィンはこれ以上話すことはない、といった仕草で足元にできた本の塔の一番上から一冊取ると、再び読書を始めようとする。が、コルネはメルヴィンが表紙を開くよりも早く、メルヴィンとの距離《きょり》を詰《つ》めて顔を覗《のぞ》き込む。

急に近付かれたメルヴィンは、どんな宝石よりも綺麗《きれい》な輝《かがや》きを発している青い目を見開き、慌《あわ》てて背後に下がる。しかし、椅子に座っているので当然下がるのにも限界があり、背もたれにぴったりとくっ付く形で固まってしまう。ぎりぎりまでのけ反った姿勢だ。

「な、何だ、まだ何かあるのか？　というか、近い、もっと離《はな》れろ」

「私、すごく嬉《うれ》しいです！　私のことをちゃんと見てくださっているんですね！」

「……はあ？」

　ようやくコルネへと向けられた眼差《まなざ》しには、不快感がありありと浮《う》かんでいた。

「私のことなんて全然興味ない、気にも留めてない、ってずっと思っていました」

　だが、先ほどの話を聞くと、コルネ自身のことをきちんと見てくれているようだ。

　コルネの指摘《してき》に、メルヴィンは顔をむっとしかめる。心底嫌《いや》がっているようにも、恥ずかしがっているようにも見えるが、どちらにしても機嫌《きげん》はよくなさそうだ。

「……お前の頭の中には、砂糖の塊《かたまり》でも大量に詰め込まれているのか？」

　不愉快《ふゆかい》だと睨《にら》んでくる鋭《するど》い眼差しも、コルネにはそれほど怖《こわ》いとは感じられない。言葉や表情は厳しいものの、わずかに垣間見《かいまみ》えた内面には情の深さが宿っているように思えた。

「もう一度言っておくが、俺がお前を助けたのはお前個人がどうこうではなく、単純に借りを返しただけだ。加えてまた新しい世話係が来るのが面倒《めんどう》だっただけ、お前の方がましだと考えただけのこと。それ以上でもなければ、それ以下でもない」

　必死に説明を重ねるメルヴィンに、コルネの口元には笑《え》みが広がっていく。にこにこ笑うコルネに対して、メルヴィンの顔はどんどん不機嫌になっていく。

「いいからお前は掃除《そうじ》でもしてこい。読書の邪魔《じゃま》だ」

「もちろん仕事はします。けれど、その前に今回の事件についてお話ししたいんです。メルヴィン様には宝石を盗んだ犯人の目星は付いていないんですか？」

「興味がない。どうでもいい。俺は静かに本を読みたい。邪魔するな」

「私の疑いは晴れましたが、できれば犯人を見つけたいんです。王宮内では窃盗騒《せっとうさわ》ぎが続いているようですし、このままだと使用人も侍女《じじょ》もどんどんいなくなってしまいます。それに何より、巻き込まれた一人としては犯人に文句の一つでも言ってやらないと気持ちが治まりません」

「俺には関係ない。騎士《きし》の連中の仕事だ。放《ほう》っておけ」

「エーリクさんの話では、騎士の方々も困っているようでした。メルヴィン様ならば、騎士の方々ではわからない手がかりに気付けるんじゃないでしょうか？」

「うるさい。声が頭に響く。俺の読書を妨《さまた》げるな。いいか、俺は今回の件の詳細《しょうさい》は知らない。お前の無実を証明するために、さらっと話を聞いただけだ。それで犯人などわかるはずがない、だろう、が」

苛々《いらいら》と話していたメルヴィンの声が不自然に止まる。その顔には、しまったという表情がくっきりと刻み込まれていた。挽回《ばんかい》しようとメルヴィンがさらに言葉を加えるよりも前に、コルネが自らの胸をどんと拳《こぶし》で叩《たた》いて声を上げる。

「任せてください！　事件の詳細ならば、他《ほか》の誰《だれ》よりも私が知っています。何せ犯人として牢《ろう》にまで入れられましたから。始まりからしっかりとお話ししますね」

意気揚々《いきようよう》と話し始めるコルネの前で、メルヴィンは閉じたままの本を抱《かか》え、ぐったりと背もたれに寄りかかった。

コルネが牢に入ることになった発端《ほったん》は、半日ほど前に遡《さかのぼ》る。

朝から王宮での仕事を手伝っていたコルネは、侍女に交じり廊下《ろうか》の床《ゆか》や窓を綺麗にしていた。清掃《せいそう》は得意な反面、細かい作業が苦手なため、あちらこちらに飾られた高価な壺《つぼ》や絵画、美術品の数々には戦々恐々《きょうきょう》としながら掃除を進めた。

どうにか大きな失敗をすることなく、夕刻、仕事がもう間もなく終わりそうだという頃《ころ》に事件は起きた。一人の侍女が、突然《とつぜん》自分の大切なブローチがなくなった、と騒《さわ》ぎ出した。何故《なぜ》仕事中に持ってきているのか、大切なものだから肌身《はだみ》離《はな》さずポケットに入れていた、という侍女頭《がしら》と侍女の会話が聞こえてきた。

「この場にいる人間全員の身体検査でもすればいいんじゃないですか」

使用人の誰かが放った声を皮切りに、その場にいる全員の身体検査が行われることとなった。自分にはまったく関係ないと思っていたのだが、何故かコルネのスカートのポケットから見覚えのない宝石が出てきたことで、一気に渦中《かちゅう》の人間になってしまった。

侍女がなくしたと騒いでいるブローチではない。だが、出てきたものもまた、一月ほど前に王宮内で紛失《ふんしつ》した代物《しろもの》だったから、騒ぎは瞬《また》く間に大きくなってしまった。

「ゲードフェン伯爵《はくしゃく》家っていえば、貧乏《びんぼう》で常に借金に悩《なや》まされている家ですよ。盗みをしてもおかしくないんじゃないですか」

色々問題を抱えているとはいえ伯爵家の人間、さすがに手荒《てあら》な真似は、と対応に悩んでいた人々の中に、再び低い声が投下される。その声に、ああ、確かに、そういえば、と肯定《こうてい》する言葉がちらほらと現れ、コルネへの疑惑《ぎわく》は強まっていく。

結果、弁解をする間もなく騎士数人に取り囲まれ、あれよあれよという間に別室へと連れて行かれていた。あまりにも急な展開について行けずきょとんとするコルネに、騎士の一人が「お金に困って宝石を盗んだんじゃないのか？」と尋《たず》ねてくる。

今考えると、そこで上手《うま》く対応すればよかったのだろうが、馬鹿正直なコルネはついつい声高《こわだか》に言ってしまった。

「確かに我がゲードフェン伯爵家は常にお金には困っています。家計はいつだって火の車ですよ。特に今はこれまでにないほどお金に困窮《こんきゅう》しているところです」

当然と言えば当然、コルネへの疑いは急速に強まった。だが、コルネはもちろん盗みなどしていない。

噛《か》み合わない問答が続くこと数時間、結局何の進展もないままコルネは牢で夜を明かすことになった。

「以降のことは、メルヴィン様もよくご存じですよね。メルヴィン様の指示の下《もと》、エーリクさんが盗《ぬす》まれた虹色《にじいろ》の宝石について調査し、盗まれたのは私が王宮に来る前日であったことを突《つ》き止めてくれました」

王宮内部に入るためには、正門を通った上で必ず騎士の検閲《けんえつ》を受けなければならない。それはどれほど爵位の高い貴族であろうと例外はない。

すなわち、コルネが虹色の宝石が盗まれた日、王宮内部に足を踏《ふ》み入れていないことは騎士たちが裏付けてくれているということだ。コルネの無実が証明された。

うるさそうに、わずらわしそうに額に手を当てて話を聞いていたメルヴィンは、どうあがいてもコルネが黙《だま》ることはないと察したのか、諦《あきら》めたように引き結んでいた唇《くちびる》を開く。

「……どこからか入り込んだんじゃないのか、といったことを考えている騎士もいたようだが、内部の警備はもちろん、外部からの侵入《しんにゅう》も防ぐのが騎士の役目だ。今回上の人間に確認《かくにん》せず勇み足で動いたのは当然問題だが、自らの仕事を声高に否定する愚かな人間が出なかったことだけが救いだろうな」

「ということはですよ、宝石を盗んだ犯人は内部犯、ってことになりますよね？」

宝石は侵入が難しい王宮内で盗まれたのだから、内部にいる人間が怪《あや》しい。そう短絡《たんらく》的に判断したコルネが口にすると、メルヴィンは元々寄せていた眉根《まゆね》のしわをさらに深くする。

「内部犯の可能性もある。だが、警備をかいくぐって侵入した外部犯の可能性もある。もっと言えば、内部に協力者がいる外部の人間が犯人の可能性もある。複数犯ということだ

「ちょっと待ってください！　えーと、内部犯と外部犯と、協力者がいる場合と、ええと」

　メルヴィンの言ったことを理解しようとすると、頭がこんがらがってくる。頭の中がぐちゃぐちゃになって混乱するコルネに、盛大な嘆息《たんそく》が放たれる。

「いいか、お前にもわかるようにはっきり言うぞ。お前の話を聞いて痛感したが、明らかに情報が足りていない。すなわちどんな犯人の可能性も否定できない、どんな犯人でも可能性がある、としか現時点では言えないということだ。犯人像を絞《しぼ》り込めない」

「もっと簡単に要約すると？」

「……情報不足で何もわからない」

　もはや呆《あき》れも諦めもない。疲《つか》れ切った顔をするメルヴィンに、コルネは「なるほど」と両手をぽんと叩いた。

「もっと情報が必要ってことですね。実は私、牢を出てすぐにあの宝石の持ち主、キャロル・ルヴェリエさんに連絡《れんらく》を取ってもらったんです。これから虹色の宝石を受け取りに王宮に来るそうなので、宝石が盗まれたときの状況《じょうきょう》について詳しく聞いてきますね」

「お前は変なところで要領が良《い》いというか、余計なことに気が回るというか……いや、待て。今、ルヴェリエの名前を出したか？」

　手にしていた本の表紙を開こうとしていたメルヴィンの動きが止まる。

「はい、虹色の宝石の持ち主はキャロル・ルヴェリエさん、貴族のご令嬢《れいじょう》だそうです。もな。あるいは――」

しかしてメルヴィン様のお知り合いの方ですか？」

「いや、全然知らない。名前も聞いたことがない。俺にはまったく関係ない」

メルヴィンは早口で否定すると、適当に開いた位置から本を読み始める。視線は本に向いてはいるが、明らかに読んでいる気配はない。

「ほら、お前はその人物に会いに行くんだろう。とっとと行ってこい。しばらく戻《もど》ってこなくていい。むしろ今日は戻って来るな」

しっしっと、まるでハエを追い払《はら》うようにメルヴィンはコルネに向かって片手を振《ふ》る。

メルヴィンの不自然な態度が気になりつつも、コルネはキャロルに会うため離宮《りきゅう》から王宮へと向かうことにした。


「このたびは私の宝石の件で伯爵家のコルネ様を巻き込むこととなり、本当に申し訳ございませんでした」

キャロルは年の頃は二十過ぎ、長い金髪《きんぱつ》と薄紫《うすむらさき》色の大きな瞳《ひとみ》が印象的な貴族令嬢だった。丸みを帯びた柔《やわ》らかな顔立ちそのままの雰囲気《ふんいき》をまとい、お淑《しと》やかで落ち着いた女性だ。彼女は自己紹介《しょうかい》を終えると、すぐにコルネへと丁寧《ていねい》に謝罪する。

「気にしないでください。疑いはすっかり晴れましたから。もしよければそちらの虹色の宝石が盗まれた件について、色々聞かせてもらえませんか？」

「え？　ええ、はい、それはもちろん構いませんが」

突然のコルネの申し出に驚《おどろ》いた顔をしたものの、キャロルはすぐに頷《うなず》いてくれる。中庭の片隅《かたすみ》に設けられたガゼボへ移動し、ベンチに並んで座る。

「そちらの宝石はキャロルさんの持ち物なんですよね？」

「正確に言いますと、元々は亡《な》くなった母のものです。私の父と母は、二人とも馬車事故で亡くなっておりまして、こちらは両親の形見の品になります」

配慮《はいりよ》を欠いた質問をしてしまった。謝ろうとすると、キャロルが淡《あわ》く微笑《ほほえ》んで首を振る。

「心配なさらないでください、もう大分前のことですから心の整理はできております。とても大切な品ですので、手元に戻ってきて本当に安堵《あんど》しています。もう少ししたら、私はドロテリア王国を出るところでしたので、その前に戻ってきて良かった」

手の中にある宝石を見つめながら、キャロルはほっとしたように眉《まゆ》を下げる。

「どこかにお引っ越《こ》しなさるんですか？」

「はい。来月結婚《けっこん》を機に国を出ることになっております」

おめでとうございます、とコルネが明るい声で言うと、キャロルは微笑《びしよう》を浮《う》かべて礼を言う。その姿にはどこか陰《かげ》があるように見えた。

貴族の結婚はほとんどが家同士の結婚、いわゆる政略結婚だ。当人同士の意思を無視した結婚も多い。もしかしてキャロルも政略結婚で嫌々《いやいや》嫁《とつ》ぐのかもしれない。

コルネの表情から考えていることを読み取ったのか、キャロルは慌《あわ》てて手を振る。

「誤解させて申し訳ありません。お見合いではありますが、お互《たが》い好意を抱《いだ》いた上での結婚です。ただ、その……嫁ぎ先がグルーソル共和国ですので、心配事も多い状態でして」

コルネが何か言う前に、キャロルは矢継《やつ》ぎ早に虹色の宝石について語り出す。恐《おそ》らくグルーソル共和国について触《ふ》れられたくなかったのだろう。

虹色の輝《かがや》きを放つ宝石は、ウォーター・オパールと呼ばれる非常に珍《めずら》しい品らしい。親指の爪《つめ》ほどの大きさで、透明《とうめい》な水滴《すいてき》を固めて虹《にじ》を中に閉じ込めたような、そんな不思議な輝きをまとっている。

そして、宝石は元々指輪の一部、キャロルの父が母に贈《おく》った結婚指輪だと教えてくれた。盗まれる前は銀の台座が備えられていたのだが、虹色の宝石部分しか戻って来なかったようだ。宝石だけでも無事に戻ってきて良かった、とキャロルは続ける。

「実はこちらの宝石、盗まれるのは今回が三度目になります。過去二回、同じように盗まれておりまして、まさかまた盗まれるとは思ってもいませんでした」

「三度目？　え、その宝石、そんなに何度も盗まれているんですか？」

「はい。前回は二、三週間ほどで手元に戻ってきておりましたので、今回もいずれ戻ってくるとは思っていました。不思議ですよね、同じ品が何度も盗まれた上に、すべてこうして手元に返ってきているのですから。今回は残念ながら台座がなくなってしまいましたが」

キャロルの話を聞いたコルネは小首を傾《かし》げる。話がちょっと違《ちが》う方向に進み始めている。てっきり王宮内で頻発《ひんぱつ》している窃盗騒《せっとうさわ》ぎの中の一件だと思っていたのだが、三度も盗まれているとなると他《ほか》とはまったく関係ないのかもしれない。

(とりあえず、メルヴィン様にキャロルさんから聞いた話を伝えて、どう思うか意見をもらおう。メルヴィン様ならば何か気付くことがあるかもしれないものね)

持ってきた紙に聞いた内容を細かく書き込みながら、キャロルに質問を投げかける。

「二度も盗まれている品でしたら、その、持ち歩かず金庫などに厳重に保管していた方が安全じゃないですか？　あ、失礼な質問でしたらすみません」

「いえ、コルネ様の仰《おっしゃ》るとおりです。私も一度はそう考えたのですが、手元にない方が不安になってしまいましたのと、それにいつ何時渡《わた》す機会が訪《おとず》れるかわかりませんでしたので、危険とは思いつつも常に持ち歩いておりました」

渡す機会？　と疑問を感じた部分もあったが、コルネが尋《たず》ねる前にキャロルは先を続けていく。

「もちろん二度も盗まれた経験がありますから、指輪をチェーンに通して首からかけ、肌《はだ》身《み》離《はな》さず身に付けておりました。あの日は国王陛下との謁見《えっけん》があり、終了後《しゅうりょうご》すぐに馬車で屋敷《やしき》に戻ったのですが、いつの間にか指輪だけなくなっていて本当に驚きました」

「宝石を盗まれたときは謁見のために王宮に来ていらっしゃったんですね。その謁見は元々予定されていたものですか？」

「ええ、そうです。結婚の報告のために、一月以上前から決まっていた謁見です。父が王族の方の従者を務めていた期間がありまして、両親亡き後、国王陛下には色々と気にかけていただいておりました。指輪、いえ、今は宝石だけですが、こちらを捜《さが》す際にも騎士《きし》団の方に便宜《べんぎ》を図ってくださいました」

その後も虹色《にじいろ》の宝石が盗《ぬす》まれた際の詳《くわ》しい状況、何か気になることがなかったかなどもキャロルに聞いてみるが、聞けば聞くほどただの窃盗事件とは思えなくなってくる。

（やっぱり虹色の宝石だけ別件？　だけど、窃盗と思われる紛失《ふんしつ》が王宮内で頻発している際に盗まれているんだから、無関係とも思えないし）

いくら考えてもコルネの頭では答えを導き出せそうにない。やはりメルヴィンに意見をもらおう、と結論付けたコルネはそこであることに気が付いた。

（そう言えば、さっきキャロルさんはお父様が王族の従者をしていた、と言っていたわね。一体誰《だれ》の従者をしていたのかしら）

キャロルの話し方から察するに、恐らく国王や王妃《おうひ》ではないだろう。そうなると、第一王子のトラヴィスだろうか。

いや、トラヴィスにはエーリクが付き従っている。もちろん他にも何人か従者はいるだろうが、もしキャロルの父がトラヴィスの従者だったならば、トラヴィスはエーリクに盗まれた宝石を捜すよう厳命するのではないだろうか。だが、騎士団としては動いているようだが、エーリク自身が虹色の宝石を特に気にかけている様子はなかった。

ということは、一番可能性が高い王族は——。

コルネが尋ねようと口を開いたところで、背後からキャロルを呼ぶ声が聞こえてきた。

どうやらキャロルの従者が彼女のことを呼びに来たらしい。

「申し訳ございません。お話の途中《とちゅう》で恐縮《きょうしゅく》ですが、こちらで失礼させていただきます」

ベンチから立ち上がってコルネに一礼したキャロルは、慌ただしい足取りで従者の下《もと》へと向かう。きっと結婚の準備でかなり忙《いそが》しいのだろう。

「グルーソル共和国、か。やっぱり、周囲にあまり祝福されていないのかしら」

遠ざかっていくキャロルの背中には、どこか陰が漂《ただよ》っているように見えた。


早速《さっそく》メルヴィンの下に戻ったコルネは、キャロルから聞いた内容をそのまま伝える。

過去に二度盗まれていることや今回が三度目であること、台座部分がなくなって宝石だけが戻ってきたことなど、盗まれた経緯《いきさつ》や状況《じょうきょう》について事細かく教えた。だが。

「メルヴィン様、私の話、聞いてくれていますか？」

椅子《いす》に腰《こし》かけたメルヴィンが、本から顔を上げる様子は一切《いっさい》ない。一定速度でページをめくっていく姿からは、コルネの話を聞いてくれているのか、あるいは聞き流しているのか、どちらなのかわからなかった。

「……ルヴェリエ」

コルネの呟《つぶや》きに、ぴくっとかすかに本を持つ手が揺《ゆ》れる。見逃《みのが》してしまいそうなほど小さな反応だったが、メルヴィンの目の前に立つコルネにはよく見えた。

「キャロルさん、いえ、キャロルさんのお父様のこと、ご存じなんですよね？」

「……」

「ジャン・ルヴェリエさんは王族の従者をしていたと仰《おっしゃ》っていました。メルヴィン様の従者を務めていらっしゃったんじゃないですか？」

「……」

沈黙《ちんもく》が室内を包み込む。ページをめくる動きはいつの間にか止まっていた。ほとんど勘《かん》に近い考えだったが、どうやらコルネの指摘《してき》は図星だったらしい。

無言を貫《つらぬ》くメルヴィンが口を開くのを辛抱《しんぼう》強《づよ》く待つ。ややあって、諦《あきら》めたように両目をつぶったメルヴィンは、ぱたんと音を立てて本を閉じる。

「何故《なぜ》お前はそこまでこの件に固執《こしつ》するんだ。別に無理をしてまで犯人を見つける必要などないだろう」

うっすらと目を開き、メルヴィンは投げやりな声を放つ。

「お前の容疑は晴れたんだ。後は適当に静観していればいいだけの話だろう。むやみやたらに事件を掘《ほ》り返せば、思いがけない誰かに迷惑《めいわく》をかける可能性もある。関《かか》わらないで済むことには一切関与《かんよ》しない。それが一番楽で……傷付く心配もない」

コルネに言っているというよりも、何故だか自分自身に言っているような気がした。

この話は終わりだと、再び本を開こうとしたメルヴィンに話しかける。

「私はここで何もしなかったら、きっと後悔《こうかい》すると思うんです」

「また後悔、か。そうやって何でもかんでも首を突《つ》っ込もうとするから、お前は関わらなくてもいい面倒事《めんどう》にあれこれ巻き込まれることになるんだろうが」

メルヴィンの脳裏《のうり》には、竜《りゅう》の姿になった彼に襲《おそ》われそうになったときのことが浮《う》かんでいるのかもしれない。確かにあの一件も、コルネが子どもを追いかけた上、帽子《ぼうし》を一人で捜そうとしなければ巻き込まれずに済んだのだろう。

だけど、とコルネは迷うことなく言葉を続ける。

「キャロルさん、来月結婚《けっこん》してこの国を離《はな》れると仰っていました。ですから、できれば国を離れる前になくなってしまった台座部分を取り戻《もど》して、返してあげたいんです」

ドロテリア王国と隣国《りんごく》のグルーソル共和国は、領土や資源、特に食料を巡《めぐ》って長く戦争を続けていた。今はもう戦争の影《かげ》はなく、お互い穏《おだ》やかな治世を続けているが、両国の間にできた溝《みぞ》は埋《う》まることがなかった。

互いの国に行き来することが禁止されているわけではない。個人的にならば商売も観光も、特に問題はないが、国としては断絶状態が数百年続いている状態だった。

特にドロテリア王国側からグルーソル共和国への嫌悪感《けんおかん》は強い。それは、ドロテリア王国が攻《せ》められる側だったからだろう。油断すればまた豊富な資源や豊かな土地を狙《ねら》われるんじゃないかと、そんな疑心暗鬼《ぎしんあんき》が消えることなく国民の中には根付いている。そのため、話題に出すことすら避《さ》けられているふしがあった。

キャロルはどこか暗い雰囲気《ふんいき》をまとっていた。恐《おそ》らくグルーソル共和国に嫁《とつ》ぐことで、計り知れないほどの心痛をその胸の内に抱《かか》えているのだろう。だからこそ、せめて台座を取り戻し、もう二度と盗まれることがないように真相を明らかにしてあげたい。

「それに、キャロルさん以外でも今回の騒動《そうどう》に巻き込まれた方々、例えば直近では侍女《じじょ》が大切なブローチをなくしてしまったととても悲しんでいました。きっと他《ほか》の方も、それぞれ大なり小なり困ったり悲しんだりしていると思うんです」

王宮で頻発している紛失がただの窃盗によるものなのか、キャロルの件と関係しているのか、現時点では何もわからない。どんな真実が出てくるのかもわからない。

だが、真相が、犯人が明らかにならない限り、関わった全員が嫌《いや》な気持ちを抱えたままになってしまう。

「お願いします、メルヴィン様。私にはこの一件を解決する力はありません。でも、メルヴィン様ならば、きっと他の方では気付かないことに気付けるはずです」

知り得たたくさんの情報を、コルネでは持て余すだけで処理できない。だが、膨大《ぼうだい》な知識を有し、頭の回転も速いメルヴィンならば上手《うま》く取捨選択《せんたく》し、真実を見つけ出せるはずだ。しおりのときだって、冷静になったメルヴィンはすぐに在処《ありか》を導き出していた。

「キャロルさんのお父様、ジャンさんのためにも、どうかお願いします」

コルネは本を開きかけた状態で固まっているメルヴィンに勢いよく頭を下げた。

しばらく続いた重苦しい静寂《せいじゃく》を打ち破ったのは、どさっという音だった。コルネが頭を上げると、メルヴィンが手にしていた本を椅子の足元に置く姿がある。

「盗まれた当日、王宮内で変わったことはなかったか、持ち主に聞いたか？」

「え？」

「同じことを言わせるな。キャロルは何か言っていなかったのか？」

コルネは慌《あわ》てて手にしていた紙に視線を落とす。変わったこと、変わったことと呟きながら、それらしい内容を物色する。

「ええと、あ、そうです、キャロルさんは謁見終了《えつけんしゅうりょう》後、廊下《ろうか》で使用人とぶつかったそうですよ。髪《かみ》の毛が相手の上着に引っかかってしまい、取るのに大変だったと仰っていました」

「なるほど、来る日時が決まっていたのならば、あらかじめ待ち伏《ぶ》せすることも可能か」

「すみません、メルヴィン様。私には何がなるほどなのかさっぱりわかりませんが」

わかりやすい説明を求めるコルネに、あごに触《ふ》れながら首を右に傾《かたむ》けたメルヴィンは、面倒臭《めんどうくさ》そうに説明してくれる。

「指輪がその辺に適当に置いてあったのならば、誰《だれ》にでも犯行は可能だっただろう。だが、キャロルは首から下げて常に身に付けていた。その状態では普通《ふつう》の人間には到底盗《とうていぬす》めない」

「だからこそ一体どこで盗まれたのか、まったくもって謎《なぞ》なんですよね」

「さっきの話を思い出せ。キャロルは使用人とぶつかった。髪を解《ほど》いている最中ならば、至近距離《きょり》かつ無防備な状態だ。普通じゃない人間、窃盗《せっとう》の常習犯なら簡単に盗めたはず」

メルヴィンの説明を聞いて、今度はコルネが「なるほど！」と大きく頷《うなず》く。

「だが、この考えには大きな問題点がある。王宮内部、しかも使用人として窃盗犯が入り込むなど、言うほど簡単ではないことはお前でもわかるだろう」

王宮内部で働く人間は、基本的には貴族、もしくはその縁者《えんじゃ》がほとんどだ。その上で採用前に身辺調査も行われる。もし貴族じゃない人間が働く場合、地位のある人間に紹介状《しょうかいじょう》を書いてもらった上で、なおかつ身元を保証する人間も必要となる。怪《あや》しい人間が入り込む余地はほぼない。

わずかに考え込む間を置いてから、メルヴィンは再度質問をしてくる。

「お前はスカートのポケットから虹色《にじいろ》の宝石が出てくる前、キャロル同様誰かにぶつかる、あるいは廊下のど真ん中で居眠《いねむ》りでもしていなかったか？」

「さすがの私でも仕事中に居眠りはしませんよ！　うーん、あのときは床《ゆか》や窓の清掃《せいそう》をしていて、仕事終わりに危《あや》うく壺《つぼ》を落としそうに……あ！」

コルネが大声を上げると、椅子に座ったメルヴィンは心底鬱陶《うっとう》しそうな顔をする。

「うるさい、大声は必要ない。思い出したことを端的《たんてき》に話せ」

「廊下の掃除《そうじ》をしている最中、私も使用人とぶつかりました。と言いますか、後ろから突然《とつぜん》ぶつかってこられて、目の前に飾《かざ》ってあった壺を落とすところだったんですよ」

何とか床に落ちかけた壺を押さえ、難を逃《のが》れた。もう少しで新たな借金を背負うところだった。

「ものをすり取るのとは逆、相手のポケットに気付かれないようにものを入れるのも窃盗の常習犯ならば簡単にできるだろうな。特にお前はぼうっとしていて隙《すき》だらけだからな」

「そんなにぼうっとはしていないと思いますが」

「無駄《むだ》にうるさくてあちこち動き回っているが、その実肝心《かんじん》なところで危機感も警戒心《けいかいしん》もないだろうが。もう少し周囲に気を配れ」

すみません、と謝る。何だかとばっちりで怒《おこ》られた感じがする。

「私、そのぶつかった使用人の顔は覚えていますよ。もしかしたらキャロルさんにぶつかったのと同じ人かもしれません。本人に確認《かくにん》してきましょうか？」

はあ、と盛大なため息が吐《は》き出される。もちろんメルヴィンの口からだ。

「お前は馬鹿《ばか》だな、本当に。たとえその使用人が犯人だったとしても、証拠《しょうこ》もなく素直《すなお》に認めるはずがないだろう。むしろお前のポケットに宝石を入れて罪をなすりつけようとしたかもしれない奴《やつ》だ。下手に刺激《しげき》すると、問い詰《つ》めたお前が危険な目に遭《あ》う可能性がある」

「でも、悠長《ゆうちょう》に証拠を捜《さが》している内に、逃《に》げられてしまうかもしれませんよね」

「キャロルとお前、偶然《ぐうぜん》にしては状況《じょうきょう》が似ている。それは確かに気になる。かといって今はまだ推測の段階だ。仮に虹色の宝石が付いた指輪を盗《ぬす》み、お前のポケットに宝石を入れたのがそいつだとしても、現在王宮内で起きている複数の窃盗騒動《せっとうそうどう》すべてに関わっているかどうかもわからない」

メルヴィンの言うことは正しい。だが、考えるよりもまず行動のコルネにしてみれば、とにかく本人に直撃《ちょくげき》するのが一番手っ取り早く思える。

（メルヴィン様の心配もわかるけど、他に人が大勢いる場所で問い詰めれば安全じゃない

かしら？　ちょっと確認してこようかな）

そんなことを考えていると、まるでコルネの内心を読み取ったかのようにメルヴィンが鋭《するど》い口調で告げる。

「いいか、絶対に余計な行動はするな。お前は今から俺が言うことだけすぐに調べてこい」

「は？　いや、ちょっと待ってください。すぐに調べてこいって言われても……」

「兄上かエーリクに頼《たの》めばいい。俺に言われたと言えば二人とも協力してくれる」

有無《うむ》を言わせず早口であれやこれやと指示をするメルヴィンに、コルネはとにかく指示の内容を覚えるだけで精一杯《せいいっぱい》で、疑問はもちろん文句すら言う暇《ひま》がなかった。

（正直わけがわからないけど、とにかくメルヴィン様の指示に従えば犯人を捕《つか》まえられるかも。よし！　メルヴィン様と一緒《いっしょ》に絶対にこの騒動の犯人を見つけ出してやるわ！）

ぐっと拳《こぶし》を握《にぎ》ってやる気を出したコルネだったが、そんなやる気はすぐさま霧散《むさん》する結果になるのだった。


翌日の早朝、虹色の宝石を盗んだ犯人が自首した。すなわち、コルネたちの犯人捜しは丸ごと必要なくなった、ということだ。

「いい加減その不機嫌《ふきげん》な顔を見せるのはやめろ。面白《おもしろ》い本も面白くなくなるだろうが」

うんざりしたメルヴィンの声に、コルネはちょっとだけ眉根《まゆね》を寄せて答える。

「私は別に機嫌が悪いわけではありません。ただあまりにも理不尽《りふじん》というか、せっかくのやる気が空振《からぶ》りで終わったというか、色々と腑《ふ》に落ちないことがあると言いますか」

昼食の入ったバスケットをサイドテーブルの上に置く。予想外に大きな音が鳴ってしまったのは、自分で思う以上に機嫌が悪くなっているからかもしれない。

本を閉じる音に大きなため息の音が重なる。発生源は椅子《いす》に座るメルヴィンだ。

「ルヴェリエの指輪を盗んだ犯人は見付かった。お前にぶつかった使用人の男だった。罪をなすりつけるためにお前のポケットに虹色の宝石を入れた。事件は男が自首したことで解決。これの一体何が不満なんだ」

「確かにキャロルさんの指輪が盗まれた事件だけは解決したと思います。でも、やっぱりこれでは万事《ばんじ》解決したとは言えませんよ。謎がたくさん残ったままじゃないですか」

「例えば？」

コルネは椅子の前に立つ。メルヴィンは面倒臭そうに、気怠《けだる》げに、青い目を細める。

「例えば……ええと、そうだ、ほら、メルヴィン様はここ三ヶ月、王宮内で働いている人間全員の勤務実績が欲しいと指示しましたよね。あれはどんな意味があったんですか？」

「必要だったからだな」

「……。それじゃあ、キャロルさんの指輪以外、王宮内で紛失《ふんしつ》したものに関して、なくなった日時や場所、状況についての詳細《しょうさい》な情報が必要だと指示したのはどうしてですか？」

「必要だったからだな」

「……メルヴィン様、答える気がまったくありませんよね」

例えば？　と質問してきたのはメルヴィンなのに、明らかに答える気がない。いや、答えたところでコルネにはすぐ理解できないことで、一から十まですべて事細かく説明させられるのが嫌《いや》なのかもしれない。

「お前がない頭をひねらなくても、どうせこれからすべて明らかになっていく。大人しく待っていればいいだろう」

今後取り調べが騎士《きし》団によって行われ、真相は明らかになるはずだ。コルネも事件に巻き込まれているので、頼めば進展を教えてもらえるだろう。

できればメルヴィンの口から聞きたかった。だが、それでなくともかなり無理矢理今回の一件に巻き込んでしまったので、大人しく詳細が出るのを待つべきかもしれない。

「とりあえず、キャロルさんには国を出られる前に、犯人が捕まったことを報告できるのでよかったですけど……。あ、キャロルさんと言えば、ご両親の馬車事故について詳細な資料が欲しいと仰《おっしゃ》いましたよね」

勤務実績や他《ほか》の紛失した品物に関する資料はエーリクに頼んでおいたのだが、犯人が自首したこともあって結局手に入れられなかった。しかし、馬車事故に関する資料は王宮図書室に保管されていたため、昨夜の内にメルヴィンの手元に渡《わた》してある。

「七年も前の事故が、今回の件と何か関係しているんですか？」

「……」

「それに、キャロルさんからご両親の遺品、宝飾品《ほうしょくひん》の類《たぐ》いを何点か貸してもらっていましたよね。なくなった台座部分を気にしていたようですが、何か関係があるんですか？」

「……」

今度はうんともすんとも返事がない。根気強く返事を待っていると、メルヴィンは両目を閉じる。

「そっちの件はお前にはまったく関係ない。忘れろ」

「ええ!? 無理ですよ。このままだと気になって夜眠《ねむ》れなくなります」

「大丈夫《だいじょうぶ》だ。お前なら三歩歩けば忘れられる」

「私は鶏《にわとり》よりは記憶《きおく》力があります！ 多分、きっと」

コルネがいくら睨《にら》んでも、メルヴィンは目を閉じて我関せずを貫《つらぬ》いている。これ以上は何を聞いても無駄だと判断したコルネは、素直に諦《あきら》めてバスケットに手を伸《の》ばす。

「わかりました。色々腑に落ちない点が多いですが、大人しく騎士団の取り調べ結果を待ちます。キャロルさんとの件、三日後ですから忘れないでくださいね」

サイドテーブルに昼食を並べながら言うと、メルヴィンが「は？」と目を開ける。

「三日後？ 待て、何の話だ？」

「キャロルさんから宝飾品を借りてきた際、メルヴィン様とぜひ会いたいと仰っていると伝えましたよね？」

「俺はそんな話は一切《いっさい》聞いてない」

「それじゃあ、もう一回言っておきます。三日後の昼に、離宮《りきゅう》までキャロルさんが面会に来られます」

「何故《なぜ》お前が勝手に了承《りょうしょう》しているんだ」

「勝手に了承はしていませんよ。私はちゃんとメルヴィン様に確認しました。昨夜、馬車事故の報告資料を読んでいる際、キャロルさんとの面会を受けてもよろしいですかと聞いたら、メルヴィン様はああと言って頷《うなず》きましたよ」

コルネは熱心に資料を読んでいたメルヴィンに、借りてきた宝飾品を渡しながらちゃんと伝えた。メルヴィンは何度も頷きつつ「ああ」と言っていた。間違《まちが》いない。

借りた宝飾品を返す際、メルヴィンが面会を了承したと伝えるとキャロルはとても喜んでいた。今まで何十回とメルヴィンとの面会を申し込んでいたらしい。もちろんそのすべてが断られていた。

「それは資料を読んで頷いていただけだ」

「そうですか。でも、私には了承してもらえたとしか思えませんでした」

そもそも細かな機微《きび》がわかるほどまだ付き合いは長くない。

「会いたくない。今から断れ」

「お願いします。キャロルさんも結婚《けっこん》の準備でお忙《いそが》しい中、メルヴィン様に会うために離宮まで来てくださるんですよ。扉越《とびらご》しでもいいですから、とにかく会って差し上げてください」

なおも否定の言葉を紡《つむ》ごうとしたメルヴィンよりも先に、コルネが言葉を続ける。

「以前、キャロルさんが結婚するとお伝えしましたよね。彼女の結婚相手は隣国《りんごく》、グルーソル共和国の方で、結婚を機に今後あちらの国で生活していくそうです。しばらくこちらには戻《もど》られない、と仰っておりました」

「グルーソル共和国、か……」

「これがきっと最後の機会だと、キャロルさんは心からメルヴィン様との面会を望んでいました。それに、忙しい中で突然《とつぜん》訪ねた私に宝飾品を貸してくださったり、色々話を聞かせてくださったりしたのは、ひとえにメルヴィン様の存在があったからです」

コルネがメルヴィンの世話係をしていると伝えると、キャロルは本当に驚《おどろ》くと同時に、父親が従者を務めていたメルヴィンが元気に過ごしているか、現況《げんきょう》を知りたがっていた。

どうにかメルヴィンとの面会をお願いしたい、と頼まれたのもそのときだ。

「メルヴィン様に負担がかからないよう、できる限り私が助力いたしますので、どうかお願いします」

あんなに喜んでいたキャロルをがっかりさせたくない。コルネは勢いよく頭を下げる。

メルヴィンからの返事はない。

重い沈黙《ちんもく》が続く。息が詰《つ》まる静寂《せいじゃく》が続くこと数分、メルヴィンがようやく口を開いた。

「……直接顔を合わせることはしない」

「はい、わかりました！」

「それと、会う前に準備すべき事柄《ことがら》がある。もし準備できなければ会わない。責任を持ってお前がやれ」

「はい！　って、え、準備、ですか？」

事件がひとまず解決し、ようやく穏《おだ》やかな日常がやってくると思ったのだが、コルネはまたバタバタと走り回ることになるのだった。


キャロルとの面会当日、コルネは森の出入り口まで彼女を迎《むか》えに行き、共に離宮の扉の前へと立つ。メルヴィンは病弱で外に出るのが難しく、また、人と会うことで病気になる可能性が高くなってしまうから、と事前に説明してある。

扉越しでも全然構わない、会えるだけで十分だとキャロルは了承してくれた。

「本日はお時間を取っていただき、本当にありがとうございます」

キャロルは片足を下げてスカートの裾《すそ》をつまむと、扉に向かって丁重《ていちょう》に頭を下げる。

「用が済み次第《しだい》すぐにお暇《いとま》させていただきます。こちら、ずっとメルヴィン様にお渡ししたかった品でございます」

キャロルが差し出したのはあの虹色《にじいろ》の宝石だった。目を瞬《またた》くコルネの前で、キャロルは無言の扉に話しかけ続ける。

「自分に何かあった際は、母の結婚指輪をメルヴィン様に渡して欲しいと父から頼《たの》まれておりました。必ず私の手でご本人に渡すよう厳命されておりましたので、このように遅《おそ》くなってしまったこと、そして宝石だけの形となってしまいましたこと、心よりお詫《わ》び申し上げます」

以前話をした際、いつ何時渡す機会が訪《おとず》れるかわからない、といったことをキャロルは口にしていた。あのときはまったく意味がわからなかったが、どうやらメルヴィンに指輪を渡したかったらしい。だからこそ、ずっと面会を望んでいたのだろう。

扉の向こう側からは何も聞こえてこない。続く静寂に耐《た》えきれなくなってコルネが口を開きかけたところで、待ち望んでいた相手の声が聞こえてくる。

「……すまなかった」

喉《のど》の奥底から絞《しぼ》り出すように紡がれた声。それはメルヴィンから初めて聞く謝罪の言葉だった。弱々しく、かすれて、すぐにでも消えてしまいそうな声音《こわね》だった。

「あの嵐《あらし》の日、お前の両親が亡《な》くなったのは俺のせいだ。ジャンは俺に会いに来た。俺は面会を断り、追い返した。だから、馬車の事故に遭《あ》ったんだ」

キャロルの父が従者であったことは聞いていたが、まさか馬車の事故を起こす直前にメルヴィンに会いに来ていたとは思わなかった。一人驚くコルネを措《お》いて、キャロルは金の髪《かみ》を揺《ゆ》らして大きく頭を横に振《ふ》る。

「いえ、違《ちが》います！　そんなことは絶対にありません！　あれは不幸な事故です。メルヴィン様のせいでは決してございませんし、両親、特に父はあなた様がご自身を責めることなど望んでおりません」

キャロルは宝石を強く握《にぎ》りしめ、否定の言葉を紡ぐ。

「父はあなたのことを本当に大切に想《おも》っておりました。恐《おそ》れ多いことですが、実の子どものように……。ですから、どうかそのように悩《なや》み、苦しむことはなさらないでください」

数秒の沈黙の後、重い息を吐《は》き出す音に混じって「ありがとう」と言う声が空気を揺らす。わがままで神経質、唯我独尊《ゆいがどくそん》のメルヴィンを知っているだけに、扉の向こう側にいるのが本人なのか、疑問が沸《わ》き上がってくる。

戸惑《とまど》うコルネの耳に、いつも通りのメルヴィンの冷ややかな声が突《つ》き刺《さ》さってくる。

「――おい、コルネ」

突然名を呼ばれ、一瞬《いっしゅん》反応が遅《おく》れる。

(あれ？　今、初めて名前を呼ばれたような気が……)

なかなか反応しないコルネに痺《しび》れを切らしたのか、やや強めの口調が再び放たれる。

「コルネ、その宝石を受け取れ」

「え？　は、はい。わかりました」

メルヴィンの指示の下《もと》、コルネはキャロルの手から宝石を受け取った。それを見計らっていたかのように、もう一度メルヴィンからの指示が飛ぶ。

「受け取った宝石を返せ」

「は？　え、ええと、わかりました」

意味不明な指示に頭の中は疑問で埋《う》め尽《つ》くされていたものの、とにかくメルヴィンの言葉通り宝石をキャロルに返した。コルネ同様困惑《こんわく》した表情のキャロルは、宝石を受け取りつつ扉に視線を向ける。

「あ、あの、メルヴィン様、こちらはメルヴィン様にお渡《わた》しするもので――」

「ああ、今日確かに届けてもらって受け取った。だが、その虹色の宝石は、いつか娘《むすめ》が嫁《とつ》ぐ際、結婚指輪として使ってもらいたいとお前の父、ジャンが妻と話していることを教えてくれた。俺にはもう不要だから、お前に返す」

「いえ、でも、これはメルヴィン様が持っているべき品です」

「違う、お前の手元にあるべきものだ。ついでにコルネ、あれも渡せ」

コルネは扉の横にあらかじめ用意していたバスケットから二つの品を取り出す。そして、キャロルに手渡した。

「こちらは、ベールと本、でしょうか？」

「ベールは必要なければ捨てて構わない。本は隣国、グルーソル共和国の歴史書だ。歴史書といっても文化や行事、生活習慣なども詳細《しょうさい》に書かれている。多少古い部分もあるが、役には立つだろう」

半透明《はんとうめい》の白いベールには、繊細《せんさい》で優雅《ゆうが》な花柄《はながら》の刺繍《ししゅう》が施《ほどこ》され、所々に小粒《こつぶ》だが真珠《しんじゅ》やダイヤも施されている。可憐《かれん》かつ豪勢《ごうせい》で美しい品は、メルヴィン指示の下コルネが王都を走り回ってどうにかこうにか準備したウェディングベールだ。

もう一つの本は、以前トラヴィスがメルヴィンに渡した稀覯本《きこうぼん》だった。どうやら内容はグルーソル共和国について書かれていた本だったらしい。

「あの、ですが、これらの品々を、私がメルヴィン様からいただく理由がございません」

メルヴィンから説明の言葉はない。もう話すことはないと、沈黙が続く。

口出しすべきかどうか悩んだ末、コルネはメルヴィンの代わりに口を開くことに決めた。

「メルヴィン様は、キャロルさんに幸せになって欲しいと思っているんですよ。ウェディングベールはご両親の代わりにキャロルさんの幸せを願い、そして、そちらの本は不慣れな隣国で少しでも幸せに暮らせるようにとの想いが込められています」

メルヴィンが直接口にしたわけではない。それでも真意がどんなものなのか、メルヴィンの指示でベール探しに奔走《ほんそう》したコルネにはよくわかった。

ドロテリア王国には結婚《けっこん》する際、両親が行う風習がある。娘の場合は、花嫁《はなよめ》の幸せを願い真っ白なベールを贈《おく》る。息子《むすこ》の場合は、花婿《はなむこ》の幸せを願い真っ白なスカーフを贈る。

メルヴィンは亡きキャロルの両親に代わり、結婚するキャロルへとウェディングベールを用意した。

扉と虹色の宝石、ベールと本、視線を忙《せわ》しなく動かしていたキャロルの瞳《ひとみ》から、ぽろりと涙《なみだ》がこぼれ落ちていく。一粒《ひとつぶ》の涙は、二粒、三粒と、頬《ほお》を伝って地面へと落ちていった。

「――っ！　ありがとう、ございます！　本当にありがとうございます、メルヴィン様！」

すごく嬉《うれ》しいです、と涙に濡《ぬ》れた声が続く。キャロルの嗚咽《おえつ》が静かな森に響《ひび》き渡る。

「大丈夫《だいじょうぶ》だ。辛《つら》いのは今だけだ。風向きはいずれ変わる」

初めて聞く慈《じ》愛《あい》と優《やさ》しさに満ちた音色が、泣き続けるキャロルを慰《なぐさ》める。無理矢理二人を引き合わせたコルネは、周囲に広がる穏やかで温かな雰《ふん》囲《い》気《き》にほっと胸を撫《な》で下ろした。

そのため、メルヴィンが紡《つむ》いだ意味深な言葉に疑問を抱《いだ》くことはなかった。


「キャロルさん、本当に喜んでいましたね。お相手の方とは恋愛結婚《れんあいけっこん》のようですが、共和国の国民とあってご兄弟や親戚《しんせき》からはあまり祝福されていなかったみたいですから」

森を出て別れる際、キャロルの顔はとてもすっきりとしたものになっていた。そこにはもう暗い陰《かげ》は浮《う》かんでいなかった。

「大変なことも多いでしょうが、幸せになって欲しいですね」

窓から差し込む光は柔《やわ》らかな橙色《だいだいいろ》に染まり始めている。メルヴィンの銀髪《ぎんぱつ》が夕日に照らされ、いつもよりもきらきらと煌《きら》めいているように見えた。

「そういえば、キャロルさんがこれから向かう共和国に私ちょっと興味が湧いてきました。もしよろしかったら、今度共和国について――」

教えてくれませんか、と続けようとした言葉は静かなメルヴィンの声に遮《さえぎ》られる。

「礼を言う。ありがとう」

欠片《かけら》も想像していなかった一言に、「え？」と目を丸くしてしまった。聞き間《ま》違《ちが》いかと

瞬《まばた》きをするコルネに、メルヴィンはほんの少しだけ顔を傾《かたむ》ける。頭を下げたのだとすぐには理解できなかった。

「無理にでも会って良かった。肩《かた》の荷《に》が下りた気がする」

素直《すなお》すぎるメルヴィンの態度に、とっさに返事が出てこない。驚《おどろ》いて固まるコルネに背を向け、メルヴィンは寝室《しんしつ》に向かって歩き出す。

「疲《つか》れた。少し寝室で休む」

猫背《ねこぜ》で歩くメルヴィンの背中には、肩の荷が下りたという言葉とは裏腹にどこか陰りがあるように見えた。

寝室に戻《もど》ったメルヴィンは、テーブルの上に置いていた紙の束を手に取る。

七年前に起きたルヴェリエ夫妻の馬車事故。王宮図書室に当時の報告資料が保管されていました、とコルネが数日前に持ってきたものだった。

夜間、激しい嵐の日、王宮から屋敷《やしき》へと戻る途中《とちゅう》で馬車ごと崖下《がけした》に落ちた。御者《ぎょしゃ》と乗っていたルヴェリエ夫妻は死亡。大雨でぬかるんだ土に車輪が滑《すべ》り、風で馬車があおられたことが原因だろうと、事故として処理されている。

初めて目にした資料には、気になる点がいくつか存在していた。その日だけいつも担当していた御者ではなかったこと、馬車の残骸《ざんがい》から不自然な傷のある車輪が発見されたこと、普段《ふだん》通る道とは違《ちが》う険しい道を何故《なぜ》か選んでいたこと。そして、ジャン・ルヴェリエが事故に遭《あ》う数日前、「自分は殺されるかもしれない」といった旨《むね》の話を友人にしていたこと。

怪《あや》しい点はあったものの、最終的には事故として片付けられた。いつもの御者は体調を崩《くず》しており、車輪の傷は転落の際に付いたものだと考えられた。普段通る道は雨により冠水箇所《かんすいかしょ》が多数あり、友人の証言は証拠《しょうこ》もないため重要視されなかった。

本当に事故だったのか、もしくは何者かの手による事件だったのか。真実は闇《やみ》の中だ。だが、ただの事故であろうと、謀略《ぼうりゃく》による事件であろうと、たった一つ明らかな事実は変わらない。

それはルヴェリエ夫妻を死に追いやったのは、間違いなくメルヴィンだということだ。

キャロルはメルヴィンのせいではないと言った。しかし、あの日メルヴィンが面会を拒《きょ》絶《ぜつ》しなければ、二人は事故に遭わなかったはずだ。

そもそもジャンがあんな嵐《あらし》の中、大急ぎで王宮を訪《おとず》れたのはメルヴィンに伝えるべき重要な事柄《ことがら》があったからだと考えられる。命を狙《ねら》われることになったのも、嵐の日に危険を冒《おか》したのも、すべてはメルヴィンに繋《つな》がっているのだろう。

『私は若い頃《ころ》から仕《し》掛《か》けのある品が好きでして、例えばこの箱、一見するとただの宝石箱ですが、実は二重底で下に収納できる場所が隠《かく》されているんですよ。他《ほか》にも指輪やネックレスなど、面白《おもしろ》いものがたくさんあります。メルヴィン様が興味をお持ちになりそうな品を、今度いくつか持ってきますね』

にこにこと笑って話すジャンの姿が脳裏《のうり》に浮かぶ。あの頃のメルヴィンはひきこもってはいなかったものの、精神的には今と大して変わらず暗い場所をさ迷っていた。そんなメルヴィンにジャンはいつだって穏《おだ》やかに寄り添《そ》ってくれていた。

だが、七年前、メルヴィンが十歳の頃、ジャンがちょうど休日でいなかったとき起きた事件を境に、メルヴィンはもはや一部の親しい人間、両親や兄、エーリクのこと以外信じられなくなってしまった。だから、ジャンは馬車事故に遭う数日前、従者としての任を解いていた。

あの日、メルヴィンに面会に来たのは、てっきり従者に戻してほしいと、そう訴《うった》えに来たのだと思っていた。だが、あんなにもメルヴィンのことを想《おも》ってくれていたジャンが、自身の進退のためだけに無理に会おうとはしない。そんなことにも、あの頃のメルヴィンは気付けなかった。

キャロルから借りた宝飾品を調べたところ、メルヴィンの予想通り、台座部分に収納スペースが隠されている指輪があった。恐《おそ》らく盗《ぬす》まれた指輪にも同様の仕掛けがあったのだろう。

虹色《にじいろ》の宝石が付いたあの指輪には、きっとジャンの最後の言葉、メルヴィンへと命をかけてでも伝えたかったことが隠されていたはずだ。

最近王宮内で頻発《ひんぱつ》していた窃盗騒《せっとうさわ》ぎは、間違いなく同一犯、ルヴェリエの指輪を盗んだ犯人によるものだろう。手癖《てくせ》の悪い窃盗の常習犯は、指輪だけでなく目に付いた他の品々も盗んでしまったと考えられる。盗まれた場所と日時、それにあの使用人の勤務実績を重ねれば、恐らく犯行が一目瞭然《いちもくりようぜん》となるはずだ。

王宮内部に協力者がいることも明白だった。あの使用人の後ろ盾《だて》となって、身元を保証していた貴族がいるはずだ。窃盗犯を王宮内部に入れるという手間をかけてでも、指輪を盗む必要があったのだろう。

真に指輪を欲《ほっ》している人物は、二度盗んだ際には台座の仕掛けには気付かず、最近になってその可能性に思い至ったのだろう。が、すでに警戒《けいかい》を強くしていたキャロルから盗むのは至難の業《わざ》だ。ゆえに、普段から騎士《きし》による厳重な警備が行われていることもあり、他よりも幾分《いくぶん》警戒心の緩《ゆる》む王宮という場所で盗みを決行したのだろう。

（だが、すべては俺の憶測《おくそく》か。三度の窃盗の目的が、本当に台座に隠されていただろう『何か』だという証拠はない。その『何か』が一体何だったのかも……）

もう二度と知る術《すべ》はない。馬車事故と同じく、永遠に謎《なぞ》のままとなってしまった。

──メルヴィンが弱くて不甲斐《ふがい》なく、傷付くのが怖《こわ》くて逃《に》げることを選択《せんたく》したから。

「……すまない。すまない、ジャン。どれほど謝っても許されないことはわかっている」

自然と手に力がこもる。ぐしゃっと、紙を握《にぎ》りつぶした音が響く。

握る力が強すぎるのか、爪《つめ》が手の平に食い込んで痛覚を刺激《しげき》する。けれど、今も昔もメルヴィンに堪《た》えがたいほどの痛みを与《あた》えるのは体の傷ではない。

心に負った癒《い》えない傷が、消えない痛みが、メルヴィンを雁字搦《がんじがら》めに縛《しば》り付けている。

十年以上前から、ずっと。

メルヴィンは握りつぶした紙をテーブルの上に置き、代わりにシャツの胸ポケットからしおりを取り出す。そして、しおりを胸に当てて固く目を閉じた。

「俺は、あのときの選択を後悔《こうかい》しているのかもしれない……リネット」

絞《しぼ》り出すように吐《は》き出された悲痛な声は、冷えた空気に溶《と》けて消えていった。

第三章 竜王子の過去

顔の表情筋を総動員して笑うコルネに、冷え切った低音の嫌味《いやみ》がぶつけられる。

「とうとう頭のネジが十本ぐらい抜《ぬ》け落ちたのか？」

冷淡《れいたん》な目つきも刺々《とげとげ》しい言葉も、今日は笑顔《えがお》で受け流すことができる。

「メルヴィン様の世話係を務めさせていただいて早一月。先日待ちに待った給金が出たんですよ！　すぐに実家に送ったんですが、昨日弟から手紙が届いて三食しっかりと食事ができている、って書いてあったんです。それを読んだらもう嬉《うれ》しくて嬉しくて」

庭の畑で採れたものとか、安いときにまとめて買ったものとか、作り置きした保存食とか、領民から持ち込まれる食材とかでゲードフェン家は日々の食事を乗り切っている。ひもじい思いをしたことはないが、次の日の食事に悩《なや》むことは数え切れないほどあった。

「もちろん我が家の膨大《ぼうだい》な借金を返済するには到底《とうてい》足りません。でも、このまま仕事を続けさせてもらえれば、ひとまず屋敷が抵当《ていとう》に入ることだけは防げそうです。家なし伯爵《はくしゃく》、なんて呼ばれずにすみます」

どうやら父も真面目《まじめ》に働いているらしい。今のところ新たな借金も増えていないよ、と弟の手紙に書いてあって心の底から安堵《あんど》した。ほんの少しだけ光が見えてきた気がする。

「家なし……ゲードフェン伯爵家はそこまで困窮《こんきゅう》しているのか？」

本から視線を上げたメルヴィンが怪訝《けげん》な眼差《まなざ》しを向けてくる。

「父がお金を貸すという名目であげてしまうことが多いので、なかなか返済が追いつかないんですよね」

「は？」

メルヴィンの元から寄っていた眉根《まゆね》がさらにしわを濃《こ》くする。理解できないという表情がありありとその顔には浮《う》かんでいた。

「お前を見ていて、ゲードフェン伯爵家が抱《かか》える借金の原因はおおよそ見当が付いた。どうせお人好《ひとよ》しが災《わざわ》いして色んな奴《やつ》の保証人にでもなっているんだろう、と。だが、何だ、そのあげているっていうのは」

「困っている人がいると、手を貸すついでにお金もあげちゃうんですよ。最近だと、旦那《だんな》さんを亡《な》くして一人でお子さんを育てている女性に、手持ちのお金を全部渡《わた》していました」

いつものことだと、あっけらかんとした調子で答えるコルネに、メルヴィンの顔はますます歪《ゆが》んでいく。

「あ、もちろん保証人になることもありますよ。今回屋敷《やしき》と周辺の土地が抵当に入りそうになっているのも、知り合いの貴族に保証人になってくれって泣き付かれた結果でして」

「いい、それ以上は言わなくても大丈夫《だいじょうぶ》だ。聞かなくても続きは容易に想像できる」

「そうですね、多分メルヴィン様が想像したとおりだと思います」

多大な借金を残したまま知り合いの貴族は夜逃《よに》げ同然で姿を消し、ゲードフェン家の負債は一気にかさんでしまった。

これまで膨大な借金を抱えながらもゲードフェン家がどうにか生活できていたのは、幸運な偶然《ぐうぜん》が重なることが多かったからだ。過去にお金を貸した、もといあげた相手が事業に成功し貸した以上のお金を突然《とつぜん》返済してくれたり、助けた相手が思いがけず借金をしているところの人で返済を待ってもらえたり、と。

とはいえ、幸運はずっと続くものではないし、借金が綺麗《きれい》さっぱりすべてなくなることもない。すでに嫁《とつ》いで家を出ている四歳上の姉にも手伝ってもらいながら、こつこつと働いて返済を続けてきている。

「そんな状態で、お前は家が嫌《いや》になることはないのか？」

「ないですね、まったく。大変だと思ったことはあっても、不幸だと思ったことは一度もありませんから。私は家族が大好きなんです」

コルネが満面の笑みを返すと、メルヴィンはどこか眩《まぶ》しそうに、あるいは呆《あき》れたように目を細める。

「さすがゲードフェン家の人間だな。遥《はる》か昔、王都近くの肥沃《ひよく》な領地を迷いなく手放し、当時流行《はやり》病が蔓延《まんえん》していた今の領地に移動しただけのことはある」

「よくご存じですね、メルヴィン様。そんな昔のこと、ゲードフェン家の人間ぐらいしかもう知らないと思っていました」

「当然だ。領民ごと領地の交換《こうかん》なんて馬鹿《ばか》げたこと、お前の家しかやっていない」

元々ゲードフェン伯爵家は王都の近くの土地を与えられていた。だが、父の何代か前の当主が、同じく土地を持つ貴族と互《たが》いの領地を交換するという驚《おどろ》くべき行動を取った。

理由は、当時流行病が広がっていた土地を、そのときの領主が領民ごと見捨てようとしていたからだ。何の手助けもしようとせず、静観している領主に怒《おこ》ったゲードフェン家当主は、「互いの土地を領民ごと交換しよう」ととんでもない提案をした。

結果、ゲードフェン伯爵家は田舎《いなか》に移り住むこととなった。幸いなことに流行病は数ヶ月で治まり、命を失う者は数人で済んだ。ゲードフェン家の人間を慕《した》ってくれたのか、元の土地の領民もいくばくか新しい領地に付いてきてくれたらしい。

「信じられないほど馬鹿げた行為《こうい》だが、国民に寄り添《そ》った考え方だけは嫌《きら》いじゃない」

家のことを褒《ほ》めてもらえた、と感じたコルネが笑顔で礼を述べると、メルヴィンは青い瞳《ひとみ》をふいと逸《そ》らしてしまう。

読書を再開したメルヴィンの横顔を観察する。銀色の長いまつげが時折瞬《まばた》きで揺《ゆ》れ動く。

このところ徹夜《てつや》をする回数が減っているせいか、顔色はかなり良くなっている。

最近のメルヴィンは体調だけでなく、精神的にも大分落ち着いている。もちろん毒舌《どくぜつ》は変わらないし、嫌味もたくさん言われる。だが、明らかに態度が丸くなった。

少しずつ、本当に少しずつかもしれないが、良《い》い方向に変化しているように感じられた。

それがコルネが世話係をしているから、という理由だったらすごく嬉しい。

「朝食は？」

「すぐに準備します。少しお待ちくださいね」

ごくまれにではあるが、こうやって進んで食事をしてくれるようにもなった。ますます顔をほころばせるコルネを一瞥《いちべつ》し、眉《まゆ》を寄せたメルヴィンは不機嫌《ふきげん》な声を出す。

「早くしろ、コルネ。俺はとっとと食事を終わらせて、ゆっくり本を読みたいんだ」

キャロルの一件以降、おいとかお前だけではなくちゃんと名前を呼んでくれるようになったことも、コルネにとっては嬉しい変化の一つだった。

準備した朝食をメルヴィンに手渡《てわた》す。今日は色んな具材を挟《はさ》んだロールパンだ。片手で素早《すばや》く食べられるように作ってある。

こんがりと焼いたベーコンと目玉焼きを挟んだロールパンを食べきったメルヴィンに、先ほどとは違《ちが》う具のロールパンを渡す。焼いた白身魚を細かくほぐして野菜やハーブと混ぜ、甘酸《あまず》っぱい味付けに仕上げたものだ。

基本的に食事中も無表情のメルヴィンだが、魚の具を口にした瞬間《しゅんかん》、整った眉がわずかに下がる。無言で頬張《ほおば》る姿はいつもよりも刺々しさが和《やわ》らいでいるようにも見えた。

（毛を逆立ててすごく警戒《けいかい》している猫《ねこ》を、魚で餌付《えづ》けしている気持ちになるかも）

新月の日の可愛《かわい》らしい子竜《こりゅう》の姿と重なる。コルネが微笑《ほほえ》ましい気分で見守っていると、パンを半分ほど食べたメルヴィンが不意にぎろりと睨《にら》み上げてくる。

「今、頭の中で変なことを考えていなかったか？」

内心を見透《みす》かしたメルヴィンの言葉に、ぎくっとコルネの体が揺れる。その動きに合わせて、手にしていたカボチャのスープが器《うつわ》の中で波打つ。

「ま、まさか、変なことなど考えていませんよ、まったく、全然」

「それで誤魔化《ごまか》せていると本気で考えているなら、滑稽《こっけい》を通り越《こ》して哀《あわ》れになってくるな」

コルネを見上げているのに、コルネを見下している目が、呆れたように細められる。言葉通り哀れに思ったのか、あるいはただ単に面倒《めんどう》になったのか、メルヴィンは再び無言でパンを食べ始める。

毒舌が舞《ま》い戻《もど》ってくる前に、コルネは急いで話題を変えることにした。

「そういえば、この間トラヴィス様とお話しした際、最近国王陛下の体調が良くないと聞きました。数年前から公《おおやけ》の場に出る機会も減っているようですし、もしかして病気を患《わずら》っていらっしゃるのでしょうか？」

三日ほど前、トラヴィスに呼び出され、牢《ろう》に入れられた件を正式に謝罪された。本来は国王が直々に謁見《えっけん》したかったようだが、具合の悪い日が続いており、外せない重要な面会以外は断っている状況《じょうきょう》らしい。

「王族は不老不死でもなければ、もちろん竜そのものでもない。体が丈夫《じょうぶ》でも怪我《けが》はする。病気にも絶対にかからないわけではない。年齢《ねんれい》を重ねればそれなりに病気も患う」

スープを飲んでいたメルヴィンの動きが止まる。吐《は》き出された声はどこか硬《かた》い。

「結局のところ、ただの人間と変わらないんだ……俺以外は」

虚《うつ》ろな視線がスープに注がれている。先ほどの質問はメルヴィンの機嫌《きげん》が下降するようなものだったらしい。話題の選択《せんたく》に失敗してしまったようだ。

メルヴィンは手にしていた器をサイドテーブルの上に置く。お腹《なか》がいっぱいになったのか、あるいは食事をする気分ではなくなったのか、残っていたパンにはもう見向きもせず、足元の本に手を伸《の》ばした。

（これ以上は話しかけても反応してくれないわね。そっとしておこう）

メルヴィンの機嫌が悪くなった際には、無理に話しかけず距離《きより》を保つのが一番だ、ということは一月余りの世話係の経験で学んでいる。慌《あわ》てて機嫌を取ろうとすると逆効果で、ちょっと放《ほう》って置くぐらいがちょうどいい。

そんな風に余裕《よゆう》を持ってメルヴィンと接することができるようになったのは、ひとえに世話係の仕事に大分慣れたおかげだろう。

（一月は無事乗り越えたから、次は世話係最長記録を目指して頑張《がんば》ろう！）

静かに本を読むメルヴィンを横目に、コルネは残った食事の後片付けを始めた。

翌日、朝食を片手に離宮《りきゅう》へと向かう途中《とちゅう》、中庭でエーリクに声をかけられる。

「お久しぶりです、コルネさん。出会い頭《がしら》で誠《まこと》に申し訳ございませんが、こちらをメルヴィン様にお渡しいただいてもよろしいでしょうか？」

エーリクに手渡されたのは分厚い紙の束だ。茶色の紐《ひも》で結ばれている。

「嘆願書《たんがん》をまとめたものですね。わかりました、メルヴィン様に渡しておきます」

「お願いいたします。自分が直接届けに行ければいいのですが、離宮まで足を運ぶ時間がない状況でして」

常にゆるやかな弧《こ》を描《えが》くエーリクの眉尻《まゆじり》は、普段《ふだん》よりもさらに下がっている。

「ここ数日お見かけすることがほとんどありませんでしたが、すごくお忙《いそが》しいんですか？」

エーリクは最近離宮にほとんど顔を出さず、偶然《ぐうぜん》王宮内で会ったときに話を、いや、挨《あい》拶《さつ》をするぐらいだった。それほどまでに忙しい、ということなのだろう。

「はい。色々と仕事が重なってしまい、騎士《きし》団そのものが多忙《たぼう》な状態が続いております。コルネさんも何かとお忙しいのに、頼《たの》み事をしてしまい本当に申し訳ございません」

「いえいえ、そんな、気にしないでください。メルヴィン様への届け物ぐらい、いつでも引き受けますよ。それに、このところはようやく世話係の仕事にも慣れてきて、最初の頃《ころ》より大分余裕が出てきましたから」

「そうですか、それは何よりです。騎士団の仕事が一段落いたしましたら、またコルネさんのお手伝いをさせてもらいますので、その際はどうぞ何でも頼んでください」

和《なご》やかに笑うエーリクにつられて、コルネの顔にも笑《え》みが広がる。本当はかなり忙しくて心身共に疲労《ひろう》しているはずなのに、そんな様子は微塵《みじん》も言葉や態度に出ていない。ものすごく人間ができた人だ。

「話は変わりますが、実は二つほどお伝えしておかなければならないことがあります」

　エーリクが表情を引き締《し》める。それだけで、内容が軽いものではないことが窺《うかが》えた。

「先日窃盗《せっとう》事件の犯人として捕《つか》まえた使用人の男が、昨夜牢から逃《に》げ出しました」

「え、逃げたんですか⁉　あの厳重な牢から⁉」

　一度同じ牢に入れられた身としては、あの鉄格子《ごうし》で固められ、なおかつ警備も厳しい場所から逃げ出せるなんて信じられなかった。

　目を見開くコルネの前で、エーリクは騎士団の失態を恥《は》じるように目を伏《ふ》せる。

「牢の番をしていた騎士から、どうやら上手《うま》く鍵《かぎ》を盗《ぬす》み取ったようです。今、騎士団の者が全力で捜索《そうさく》している最中です。王宮内にはもう潜伏《せんぷく》していないようですが、必ず見つけ出して捕まえますので」

　結局、あの使用人がいなくなってから王宮内での紛失《ふんしつ》もとい窃盗騒《さわ》ぎはぴたりと止まった。本人はキャロルの指輪の件以外は頑《かたく》なに認めようとしなかったようだが、十中八九あの男がすべての犯人だったのだろう。

「もう一つは、トラヴィス様が摑《つか》んだ情報ですが、どうやらメルヴィン様の身を狙《ねら》う計画があるようです。こちらはトラヴィス様指示の下鋭意《もとえいい》調査中で、我々騎士団も警備をさらに強化していきます。メルヴィン様はもちろん、世話係であるあなたの安全も守りますので、どうかこれまで通り過ごしてくださいますようお願いいたします」

　急いでいるせいか、エーリクの口調は常よりやや早い。立て続けに伝えられた重い内容に、コルネは中途半端《ちゅうとはんぱ》に口を開けたまま固まってしまう。のんきで平和な故郷では到底《とうてい》考えられない物騒《ぶっそう》な話だった。都会って怖《こわ》い、と思った。

「最近騎士団が忙しいと仰《おっしゃ》っていましたけど、その二つが原因なんですか？」

「はい。やるべきことが多く、あちこちに人員が割《さ》かれてしまっている状態ですので」

牢から逃げ出した窃盗犯の目撃《もくげき》情報がいくつか寄せられていること、王宮の近くで怪《あや》しい人間がうろついていたという報告が多数舞い込んでいること。極《きわ》めつけは一週間後に行われるメルヴィンの生誕祭に向けて、警備態勢の見直しが行われていること。それらが重なったことで、騎士団内は現在てんやわんやの状態らしい。

「男が脱獄《だつごく》した件については、メルヴィン様にお話ししてもらって構いません。ですが、メルヴィン様を狙う計画があることについては、まだ本人の耳には入れないように注意していただけますか？　詳細《しょうさい》が明らかになりましたら、自分の口からお伝えいたしますので」

コルネはエーリクの言葉に「わかりました」と神妙《しんみょう》に頷《うなず》く。

「私もメルヴィン様の身辺にはより一層気を配っておきます。それにしても、やっぱり王族という立場になると、命を狙われるようなこともあるんですね」

「ドロテリア王国は穏《おだ》やかな国ではありますが、現在の王政に反対する者、己《おの》が利益のために犯罪を企《くわだ》てる者も少なからず存在しています。さらにメルヴィン様は王族の中でもかなり特別なお立場の方ですから、これまでも何度か危険な目に遭《あ》っております」

ぽたりと、真っ白な紙に一粒《ひとつぶ》のインクがこぼれ落ちるかのように、エーリクの瞳《ひとみ》に陰《かげ》が差す。どこか遠くを見るその眼差《まなざ》しには、暗い輝《かがや》きが混じり込んでいる。

「あのときも、すべての元凶《げんきょう》はメルヴィン様の血が――」

囁《ささや》くような呟《つぶや》き声は、最後まで紡《つむ》がれることなく途中で途切《とぎ》れる。そして、すぐにエーリクの顔には穏やかな微笑みが舞い戻ってくる。先ほどまでの陰りは一切《いっさい》ない。

「慌ただしくて申し訳ありませんが、自分はこちらで失礼いたします」

引き止める隙《すき》もなく、エーリクは別れの挨拶をして足早に去って行く。王宮の方角へと進んでいく背中には、特段おかしなところは見受けられなかった。

（うーん、私の気のせいかしら。エーリクさんがメルヴィン様のことを話すとき、たまに不自然さを感じるような……）

とはいえ、違和感《いわかん》はほんの一瞬《いっしゅん》のことなので、コルネが余計なことを考えすぎている、あるいはただの気のせいなのかもしれない。

腑《ふ》に落ちないものを感じながらも、コルネは朝食と紙の束を持って離宮へと歩き出した。


今日の朝食は食パンをきつね色に焼き上げたホットサンドだ。ジャガイモの自然な甘みを活《い》かしたポタージュもある。バスケットから取り出すと、パンの焼けた香《こう》ばしい匂《にお》いが室内に広がっていく。

「具材は肉とタマネギと卵、白身魚とレタス、それからチーズとキュウリの三種類ですね。

どれから食べますか?」

「白身魚がいい」

「わかりました。はい、どうぞ」

恐《おそ》らくそう答えると思い、あらかじめ手にしていた白身魚のホットサンドを手渡《てわた》す。

「それと、先ほどエーリクさんから嘆願書をまとめたものをお預かりしてきました」

コルネが分厚い紙の束を見せると、メルヴィンは手にした朝食と紙を交互《こうご》に眺《なが》める。ほんの少し考える素振《そぶ》りを見せた後、その視線は朝食へと戻《もど》っていく。

「これを食べたら読む。そこに置いておいてくれ」

コルネはサイドテーブルの上に紙の束を置いた。メルヴィンはしおりを挟《はさ》んだ本を足元に置くと、紙の束を見ることもなく静かにホットサンドを口に運ぶ。

食事の様子をさりげなく観察する。一口目は無表情のままだ。二口目で具材、白身魚にたどり着いたのか、直線だった眉《まゆ》がかすかに弓なりに変化する。

「魚の骨は全部取ってありますので、気にせず召《め》し上がってください」

少しずつ食べ進めていたメルヴィンの動きが止まる。上目遣《うわめづか》いで訝《いぶか》しげな眼差しを送ってくる相手に、コルネはにっこりと笑いかける。

「メルヴィン様は魚料理がお好きですが、骨を取るのは苦手ですよね」

「……どうしてそう思うんだ? 俺は一言もそんなことは言っていない」

「見ていればわかりますよ。魚を食べるときは眉や口元が少し緩《ゆる》んでいます。でも、煮魚《にざかな》とか骨の多い料理は残されることが多いので、多分骨を取るのが面倒《めんどう》なのかなあ、と」

「そんなにわかりやすい態度を取ったことはない」

「わかりやすくはないですね。だけど、いつも見ていればわかるようになりますよ。私はメルヴィン様の世話係ですから」

濁《にご》りのない碧眼《へきがん》が大きく見開かれる。最近気付いたことだが、メルヴィンの瞳孔《どうこう》は猫《ねこ》科の生き物と同じ、縦長の構造になっている。間近で見たことがないのでトラヴィスはわからないが、もしかしたら竜《りゅう》の血を引くという王族特有の瞳なのかもしれない。

無言で凝視《ぎょうし》していた視線が、不自然なまでに突然《とつぜん》逸らされる。返事をせず再びパンを食べる横顔、その白い頬《ほお》がいつもより血色が良くなっているように見えたのは、コルネの気のせいだろうか。

(もしかして照れている？　いえ、メルヴィン様に限ってそんなことはないわね)

差し出したジャガイモのスープを半ば奪《うば》うような形で受け取ったメルヴィンに、コルネは小さく首を振《ふ》って苦笑《くしょう》をこぼした。

あの使用人の男が昨夜牢《ろう》から逃げ出したらしいですよ、とエーリクから聞いた話をすると、メルヴィンは咀嚼《そしゃく》する動きを止める。そして、少しだけ考える間を置いた後、すぐに興味を失ったかのごとく噛《か》む動きを再開させた。

「メルヴィン様の十八歳の生誕祭までには捕まるといいんですが。せっかく大々的に準備をしているんですから、気がかりなことがない状態でお祝いをしたいですよね」

ついでに、メルヴィンを狙っているという輩《やから》も捕まってほしいところだ。エーリクを始めとした騎士団の方々には、多忙で大変だろうがぜひとも頑張《がんば》ってほしい。

誕生日の話題ならば、きっと明るい返答が戻って来るのだろうと思ったのだが、予想に反してメルヴィンは無言だった。何故《なぜ》か、周囲の気温が下がった気がする。

恐る恐るメルヴィンの顔を見ると、常の無表情が視界に入ってくる。嬉《うれ》しいとか楽しみとか、そんな明るい感情はもちろんのこと、反対の感情すら読み取れない。

「ええと、メルヴィン様は誕生日が楽しみ、じゃないんですか？」

「別にどうでもいい。どうせ俺は参加しない」

「参加しないって、でも、メルヴィン様が主役ですよね？」

だが、よくよく考えてみればメルヴィンは病弱設定だ。そして、実際はひきこもり中。参加できない、しないのが当たり前なのかもしれない。

(主役が参加しないのに、大々的に生誕祭を王宮で開く意味があるの？)

誕生日の当人を祝うための生誕祭だろう。本人不在では何の意味もないはず。

コルネが首を傾《かし》げていると、メルヴィンは淡々《たんたん》とした声音《こわね》で答える。

「俺がいてもいなくても関係ない。貴族連中が集まって、交流する場があれば名目などどうでもいいってことだろう。社交界っていうのはそういうものだ」

主役がいなくても問題ない。貴族たちが、権力者たちが集まることに意味があるんだ、と続けるメルヴィンの顔は冷え切っていて、欠片《かけら》ほども誕生日を喜ぶ気配はない。むしろ忌避《きひ》しているようにすら見えた。

「それに、どうせ俺の生誕祭とやらの本当の目的は……」

開いた口を一度閉じて、メルヴィンは「いや、これは余計な話だ」と首を振った。言いかけてやめた言葉の先が気になったものの、コルネは別の疑問を口にする。

「ご家族だけ、トラヴィス様やエーリクさんたちとお祝いをすることはないんですか？」

「幼い頃《ころ》はあったが、この年になると特にないな」

「それでは、ここで、離宮《りきゅう》で一緒《いっしょ》にお祝いしませんか？」

ぼんやりとスープに視線を落としたままだったメルヴィンが「え？」と顔を上げる。丸くなった青い瞳に、コルネは笑《え》みを返す。

「メルヴィン様と私と、あ、トラヴィス様とエーリクさんももちろん誘《さそ》いましょう。誕生日の翌日……は新月でしたか。では、その翌日、誕生日の二日後はどうでしょう？」

材料を用意しておけば、離宮の炊事場《すいじば》で料理やケーキを作ることができる。使っていない客室に色々飾《かざ》り付けをしてもいいかもしれない。

考え始めると楽しくなってくる。お祝い事の準備は大好きだ。自然とにこにこしてしまうコルネとは対照的に、メルヴィンは関心を示すことなく無表情のままだった。

「この年齢《ねんれい》で誕生日など別に祝ってもらわなくてもいい」

「私がお祝いしたいんです。それに、年齢なんて関係ありませんよ。大切な人が生まれた日をお祝いしたいと思うのは当たり前のことですよね」

「大切な、人……俺が？」

「当然です。私はメルヴィン様の世話係ですからね」

数分前に言った言葉をえへんと胸を張ってもう一度繰《く》り返すと、メルヴィンはきょとんと目を丸くした後、唇《くちびる》を真横に強く引き結ぶ。その顔には濃《こ》い苛立《いらだ》ちの色が見て取れる。

「以前にも言ったが、お前はもっと危機感や警戒心《けいかいしん》を持つべきだ。あんな目に遭ったのに、どうして俺と距離《きょり》を置こうとしない。むしろ何故反対の行動を取ろうとするんだ」

「ええと、すみません。何か気に障《さわ》ることをしてしまいましたか？」

怒《おこ》られている理由がわからなくて首を傾げると、メルヴィンは長く深い息を吐《は》いて椅子《いす》の背にもたれる。

「いいか、お前は俺に一度殺されそうになっているんだ。竜の姿の俺に。そもそもあんな巨大《きょだい》で醜《みにく》い姿になれるなんて異様だろう。おぞましく、気持ち悪く、そして……恐怖《きょうふ》の対象でしかない」

メルヴィンは自分自身に言葉という名の刃《やいば》を突《つ》き立てている気がした。それは己《おのれ》を嫌悪《けんお》し、心底憎《にく》んでいる声音だった。

「もちろん最初に見たときは怖《こわ》かったですし、びっくりしましたよ。でも、メルヴィン様だとわかってからは、特に怖いとは思わなくなりましたね。醜いなんてとんでもない！　大きな竜の姿は銀の鱗《うろこ》がすごく綺麗《きれい》でしたし、子竜の姿はモフモフのぬいぐるみみたいですごく可愛《かわい》かったですよ」

「新月の日、自我を失った俺に襲《おそ》われる可能性があるのに？」

「何を言っているんですか。あのときメルヴィン様は子竜の姿になって、私を襲わないようにしてくださったじゃないですか」

苦しげに葛藤《かっとう》しながらも、メルヴィンはコルネを襲わないために姿を変えてくれた。それは成竜の姿のときでもメルヴィンの自我がちゃんとある、ということに他《ほか》ならない。

「自我を失うというよりも、こう、本能的なものが強くなるって感じなんでしょうか。そういえば一つ疑問があるんですが、竜って元来人を襲う可能性があるんですか？」

以前、竜は慈愛《じあい》の生き物だとエーリクが言っていた。それならば、むやみやたらに人を襲うとは思えない。

「俺は竜の姿をしているが、あくまで人間だ。だから、新月の日に竜の力が強くなると、本能的に自分自身の身を守ろうとする行動を取るんだろう」

「なるほど、それなら納得《なっとく》です。自分の身を守ろうとするのは当たり前の行動ですから」

精神的に不安定なとき、近付いてくる人間に恐怖を感じ、排除《はいじょ》しようと考えてしまっても仕方がないことだ。防衛本能がかなり強くなる、ということだろう。

「前にこの離宮には動物が近寄らない、と言ったのを覚えているか。あれは俺が竜、いや、まがい物の竜だから、動物たちは恐怖を感じて近付かないんだ」

「その特性、いえ、能力？　とにかくすごく便利な体質ですよね。畑を作っている人間としてはものすごく魅力《みりょく》的です。もしメルヴィン様が外に出たいと思う日が来たら、ぜひともゲードフェン家の屋敷《やしき》においでください！　田舎《いなか》ですが空気は美味《おい》しい場所ですし、のんびり過ごせると思います」

メルヴィン様がいるだけで畑を野生動物に荒《あ》らされなくなるなら最高ですよね、とコルネはうんうんと頷《うなず》く。返事がない。メルヴィンを見ると、ぽかんと口を開けていた。

「私、そんなにおかしなことを言いましたか？」

「いや、おかしいというか、そんな考え方をする人間がいるとは思わなかったというか」

メルヴィンにしては珍《めずら》しく混乱した様子で、ごにょごにょと言葉を濁す。視線を右へ左へと忙《せわ》しなく動かし、意味もなく手にした本をぱらぱらとめくっている。挙動不審《ふしん》だ。ものすごく賢《かしこ》くて知識がある分、予測不能、想定外のことがメルヴィンは苦手そうだ。コルネがあまりにも予想外のことを言ったため、上手《うま》く処理できないのだろう。

（まだ混乱が収まりそうにないわね。とりあえず私は紅茶でも淹《い》れてこようかな）

本をぶんぶんと左右に振り始めたメルヴィンを横目に、コルネは炊事場へと向かった。

「メルヴィン様、ひとまず紅茶を飲んで落ち着いてください」

意味不明な動きはなくなったものの、今度は椅子に座って固まっているメルヴィンへとカップを差し出す。一呼吸を置いてゆっくりと伸《の》びてきたメルヴィンの手はカップ、ではなくカップを持つコルネの手に触《ふ》れた。

以前、離宮でしおりを大捜索《だいそうさく》したとき、肩《かた》に触れようとしたコルネの手はメルヴィンによって強く振り払《はら》われた経験がある。触《さわ》ることを激しく拒絶《きょぜつ》された。だが、今コルネの手に触れる仕草はどこまでも優《やさ》しく、愛情を感じられるものだった。

　驚《おどろ》くコルネの手を包み込む手は想像以上に冷たく、ごつごつと骨張っている。手の甲《こう》を撫《な》でるように触れられると、そわそわと落ち着かない気持ちになってしまう。意味がわからなくて混乱する。動揺《どうよう》で汗《あせ》がにじみ、手が湿《しめ》ってくる気がした。

「あのとき俺が付けた傷は、ちゃんと治ったんだな。痕《あと》が残らなくてよかった」

　どうしたらいいのかと視線をさ迷わせるコルネに、俯《うつむ》いていたメルヴィンが顔を上げ、真っ直《す》ぐに視線を注いでくる。いつもとは違《ちが》う、柔《やわ》らかな光が浮《う》かぶ青い瞳《ひとみ》が向けられる。

「――ありがとう、コルネ」

　ふわっと、ずっと固い蕾《つぼみ》のままだった花が花弁を開くように、整った顔に美しい微笑《ほほえ》みが浮かぶ。触れれば溶《と》けて消えてしまいそうなほど儚《はかな》い笑みは、初めて見るメルヴィンの笑顔だった。いつも青白い頬《ほお》はわずかに赤く染まり、艶《あで》やかな色香《いろか》を帯びている。

　綺麗な笑みに見惚《みと》れたのは一瞬《いっしゅん》、どきりと心臓が大きな音を立てる。不自然な胸の高鳴りに合わせて、さらに視線が左右に揺《ゆ》れ動いてしまう。

「い、いえ、あの、多分美味しく淹れられたと思います」

　メルヴィンの顔に浮かんだ笑みはすぐに消えてしまう。

　恐《おそ》らく先ほどの言葉は紅茶に対しての礼ではない。だが、混乱した頭では上手く考えがまとまらない。メルヴィンがカップを手にすると同時に、急いで自分の手を引き戻《もど》す。

　手が熱くなっていたのは、カップを通して紅茶の熱が移ったせいだけではないのだろう。

カップを傾《かたむ》け、紅茶を一口飲んだメルヴィンの眉根《まゆね》がぎゅっと寄せられる。

「熱い」

「わ、すみません！　すぐに淹れ直してきます！」

「いい、大丈夫《だいじょうぶ》だ。味は美味しい」

寄せられた眉根とは反対に、カップに付けられた口元はゆるやかな弧《こ》を描《えが》いている。それがまた、不思議とコルネの気持ちを落ち着かなくさせる。

（メルヴィン様が笑うところをずっと見たいと思っていたけれど、いざ目《ま》の当たりにすると何だかこう、照れくさいというか、直視できないというか……。これはきっと、メルヴィン様の顔立ちが整いすぎているせいだわ、うん）

内心の気恥《きは》ずかしさを押し隠《かく》すように視線を横へと向けると、すぐ傍《そば》にある本の塔《とう》の天辺《てっぺん》に置かれた表紙が視界に飛び込んでくる。

「これ、もしかして『竜《りゅう》と王』ですか？」

よく見知った絵本がある。懐《なつ》かしい本の表紙に、コルネは昔を思い出した。

「この絵本、幼い頃によく母に読んでもらっていました」

「お前でも読書をするのか？」

「これでも昔は本を読むのが好きでしたよ。でも、家のことで色々忙《いそが》しくなってからは、読書をする時間もなくなってしまいましたね」

妹が生まれてすぐに母が亡《な》くなり、それからは姉と協力して家事や育児に励《はげ》んできた。

忙しさにかまけ、いつの間にか本とはすっかり離《はな》れてしまっていた。今では年間を通して数える程度しか読んでいない。否《いな》、一冊も読まないときすらある。

カップをサイドテーブルに置き、メルヴィンは椅子から立ち上がって本を取ると、コルネへと差し出してくる。

「じゃあ、久しぶりに読んでみるか？」

「いいんですか？　ありがとうございます！」

『竜と王』、という題名の絵本は、ドロテリア王国の成り立ちについて書かれた本だ。大《たい》抵《てい》の子どもは幼い頃《ころ》に親から読み聞かされるものだった。

絵本を受け取り意気揚々《いきようよう》と開いたコルネの顔には、懐かしさで笑《え》みが広がっていく。耳に届いた柔らかな声に顔を上げると、こちらを見て笑うメルヴィンの姿があった。声を出して笑うのを見たのも、これが初めてだった。

「久しぶりに本を読むんだろう。ちゃんと読めるのか？」

美形の笑顔はもはや凶器《きょうき》だ。内心の動揺を抑《おさ》えつつ、からかうような口調に返事をする。

「読めますよ。絵本ぐらいは問題ありません。メルヴィン様が頻繁《ひんぱん》に読まれる学術書のような本の場合は、確かに途中《とちゅう》で眠《ねむ》ってしまうかもしれませんが」

そう口にすれば、再びメルヴィンが笑い声を出す。口元に手を当てて笑う姿に、どきっと胸が大きく弾《はず》んだ気がした。じわりと頬が熱を帯びていく。

最初は世話係をすることに不安と戸惑《とまど》いしかなかった。給金のためだけに頑張《がんば》ろうと思った。でも、今は純粋《じゅんすい》にメルヴィンの世話係になって良かったと、そう思うことができる。

（このまま穏《おだ》やかに、平和に、メルヴィン様と仲良くなっていけたら嬉《うれ》しいわ）

この一週間後、王宮の大ホールで盛大に行われる生誕祭にて再び厄介《やっかい》な事件に巻き込まれることなどつゆ知らず、コルネはメルヴィンを祝う準備を着々と進めていった。


新月の日の夜は、とても暗い。星明かりでは照らし出せない濃《こ》い闇《やみ》が広がっている。

昼間は明るく穏やかな森も夜になれば姿を変える。特に新月の夜の森は、先を見通せない漆黒《しっこく》をその身に宿し、重々しい雰囲気《ふんいき》をまとっていた。鳥の鳴き声は当然のこと、虫の鳴き声さえしない完全な静寂《せいじゃく》が漂《ただよ》っている。

子竜の姿で椅子《いす》に座っているメルヴィンの口からは、知らずため息がこぼれ落ちる。

「申し訳ございません、メルヴィン様。自分の力だけでは正直どうしようもなく」

「父上は？」

「ここ数日体調が優《すぐ》れず、臥《ふ》せっておられるようです。王妃《おうひ》陛下《へいか》が看病をなさっております」

「では、兄上は？」

「トラヴィス様は外交の最中です。重要な公務のためしばらく戻ることはできない、と連《れん》絡《らく》がありました」

重量のあるため息が、もう一回子竜の口から吐《は》き出されていく。元々ひどい頭痛が、さらに悪化した気がする。

コルネを襲《おそ》おうとしたときは突然《とつぜん》の遭遇《そうぐう》に混乱し、怯《おび》えと警戒《けいかい》もあって子竜の姿になるのに手間取ってしまった。だが、基本的には成竜から子竜の姿になることはたやすい。

ただし、子竜になるのは簡単なのだが、ずっとその姿でいることは体力的に厳しい。頑張って半日ほどだろうか。将来的には新月の日でも竜の姿にならないことが目標だが、当面は現状維持《いじ》。メルヴィンが今日何をするにしてもこのままの姿で行わなければならない。それもまた気が重くなる要因だった。

「あいつにかけられた嫌疑《けんぎ》は？」

「……殺人未遂《みすい》です。幸運なことに被害者《ひがいしゃ》は一命を取り留めたようですので、殺人罪にはなりませんでした」

エーリクは心底安堵《あんど》した様子を見せる。王宮内で人が死ぬ事態にならなくて本当によかったです、と続けた顔にはどこか陰《かげ》があった。その陰の源はメルヴィンの中にもある。

「不幸なことにその場に居合わせたあいつは、毒殺未遂の有力な容疑者ということか」

三度目のため息は吐き出さずに飲み込む。ため息ばかり吐いていても仕方がない。父や兄に頼《たよ》れないのならば、メルヴィン自身がどうにかするしかない。

(だが、離宮《りきゅう》にひきこもっている俺にできることなど限られている)

離宮から出ずに、この場でできることは数少ない。しかし、手をこまねいてただ見ていることなど絶対にできない。

（……もう後悔《こうかい》はしたくない。何もせずに後悔するのは嫌《いや》だ）

竜の姿が怖《こわ》くないと、誕生日を一緒《いっしょ》に祝おうと笑ってくれた姿が脳裏《のうり》に蘇《よみがえ》る。触れたときの温《ぬく》もりを思い出すように、メルヴィンは毛で覆《おお》われた己《おのれ》の手を強く握《にぎ》る。

「コルネさんは今、取り調べを受けています。その後は恐らく牢《ろう》に入れられるかと。容疑を認めるまで取り調べが続くことになると思います」

「本人が否定しているのに？　証拠《しょうこ》もないだろうが」

「その場にいた者の証言と、何よりも彼女以外に犯行は不可能という状況《じょうきょう》があります。証言をしているのが有力な貴族の方々、という部分も大きく働いているのでしょう」

エーリクの硬《かた》く強張《こわば》った声が響《ひび》く。その顔には常の穏やかさは一切《いっさい》ない。それだけで、かなり現状が良くないということが察せられた。

「兄上が戻れるとしたらどのぐらいになりそうだ？」

「早くて四日、遅《おそ》くて一週間程度でしょうか」

「時間的な猶予《ゆうよ》はどのぐらいだ？」

必要なことを端的《たんてき》に聞いていく。とにかく重要なのは時間だ。

「恐らく三日ですね。本人がいくら否定しても、外堀《そとぼり》から埋《う》められていくと思われます」

メルヴィンは目を閉じる。新月の数日前からは精神的に落ち込み、頭痛もひどくなる。

当日は最高潮だ。本当は黙《だま》って寝《ね》ていたい。だが。

目を開けると同時に勢いよく椅子から立ち上がる、否、飛び上がった。

「悪い、エーリク。お前も本来ならば騎士《きし》の一人として調査に加わらなければならないのだろうが、俺の方を手伝ってもらえないか？」

「もちろんです。トラヴィス様がいらっしゃらない今、メルヴィン様が自分にとって最優先です」

当然とばかりに頷《うなず》いてくれる姿に、重苦しい気持ちが若干和《じゃっかんやわ》らぐ。一人では尻込《しりご》みしてしまいそうだが、信頼《しんらい》できる相手が傍にいてくれるのならばどうにか頑張れそうだ。

「お前も体調が優れないのに、無理を言ってすまない」

目を瞬《またた》くエーリクに、メルヴィンはふわふわと飛びながら近付く。

「この時期はいつも調子が悪くなるだろう？」

「……気付いていらっしゃったんですね」

「いくら隠しても気付くに決まっている。他《ほか》でもないエーリクのことだ。当然だろう」

「当然、ですか」

首を縦に動かして「ああ」と言えば、エーリクはわずかに視線をさ迷わせる。顔色にも表情にも、もちろん態度にも辛《つら》そうな様子はほとんどない。それでも、長年一緒にいれば些細《ささい》な変化もわかる。

メルヴィンにとってはエーリクも実の兄同然、大切な家族の一員だ。

「お前は辛いとか苦しいとか、絶対に言わないからな。そのくせ人の心配ばかりする」

「それが自分の役目です。トラヴィス様とメルヴィン様の成長を傍で見守り、お支えすることが……他でもない母の願いでもありますから」

二人揃《そろ》って口を固く閉じる。恐《おそ》らく思い出していることは同じだろう。同じ光景を思い出している。あの日の——彼女の姿を。

真っ赤な色が徐々《じょじょ》に広がっていく。吐き気を促《うなが》す錆《さ》びた臭《にお》いが鼻を容赦《ようしゃ》なく突《つ》き刺《さ》す。肩《かた》を揺《ゆ》らして呼びかけても動かない体、少しずつ失われていく優《やさ》しい温もり、叫《さけ》び声と泣き声と怒鳴《どな》り声の三重奏が耳の中で響き渡《わた》る。

きつく目を閉じる。まぶたの裏に浮《う》かぶ鮮明《せんめい》な記憶《きおく》が、メルヴィンの心に冷たい手を伸《の》ばしてくる。決して消えない記憶という名の刃《やいば》が、弱い心を切り裂《さ》こうとする。

「メルヴィン様」

直後響いた名を呼ぶ声に、メルヴィンはぱっと目を開けた。冷たい記憶はゆるやかに消えていく。重なったエーリクの眼差《まなざ》しが、痛みで満たされた記憶を遠ざけてくれる。

「不甲斐《ふがい》ない自分をお気遣《きづか》いいただき、ありがとうございます。ですが、自分のことは心配いりません。それで、何をすればよろしいでしょうか？」

エーリクの問いかけに、メルヴィンは唇《くちびる》を横に引き結ぶ。深呼吸をすること数回。しばらく間を置いて、喉《のど》の奥からかすれた声を絞《しぼ》り出す。

「——離宮の外に出たい」

今必要なのは、外に出て情報を得ること。コルネの無実を証明するためには、メルヴィン自身が現場を見て状況を確認《かくにん》し、なおかつ本人からも話を聞かなければならない。

メルヴィンの申し出に、エーリクは目を大きく見開いて驚《おどろ》きを示した。

暗くて狭《せま》い中に小さく縮こまり、ゆらゆらと揺らされること三十分。ずっと黙って耐《た》えてきたメルヴィンは、もはや我慢《がまん》ならないと不満の声をもらす。

「……この方法が最も効率的で安全だということはわかる。わかるが、俺の自尊心的にはものすごく嫌だ」

「メルヴィン様、喋《しゃべ》らないでください。この辺りにはまだ人がいますから」

エーリクに小声で注意され、口を閉じる。メルヴィンの苛々《いらいら》に合わせて尻尾《しっぽ》が自然と左右に動いてしまう。が、すぐさま「メルヴィン様」と静かな声が降り注いできて、再び体を縮こまらせた。むむむと、口中で声にならないうめきが生み出される。

現在、メルヴィンはバスケットの中にいる。上から布も被《かぶ》せられている。理由は簡単。エーリクの提案の下《もと》、人目に付かないように移動するにはこれが最も適していたからだ。

不満を押し込めて揺らされることさらに十分。ようやくバスケットの振動《しんどう》が止まる。どうやら目的の場所に到着《とうちゃく》したらしい。

「もうバスケットの外に出ても平気なのか？」

どうぞ、という声を聞き終える前に、メルヴィンは布を取り払《はら》って狭いバスケットから飛び出した。凝《こ》り固まった体を解《ほぐ》すように、ぐるりと周囲を見渡《みわた》す。

「久しぶりに来たが、相変わらず無駄《むだ》に広いホールだな」

式典やら舞踏《ぶとう》会やらに使用される大ホールは、縦にも横にもものすごく広い。狭すぎるバスケットの中も嫌だったが、かといって広すぎるホールもまた落ち着かない。

本当は事件現場に来るよりも先に、コルネのところへ行くつもりだった。だが、エーリクがまずは大ホールに足を運ぶよう勧《すす》めた。

「この時間はまだ取り調べが行われている最中です。もう少し時間が経《た》てばコルネ様の身は牢に移動されるはずですので、それから会いに行った方がよろしいかと思います」

その助言に従うことにした。本当はコルネに色々話を聞いてから現場を見たかったのだが、時間を無駄にすることはできないので仕方がない。

「現場はもちろんそのまま保存されているんだな？」

「はい。事件のあったテーブルはあちらになります。トラヴィス様のご命令通り、あの周辺は事件直後のまま、一切触《ふ》れずに保存しております。たださすがに食べ物など腐《くさ》りそうなものについては、明日処分する予定です」

「さすが兄上、手際《てぎわ》がいい」

本来であれば王宮内部で起きた事件なので、国王が調査の指揮を執《と》る案件だ。だが、体調を崩《くず》しがちの国王には、通常の公務ですらかなりの負担となっている。ゆえに、トラヴィスが代理を務めることになったのだろう。

メルヴィンは翼《つばさ》を動かしてホールの片隅《かたすみ》、がらんとしたホールの中で異質な雰囲気《ふんいき》を放っている一角へと向かう。当日は中央付近をダンスや歓談《かんだん》のスペースにし、窓際にテーブル席を並べていたのだろう。

「テーブル二卓《たく》につき一人、侍女《じじょ》が給仕《きゅうじ》のために配置されておりました。コルネさんの場合は臨時で手伝いに来ていただいている立場でしたので、こちらのテーブル一卓のみ任されていたようです」

こぼれた料理の数々、落ちて踏《ふ》まれたナプキン、所々染《し》みがにじんで汚《よご》れたテーブルクロス、ナイフやフォークが上下バラバラの状態でテーブルのあちこちに散らばっている。

その様子を一瞥《いちべつ》しただけでも、当時かなりの混乱状態だったことが窺《うかが》える。

「料理と食器が七人分、ということは七人の招待客がいたってことだな」

「ご夫婦《ふうふ》が三組、未亡人の女性が一人の合計七人です。皆様《みなさま》貴族の方々ですね」

テーブル上をゆっくりと二周したメルヴィンは、ある席の真上で動きを止める。

背後に倒《たお》れた椅子《いす》、砕《くだ》けたワイングラスの破片《はへん》、飛び散った赤ワインの染み。一際《ひときわ》ぐちゃぐちゃになったその席が、被害者《ひがいしゃ》の座っていた場所だということは聞かなくてもわかる。

「被害者についてももう一度確認しておきたい。ワインに毒を盛られたのはラコスト準男爵《だんしゃく》。確かラコストは美術商と金貸しをやっていると聞いたことがあるな。なるほど、金貸しか。コルネの動機はそれにされるわけか」

ゲードフェン伯爵家《はくしゃくけ》がラコスト準男爵から実際に金を借りているか、いないかはわからない。だが、どちらでも構わない。借りていれば返済を迫《せま》られて、借りていなければ貸付を断られて、という筋書きになるのだろう。

「ラコスト準男爵はあまり評判がよろしくないお方のようです。贋作《がんさく》を本物と偽《いつわ》って高値で売りさばいている、十日で一割近い違法《いほう》な高利貸しを行っている、といった噂《うわさ》がまことしやかに流れております。恨《うら》んでいる者も多数いる、という話も耳にしました」

「動機から犯人を絞り込むのは難しいということか。隣《となり》の席にいたのは誰《だれ》だ？」

「左手側にラコスト準男爵の妻、右手側にはマルロー夫人、こちらは半年ほど前に亡《な》くなったマルロー男爵の妻です」

「半年ほど前に亡くなった……ああ、思い出した。当主が突然《とつぜん》自殺をしたという話を兄上がしていたな。確か夫人はグルーソル共和国の出身だったか」

「はい。マルロー男爵は厳しい借金の取り立てにより、精神的に追い詰《つ》められて自殺をなさったそうです」

会話をしながらもメルヴィンの目は素早《すばや》くテーブル周辺を観察していく。隙《すき》なく動いていた目はテーブルの上、六つの飲みかけのワイングラスへと向けられた。

残されたグラスを代わる代わる見ていたメルヴィンは、低いうめき声をもらす。

（……何か引っかかるような、いや、俺の気のせいか？）

視界に入った何かが気になるはずなのだが、それが何なのかどうしてもわからない。これ以上考えても今は無理だと判断し、その違和感《いわかん》は一旦《いったん》頭の端《はし》に追いやる。

「席はあらかじめ決まっていたのか？」

「いいえ、テーブルは指定されておりましたが、席は自由に座れる状態でした。ラコスト準男爵もご自身で選んでそちらの席に座ったようです」

「毒が入っていたのはワイン、ラコストが飲んでいたグラスにのみ入っていた、という認識で間違《まちが》いないんだな？」

「はい。他《ほか》の方のワインには問題ありませんでした。ちなみにボトルの中に残ったワインにも毒は入っておらず、その他の料理や食器類にも一切《いっさい》問題はなかったようです」

メルヴィンはエーリクの説明を聞き、テーブルから少し離《はな》れた位置に置かれているワゴンへと視線を移す。

(席があらかじめ決まっていなかったのならば、グラスに毒を仕込んでおくのは不可能だ。そして、ボトルの中に残ったワインにも異常がないということは、被害者のグラスにワインが注がれた後で毒が入れられた、と考えるのが妥当《だとう》だな)

給仕のために用意されたワゴンには、ナイフやフォーク、ナプキンなどと共に、ワインボトルが五本置かれている。すべてラベルが異なるワインボトルは、五本の内二本のコルクが抜《ぬ》かれた状態だった。

(このテーブルは扉《とびら》から離れた位置にある。窓も遠い。給仕のコルネと席に座っていた七人以外が近付いてグラスを触《さわ》るのは不自然、必ず誰かに目撃《もくげき》されてしまう)

そう考えると毒を仕込めるのはこのテーブルにいた人間のみ、と仮定される。

(同席していた人間が歓談を装って被害者に近付き、グラスに毒を入れる……絶対に不可能とは言えない。が、こちらも誰かに目撃される可能性が高い。一番目立たず、かつ自然に特定のグラスにのみ毒を入れる手段があるとすれば――)

人前で堂々と、当たり前のようにすべてのグラスに触れられる人物。すなわち給仕が一番怪《あや》しい。そう騎《き》士《し》団の者たちは考えたのだろう。

だが、それは絶対にあり得ないと、メルヴィンが一番よくわかっている。

「毒を盛った人間が誰よりも早く救護措《そ》置《ち》を行う。おかしいとは思わなかったのか?」

ワインを飲んだ直後、喉を押さえて激しく苦しみ出したラコスト準男爵を見て、真っ先に動いたのがコルネだったらしい。本人は畑仕事の類《たぐ》いが好きらしいので、農薬などを誤飲した場合の対処方法も知っていたのだろう。

喉に物が詰まらないよう注意しつつ、大量の水を飲ませ、とにかく摂《せっ》取《しゅ》した毒物を吐《は》かせるという迅《じん》速《そく》な処置が、ラコスト準男爵の命を救うことに繋《つな》がった。

「自らに疑いがかからないようにするための偽《ぎ》装《そう》工作だ、というのが騎士団の言い分です。実はこれはまだ調査中の案件ですが、以前王宮内で起きた窃《せっ》盗《とう》騒《さわ》ぎ、あの虹《にじ》色《いろ》の宝石を盗《ぬす》んだ男を紹《しょう》介《かい》したのがラコスト準男爵だという疑いが強まっております」

「金で揉《も》めていただけでなく、冤《えん》罪《ざい》をかけられるきっかけを作った相手への復《ふく》讐《しゅう》、か。証《しょう》拠《こ》がない今、とにかくわかりやすい動機が必要だからな」

目撃証言だけで犯人に仕立て上げるのならば、明確な動機が必要となる。コルネの状《じょう》況《きょう》はかなり不利だ。このままだと問答無用で犯人にされてしまう。

（だが、そんなことは絶対にさせない。させるわけにはいかない）

メルヴィンは空中から床《ゆか》に下りると、砕けて散らばったガラス片《へん》へと近付く。大小様々な大きさに割れたグラスの欠片《かけら》を眺《なが》めていたメルヴィンが、さらに一歩近付こうとしたところでエーリクの注意が投げられる。

「ガラス片には絶対に手を触れないようお気を付けください。触れただけで死に至るような強い毒ではないようですが、万が一にもメルヴィン様の御身《おんみ》に何かあっては困ります」

「ああ、わかっている。大丈夫《だいじょうぶ》だ」

高い位置から落としたのか、破片は放射状にあちこち飛んでいる。グラス一つ分だ。

今度は歩いてテーブルの周りを一周する。あやしいところ、気になるところがないかじっくりと観察した。だが。

（ダメだ、何もわからない。犯人を特定するための決定的な『何か』がここに絶対あるはずだ。それを見付けなければならないのに……！）

足を止めたメルヴィンは、小さな両手でがしがしと頭をかく。通常の髪《かみ》ではなく、モフモフした毛の感触《かんしょく》がさらに苛《いら》立《だ》ちを高めていく。

（こんな動きにくい竜《りゅう》の姿ではなく、しかもこんな調子の悪いときでなければ、もっと色々考えが回ったはずなのに！）

焦《あせ》りも加わって、どんどんメルヴィンの気分は荒《あ》れていく。かきむしる力が強すぎるのか、銀色の毛が何本か空中に舞《ま》い散るのが横目に見えた。

「焦りは禁物ですよ、メルヴィン様」

不意に背中へと温かなものが触れる。それがすぐ傍《そば》に膝《ひざ》をついたエーリクの手だと気付くと、荒れくるっていた苛々が徐々《じょじょ》に治まっていく。

「まだ時間はあります。だから、落ち着いて考えましょう」

背中に感じる温かさと、見慣れた穏《おだ》やかな笑《え》みがメルヴィンの心を落ち着かせてくれる。一度深呼吸すると、苛々と共に頭痛もかなり良くなった気がした。

「すまない。エーリクの言うとおりだ。できることから少しずつやっていくしかない」

「その意気です。メルヴィン様にとって大切なお方ですから、自分も全力で頑張《がんば》ります」

意味のよくわからない言葉に、メルヴィンは「は？」と首を傾《かし》げる。子竜の大きな瞳《ひとみ》をすがめ、にこにこ微笑《ほほえ》んでいるエーリクを見た。

「大切？　何のことだ？」

「ご実家に借金がある部分はマイナスではありますが、それを補って有り余るほど素直《すなお》で健《すこ》やか、とても優《やさ》しく温かいお方です。ゲードフェン伯爵家は過去、国王の忠実な側近でもありましたし、人柄《ひとがら》において疑うべきところは何一つありません」

「おい、待て。だから、何の話をしているんだ？　さっぱり意味がわからないんだが」

「ですから、メルヴィン様とコルネさん、お二人がご結婚《けっこん》なさればよろしいのでは、という話です。そうすれば、メルヴィン様が大嫌《だいきら》いな生誕祭という名目の婚約者探しもなくなりますよ。自分はお似合いのお二人だと思います」

「待て待て、ちょっと待て！　お前は盛大な勘違《かんちが》いをしている。あいつはただの世話係だ」

強い口調で否定するメルヴィンの背中から手を離すと、エーリクは立ち上がってより一層晴れやかな笑みを浮《う》かべる。

「メルヴィン様は天の邪鬼《じゃく》ですから。本心は別にありますよね？」

「ない。あんな馬鹿《ばか》正直者はこっちから願い下げだ。あー、余計な話はもういい。ここでの調査は終わりだ。後でこのテーブルに座っていた人間の名簿《めいぼ》を見せてくれ」

「かしこまりました。他には何か？」

「可能ならば毒物の詳細《しょうさい》な情報が欲しい。入手経路から犯人を特定できるかもしれない。後は被害者のラコスト準男爵に恨みを持つ人間、動機のある人間を知りたいところだが」

「そちらは難しいでしょうね。たくさんいます、というお答えしか返せないかと思います」

毒物については早急に調査してみます、と続けたエーリクに頷《うなず》き返す。

「では、そろそろ移動しましょうか。またバスケットに入ってもらえますか？」

「……気は進まないが仕方がない。わかった」

メルヴィンは渋々《しぶしぶ》といった動作でバスケットの中に飛び込んだ。

再び揺《ゆ》らされること数分、布越《ご》しでも冷えた空気が広がり始めたのがわかる。牢《ろう》は王宮の北側、半分地下になっている場所に設置されているため、夜になるとかなり寒い。

「こちらで少しお待ちください。牢の番をしている騎士と話を付けてきます」

床と思《おぼ》しき場所に置かれる。エーリクの足音が遠ざかり、遠くの方からかすかに話し声が聞こえてくる。内容までは判別できなかった。

（あいつは……コルネは、こんなに寒い場所にいるのか）

エーリクたちの話し声以外、周囲に音は一切ない。重苦しい空気が漂《ただよ》っている。

何人もの騎士から厳しく責め立てられ、ようやく休める場所はこんなにも冷え切った場所。そんな状態が何日も続いたら、精神的に落ち込み、やっていないこともやったと認めてしまいたくなるのではないだろうか。体調も崩《くず》してしまいそうだ。

（落ち着け、焦らなくてもまだ時間はある。俺が絶対にあいつを助ける）

最初は世話係なんてみんな同じ、ただ邪魔《じゃま》なだけで、早く辞《や》めればいいと思っていた。心を許すことなどできない。当然信じることもできない。傍にいて欲しくない。――裏切られるのが怖《こわ》い。

けれど、共に過ごす内にコルネの存在がいつしか大きなものになっていた。馬鹿みたいにへらへら笑う姿や、素直にくるくると表情を変える姿、表裏などない真っ直《す》ぐな姿を見ていると、口からは厳しい言葉が出ても心は不思議と穏やかだった。

きっとその能天気な姿を見ていると、自分を裏切る可能性を疑う必要などまったくないと、そう強く感じることができるからかもしれない。

家族やエーリク以外の人間は信じられない。もう同じ過《あやま》ちを繰《く》り返さないためにも、誰《だれ》かを信じたくない。信じてはいけない。

(だが、俺はあいつのことを……コルネのことを、きっと信じたいと思い始めている)

裏切らずに傍にいてくれることを、血なんて関係なく己《おのれ》を見てくれることを、信じたい。

エーリクの足音が再び近付いてくる。どうやら会話は終わったらしい。

「メルヴィン様、今からコルネさんの牢の前にバスケットを運びます。他《ほか》の牢には人はおりませんのでご安心ください。鍵《かぎ》は開いています。自分は警備をしている騎士たちを外へ連れ出しますが、長時間は難しいと思います」

エーリクは小声で話しながら、バスケットを持ち上げて移動を始める。

「戻《もど》ってくる際は遠くからでもわかるように、できる限り足音を響《ひび》かせてきます。聞こえたらすぐにバスケットの中にお戻りください。それでは、自分は一度傍を離《はな》れます」

バスケットがもう一度床に置かれ、エーリクが静かに離れていく。物音が完全に聞こえなくなったのを確認《かくにん》してから、メルヴィンは布を取り払《はら》って外に飛び出た。

翼《つばさ》を動かして、目の前の牢に近寄る。扉《とびら》は閉まっていたものの、エーリクの言うとおり鍵はかかっておらず、全身で軽くぶつかると錆《さ》びた金属音を立てて内側に開いていく。

「おい、コルネ、いるのか?」

声をかけて牢の中に入るが返事はない。扉付近の壁《かべ》に付けられたランプ一つで照らされた牢内は薄暗《うすぐら》く、奥の方はかなり見えにくかった。

パタパタと飛びながら牢の中をぐるりと見渡《みわた》す。頭を軽く回す程度で全体が一望できてしまうほど狭《せま》い。

ベッドの上に人影《ひとかげ》があることに気が付いたメルヴィンは、慌《あわ》てて横たわる人物に近付いた。もしかして具合が悪いのかもしれない。そんなメルヴィンの考えを否定するように、耳に届いてきたのは小さな寝息《ねいき》だった。がくっと力が抜《ぬ》けていく。

「寝ているだけ、か」

しかも熟睡《じゅくすい》しているのか、まったく起きる気配がない。

(よくこんな状態で寝られるな。殺人未遂《みすい》の容疑をかけられているっていうのに)

心配するだけ損だった。いっそのこと寝ているコルネの上に落ちてやろうか、と考えて真上に移動したメルヴィンは、そこである部分に目が向く。

「……目元が赤い」

かすかに赤く染まった目元の縁《ふち》。それが意味するところに気付けないほど、メルヴィンは鈍感《どんかん》ではない。

「泣いたのか」

いくらコルネがお気楽で前向き、しかも一度牢に入れられた経験があるとはいえ、今回ばかりは楽観的に過ごすことなどできないだろう。何せ殺人未遂の容疑がかけられている。もし犯人だと判断されれば、処刑《しょけい》される可能性すらあるのだから。

枕元《まくらもと》に下りて、そっと目元に手を伸《の》ばす。毛で覆《おお》われた小さな手が、ひどく情けなくて、恨《うら》めしく思えた。こんな手では触《ふ》れることしかできない。それが不甲斐《ふがい》なくて歯がゆい。

「――俺がお前を守る、絶対に」

するりとこぼれ落ちた声は、自分でも驚《おどろ》くほど力強いものだった。

ふと脳裏《のうり》に少し前、エーリクとした会話が蘇《よみがえ》ってくる。メルヴィンはエーリクの言葉を完全に否定した。あいつはただの世話係だ、と。

だが、今抱《いだ》いているこの感情は。気になる。守りたい。そして――傍にいて欲しい。

「俺の、気持ちは……」

無意識のまま目の前にある顔に自らの顔を寄せていた。ふわりと、涙《なみだ》の跡《あと》が残る目元に唇《くちびる》を落とす。触れた瞬間《しゅんかん》、胸の奥底で温かいものが沸《わ》き上がってくる。

くすぐったかったのか、コルネの口からかすかに声がもれる。そこで自分自身の行動に気付いたメルヴィンは、慌てて顔を離した。爪《つめ》の生えた手で口元を押さえる。

耳の奥で激しく乱れた拍動《はくどう》が鳴り渡《わた》っている。深呼吸をして平静を取り戻そうとしていると、ぱちりとコルネの目が開く。そして、こげ茶色の瞳と至近距離《きょり》で視線が重なった。


目元に触れた柔《やわ》らかな感触で、コルネの意識は浮上《ふじょう》していく。くすぐったいけれど、温かくてほっとする。辛《つら》くて嫌《いや》な気持ちが、瞬《また》く間に姿を消していく。

優しい温《ぬく》もりに導かれるように、コルネは閉じていた両目を開けた。

すぐ近くに銀色の丸い物体が見える。まだ寝ぼけてぼうっとしているコルネの前で、モフモフの毛で覆われた物体はぎょっとしたように後ろに飛び退《の》き――ベッドの端《はし》から床《ゆか》に向かって落ちていった。

ぼふっという音と共に、「ぎゃっ！」という叫《さけ》び声が放たれる。

「……メルヴィン様？」

聞き覚えのある声に、ようやくコルネの意識が覚醒《かくせい》してくる。慌ててベッドから身を起こし、床を覗《のぞ》き込む。そこにはコロコロと転がっているぬいぐるみ、否《いな》、子竜《こりゅう》の姿をしたメルヴィンがいた。

「だ、大丈夫《だいじょうぶ》ですか？」

「……問題ない。ちょっと転がっただけだ」

ちょっとどころか大分転がった気がする。牢を半分近く転がって、壁にぶつかって止まったメルヴィンは、何でもない顔をしてコルネの傍《そば》に戻ってくる。視線を忙《せわ》しなく動かす様子は明らかに挙動不審《ふしん》だ。

メルヴィンと視線を合わせるため、コルネはベッドから下りて床に座り込んだ。だが、何故《なぜ》か不自然なまでに視線が重ならない。さりげなく顔を背《そむ》けている。

「メルヴィン様、具合でも悪いんですか？　やっぱりどこか打ち所が悪かったのでは？」

「べ、別に何でもない。それより、もっと他に聞くことがあるだろう」

「ええと、では、離宮《りきゅう》の外に出てメルヴィン様の体は大丈夫なんですか？　胸が苦しくなるとか、頭痛がひどくなるとか、何か重大な拒絶《きょぜつ》反応が出ることはないんですか？」

気遣《きづか》わしげに尋《たず》ねるコルネに、絶対零度《れいど》の視線が突《つ》き刺《さ》さってくる。

「俺が外に出られたらおかしいのか？」

「ひきこもりって、普通《ふつう》は外には出られないものじゃないんですか？」

「やはりお前の頭は鶏《にわとり》以下だな。以前、新月の日に森で会っただろう。竜の姿だったが」

「あ、言われてみればそうですね。ということは、外に出るのは大丈夫なんですね？」

てっきりメルヴィンは離宮から一歩も出られないのかと思っていた。だが、確かに思い
返してみれば、新月のとき竜の姿とはいえ普通に森の中にいた。

「別に離宮を出て、どこに行くのも問題はない。俺が嫌なのは場所ではなく……」

メルヴィンが途中《とちゅう》で口を閉《と》ざすと、先に続く言葉は当然途切れてしまう。紡《つむ》がれること
のなかった言葉が気になったものの、それはきっとメルヴィンがひきこもりに至る原因で
あり、簡単に聞き返していい内容ではないのだろう。

「たとえ外に出られるとしても、メルヴィン様は好んで離宮の外に出たいとは思いません
よね。どうしてこんな場所にいらっしゃるんですか？」

「お前に会いに来たに決まっているだろうが」

白銀の毛はランプに照らされ、淡《あわ》い橙色《だいだいいろ》に染まっている。

「わざわざ来てくださったんですか？　新月で大変な日なのに？」

「自分の世話係の面倒《めんどう》を見るのは当然だ」

尊大な口調で放たれた言葉に、コルネは目を瞬く。いつかのコルネのようにえへんと胸を反らす相手に、いつの間にか笑い声を吐《は》き出していた。

「ふふ、それは反対だと思いますけど。世話係が主人に世話をされるなんて、本末転倒《ほんまつてんとう》じゃないですか」

くすくすと笑うコルネを見て、メルヴィンは無言で固まってしまう。急に黙《だま》り込んで食い入るように注視してくる姿に疑問を抱くよりも早く、咳払《せきばら》いの音が響く。

「細かいことはどうでもいい。ほら、時間がないんだ。事件で気になったことを教えろ」

メルヴィンは当たり前のようにコルネが犯人じゃないと信じてくれる。ずっと疑われてばかりだったコルネにとって、それはこの上なく喜ばしいことだ。

だが、今は喜びを嚙《か》みしめている場合ではない。子竜の姿になってまで牢《ろう》に足を運び、事件を解決しようとしてくれているメルヴィンに少しでも協力したい。

「気になること、ですか。ええと、その」

「時間はないが焦《あせ》らなくてもいい。お前は馬鹿《ばか》だがいいところに目が行く。事件の日、何か印象に残ったこと、目が向いたことを思い出してみろ」

素っ気なく刺々《とげとげ》しい口調だが、コルネのことを案じてくれている響きがある。

「単刀直入に聞くが、今回の関係者の中でお前が一番気になったのは誰《だれ》だ？」

「……毒を盛られた男性の隣《となり》に座っていた女性ですね。確かマルロー夫人と呼ばれていた未亡人の方です」

「なるほど。気になった理由は？」

「口紅がすごく綺麗《きれい》だったんですよね」

無言が広がる。ものすごく冷えた沈黙《ちんもく》だ。子竜の大きな瞳《ひとみ》を半目にし、メルヴィンは心底見下した眼差《まなざ》しを向けてくる。沈黙が痛い。コルネは慌てて口を開く。

「本当に綺麗な色の口紅だったんですよ！　淡い橙色の素敵《すてき》な色で、あ、ちょうどランプに照らされている今のメルヴィン様の毛色にそっくりですね！」

「まったくもってどうでもいい。無駄《むだ》な情報を俺によこすな」

「私は化粧品《けしょう》とか全然興味がありませんが、本当に目を惹《ひ》く素敵な口紅だったんですよ！今度マルロー夫人に会ったとき見てみてください！」

「却下《きゃっか》。で、まさかそれだけが理由じゃないよな？」

可愛《かわい》らしい容姿に凶悪《きょうあく》な表情を浮《う》かべる相手に、冷や汗《あせ》をかきつつ考えること数秒。

「えーと、そうだ、ワイン！　マルロー夫人はワインを一口も召《め》し上がりませんでした」

「それは単に酒が苦手だっただけじゃないか？」

「私もそう思い、別の飲み物を勧《すす》めたんです。でも、このままでいいと頑《かたく》なにお断りになって。形だけグラスに口を付けていましたが、恐《おそ》らく一口も飲んでいないと思います」

交換《こうかん》しようとグラスに手を伸ばした際、鋭《するど》い口調で止められたのが脳裏に蘇る。

「飲まないのにグラスを下げさせない。何か意味があるのか？」

うーんと首をひねって考え込むメルヴィン。愛らしい姿では様になっていない。

「あと、マルロー夫人は左利《き》きでしたので、ナイフやフォークを逆にして、グラスも飲みやすいようにお皿の左上にセッティングしていました。そのため、隣の席の方とグラスを取り違《ちが》えそうになることが多々あって、随分《ずいぶん》と気を遣《つか》いましたね」

給仕《きゅうじ》という慣れない作業をしていたので、間《ま》違《ちが》えないようにかなり注意を払《はら》った。

「あと、気になっているのは二回目のおかわりに毒が入っていたことです。最初の分、そして一回目のおかわりで注いだワインには、何の異常もありませんでした。どうして二回目のおかわりに毒物が入っていたのか。ただの偶然《ぐうぜん》でしょうか？」

「ワインのおかわりを頼《たの》んだのはラコストだけか？」

「はい。他《ほか》の方はゆっくりと飲まれていましたが、ラコスト準男爵《だんしゃく》だけはかなり飲み進めるのが速かったですね。気になることといえば、それぐらいでしょうか」

そこまで言ったところで、遠くから足音が響《ひび》いてくる。まだ距離があるようだが、こちらに近付いてきているようだ。

メルヴィンの視線がコルネから足音、牢の外へと向けられる。その視線をたどったコルネは、鉄格子《ごうし》の向こう側にぽつんとバスケットが置かれていることに気付く。

「もしかしてメルヴィン様、あちらのバスケットの中に入って」

ここに来たんですか、という言葉は吐き出す前に飲み込む。メルヴィンがぎろっと睨《にら》んできたからだ。それだけでものすごく不本意だった、ということがよくわかった。

「そろそろ俺は戻《もど》る。すぐにお前を牢から出すことはできない。だが、必ずお前の無実を証明する。だから、少しだけ待っていろ」

コルネはすぐに頷《うなず》いた。他でもないメルヴィンの言葉だから信じることができる。不安で仕方がなく、一人になった瞬間《しゅんかん》泣いてしまったのが嘘《うそ》のように心は穏《おだ》やかだった。

「メルヴィン様が来てくれて本当に嬉《うれ》しかったです。ありがとうございます。それと、誕生日のお祝いができなくなってしまい、本当にすみませんでした」

「だから、祝う必要などないと前に言っただろうが。念のため断っておくが、俺がここに来たのは渋々《しぶしぶ》だぞ。手のかかる世話係を持つ主人の責任として、な」

と、メルヴィンはぶっきらぼうな返事をする。口調とは裏腹にその声は恥《は》ずかしそうで、でも、それ以上に優《やさ》しくて、コルネは自然と笑っていた。


コルネが取り調べの理由以外で牢の外に出られたのは、メルヴィンが訪ねてきてから二日後のことだった。

ただし、容疑が晴れて自由になれたわけではない。連日の取り調べでは、どれほどコルネが否定しても無駄で、もはや犯人だと決めつけられてしまっている状態だ。

二人の騎士《きし》たちに連れて来られたのは王宮の大ホールだった。壁際《かべぎわ》にテーブルが残されているのが見える。どうやら事件が起きた直後のまま保存されているらしい。

「ご苦労様です。では、彼女の身柄《みがら》は一時自分が預かります。あなたたちは指示通り、こちらの大ホールまで彼らを連れてきてください」

聞き慣れた声はエーリクのものだった。騎士たちが頷いて離《はな》れていくのを確認《かくにん》してから、コルネは駆《か》け寄って話しかけようとしたもののエーリクに止められる。

「話は後で。今は時間がありませんので、とりあえずこちらへ」

エーリクの後を追って、ホールに唯一《ゆいいつ》残されたテーブルまで移動する。柱の陰《かげ》になって入り口からは見えなかった部分、テーブル脇《わき》に佇《たたず》むメルヴィンの姿を見て目を見開く。何《な》故《ぜ》か頭からすっぽりと黒いローブを羽織っている。

「メルヴィン様？　え、また離宮の外に出ていらっしゃるんですか？」

「当然だ。ようやく真相がわかった。今から関係者を集めて明らかにする」

「真相を明らかにするって、いえ、それはすごく良《い》いことですが、まさかメルヴィン様ご自身がやるわけではないですよね？」

「はあ？　俺がやらなくて誰《だれ》がやるんだ」

「ええと、ですが、その、ほら、メルヴィン様は表向き病弱で療養《りょうよう》中ってことになっていますよね。貴族の方々に姿を見せるのはまずいのでは、と思いまして」

「そんなことはわかっている。だからこそ、こうやって顔を隠《かく》しているだろうが」

確かにローブで顔は隠れている。長年ひきこもりを続けているので、声だけでは第二王子だと知られることはないかもしれない。が、大きな問題は他にある。

「俺ならばできる。大丈夫《だいじょうぶ》だ、ちゃちゃっと事件を解決してやる」

何故か無駄にやる気を出している。空元気、虚勢《きょせい》を張っているようにも見えた。

どうにもメルヴィンの様子がおかしい。いつもだったら簡単に気付くようなこと、例えば人間嫌《ぎら》いのメルヴィンが人前で話すことが簡単にできるのかとか、ローブを羽織った正体不明の人間の言葉を聞き入れてもらえるのかとか、そんな問題がすっぱり流されている。

助けを求めるためエーリクへと視線を向けると、無言で首を横に振《ふ》る姿がある。視線で促《うなが》され、一人意欲を燃やしているメルヴィンから距離《きょり》を取って小声で話し合う。

「あの、メルヴィン様、少し様子がおかしい気がするんですが」

「ええ、その、変に気負ってしまっているようでして。自分の忠告も聞いてはくださらない状態です。ただ、メルヴィン様はあなたのために奮起しているようです。ですから、どうかコルネさんだけはメルヴィン様の行動を否定しないでくださると幸いです」

エーリクの言葉にコルネは目を瞬《また》かせる。驚《おどろ》きと同時に、言いようのない喜び、そして感じたことのない温かさで胸が満たされていく。

自分のために常の冷静さを欠き、無理をしてまで真実を暴《あば》こうとしてくれている。口が悪くて毒舌《どくぜつ》で、神経質、わがまま。だけど、ちゃんとコルネのことを見て、コルネのことを助けようとしてくれる。そこに、きっとメルヴィンの本質があるのだろう。

（メルヴィン様が頑張《がんば》ろうとしているんだもの。私は私のできることをしないと！）

頭を使う手助けはできないが、傍《そば》で見守り、メルヴィンの負担を和《やわ》らげることぐらいはできるはずだ。そうコルネが考えていると、出入り口から足音と話し声が聞こえてくる。

メルヴィンの体がびくっと震《ふる》える。コルネが扉《とびら》に目を向けると、あの日給仕をした貴族たち、毒を盛られたラコスト準男爵以外の姿がある。

「こんなところに突然《とつぜん》呼び寄せて、一体何のつもりなんだ？」

「そうよ、こっちにも都合があるのよ。急に集まれなんて、何様のつもりなのよ」

口々に文句を言いながら歩いてくる。六人全員、その顔に不満そうな表情を刻んでいた。

「すみません。ラコスト準男爵を毒殺しようとした事件について、真相が明らかになりましたので本日は皆様《みなさま》方にこちらに集まっていただきました」

エーリクが一歩前に出て頭を下げる。

「真相も何も、そちらにいる娘《むすめ》が犯人でしょう。聞けばその娘、借金まみれのゲードフェン伯爵《はくしゃく》家の人間だそうね。きっと夫に金の無心でもして、断られたのを逆恨《さかうら》みしたのよ」

夫が生死の境をさ迷った気配など微塵《みじん》も見せず、上から下まで完璧《かんぺき》に着飾《きかざ》ったラコスト夫人が鋭い眼差しをコルネへと向けてくる。

「私は毒など盛っておりません。ですので、これから事件の真相をお伝えします。――こちらの方が」

コルネが高らかにそう告げて数十秒、沈黙が周囲を包み込む。

「……こちらの方って、一体誰のことかしら？」

ラコスト夫人が半目でコルネを見る。あれ、と首を傾《かし》げたコルネは、慌《あわ》てて隣《となり》に視線を向ける。気付けばメルヴィンの姿が忽然《こつぜん》と消えていた。

周囲をきょろきょろと見回すと、テーブルの陰に捜《さが》し求めている相手はいた。ただし、その姿は通常の三分の一以下、ぬいぐるみ程度の大きさに変化している。

(え!? な、何で子竜《こりゅう》の姿に!?)

コルネ以外の面々には見えない場所で、子竜になったメルヴィンが固まっていた。足元には黒いローブが落ち、ぴくりとも動く気配がない。

視線を合わせるため素早《すばや》くしゃがみ込むと、声を押し殺して話しかける。

「メルヴィン様? だ、大丈夫ですか? 子竜の姿になっていますよ」

「……でき、る。できるはず、だが、いや、俺なら……」

コルネの問いかけに対する返答はあやふやだ。吐《は》き出される声は、体同様かなり強張《こわば》っている。視線はうろうろとさ迷っている。

やはり長年ひきこもり、他人を拒絶《きょぜつ》してきたメルヴィンには荷が重すぎるのかもしれない。一度この場を辞して、メルヴィンから真相を聞いたコルネが話した方が、と考えた瞬間、コルネは大きく頭を横に振った。

今コルネがすべきことは、メルヴィンをここから遠ざけることではない。必死に頑張ろうとしているメルヴィンの背中を押して支えること。それが世話係としての役目だ。

「落ち着いてください、メルヴィン様。ここは私にどんと任せてください」

メルヴィンが答えるよりも早く、硬《かた》くなった体を抱《だ》き上げて勢いよく立つ。

「お待たせしました。私が巧《たく》みな腹話術を使って、これから真相をお話しします」

その場にいた全員から「は？」という調子の外れた声が吐き出される。メルヴィンやエーリクの口も「は？」という形になっている。

「ですから、巧みな腹話術を使って、このぬいぐるみから真相をお話しします」

「いや、色々指摘《してき》したい部分はあるが、普通《ふつう》に話せばいいんじゃないか？」

貴族の内の一人が的確な突《つ》っ込みを入れる。コルネは少し考える素振《そぶ》りを見せた後、

「私はこの数日間、厳しい取り調べの数々を受けてきました。その上、夜はずっと寒くて寂《さび》しい牢《ろう》の中……。要するに、私の心は非常に傷ついています」

と至極真面目《しごくまじめ》な調子で説明を続ける。

「何か支えになるものがないとダメです。ほら、この数日間を思い出すだけで涙《なみだ》が」

「いや、出てないだろう、明らかに」

泣く振りをするコルネに、鋭《するど》すぎるメルヴィンの突っ込みが突き刺《さ》さる。

「まあ、腹話術が本当にお上手ねえ」

年配の女性がにこにこと笑って両手を合わせる。他《ほか》の人たちは白い目をしている。

「というわけで、このぬいぐるみを使ってお話ししますね。よろしいでしょうか？」

大ホールの中はしんと静まり返る。返事はない。納得《なっとく》したわけではなく、ほぼ全員がドン引きした様子だった。だが、そんなことを気にしている場合ではない。

コルネは小声で腕《うで》の中にいるぬいぐるみ、もといメルヴィンに話しかける。

「どうぞ、メルヴィン様。大丈夫です、もし失敗しても私と半分こですよ。あ、言葉に詰《つ》

まった場合は助け舟《ぶね》を出しますね」

返事の代わりに苦笑《くしょう》が戻《もど》ってくる。コルネが抱き上げている体はまだ硬く強ばっているが、先ほどまでの混乱や怯《おび》えの気配は消えていた。

「……あの日、ラコスト準男爵《だんしゃく》を毒殺しようとしたのはこいつ、コルネではない。本当の犯人はあのとき同じテーブルに着いていた者の中にいる」

声は若干《じゃっかん》震えている。だが、迷いのない口調は力強い響《ひび》きを伴《ともな》っている。

「どうやら全員が全員、ここにいることを望んでいないようなので、説明はできる限り端《たん》的《てき》に行う。犯人を特定するための証拠《しょうこ》は二つ、すべてこの場にある」

コルネを含《ふく》めて全員の視線がテーブルの上へと向けられる。さすがに料理の類《たぐ》いはすべて片付けられているようだが、食器やワインはそのまま残されている。

「一つ目。被害者《ひがいしゃ》は何故二回目のおかわりで倒《たお》れたのか。最初に注がれたワイン、そして一回目のおかわりでは何も問題は起きなかったことは、全員が知っているだろう」

「ええ、そうですわ。夫は二回目のおかわりのワインを飲んだ直後に苦しみ出しました。隣に座っていた私が見ていたんですもの、間違《まちが》いありませんわ」

「では、二回目のおかわり、すなわち三杯《ばい》目に飲んだワインの銘柄《めいがら》は何だったのか？」

メルヴィンの言葉に導かれ、自然と視線がテーブルから傍にあるワゴンへと移る。ワゴンの上にはボトルが五本、その内の二本のコルク栓《せん》が抜《ぬ》かれている。

「一回目のおかわりと同じ、いや、開けたばかりのボトルが一本あるな。ワインを風情《ふぜい》の欠片《かけら》もなくがぶがぶ飲んでおかわりをしていたのはラコストのみ、ということは毒が入れられていたのはこの開けたばかりのワインということになる」

「はい、間違いありません。私が二回目のおかわりで注いだワインはこちらです」

コルネはメルヴィンの言葉に頷《うなず》き返す。

「割れたグラスの欠片に、わずかだがラコストが倒れる前に飲んでいたワインが残されていた。すぐに鑑定《かんてい》した結果、そのワインは一本目のもの、すなわち毒が入っていたのは一本目のワインボトルから注がれたものだった、ということがわかった」

開けられたワインボトルはどちらとも赤ワインだ。ただし、同じ赤ワインとはいえ銘柄が違《ちが》えば香《かお》りも味も、そして色もすべて違う。

全員が首を傾げる。コルネは代表して疑問を口にした。

「それはおかしいと思います。だって、ラコスト準男爵が二回目のおかわりで飲んでいたのはこちら、二本目のワインですよ」

「理由は簡単だ。グラスを交換《こうかん》したってことだ。自分のものとラコストのものを、な」

この場にいる全員がはっとしたような顔をする。だが、すぐにコルネは首を振った。

「いえ、それは絶対にあり得ません。私は給仕《きゅうじ》をしている最中、テーブル席をずっと見ていましたが、そんな怪《あや》しい動きをしている方は一人もいませんでしたよ」

「その疑問に答える前に、二つ目の証拠を説明する。毒が入っていたワイングラスは知っての通り床《ゆか》に落ちて粉々になった。俺はその欠片を一つずつ確認《かくにん》して、妙《みょう》な破片《はへん》を一つ見つけた。エーリク、出してくれ」

　エーリクが手にしているものを全員が見えるように差し出す。白い布で包まれていたのは、親指の第一関節分ほどの大きさのガラス片だ。

「これを見て何か気付くことはないか？」

「別におかしいところなんて、何も……あ、ここに色が付いているわ！」

「え、どこですか？　まあ、本当ですわね、これは橙色《だいだいいろ》？　口紅かしら」

　女性陣《じん》の言葉に、一人を除くすべての視線が一箇所《いっかしょ》に集まる。全員の視線を向けられても、そのたった一人の人物の表情に変化は起きない。

「俺はこのテーブルを見たときに違和感《いわかん》を抱いた。最初は理由がわからなかったが、後に理由が判明した。違和感の正体は食器の位置だ」

　テーブルの上には七人分の食器が残っている。ラコスト準男爵の席はかなりぐちゃぐちゃだが、他の六人の席はある程度綺麗《きれい》な形で置いてある。

「グラスを交換した手段、それは利き手《きき》だ。ラコストは右利き、グラスを交換した人物は左利き。コルネ、お前は左利きの人物に配慮《はいりょ》して、グラスの位置を取りやすい左側に移動しただろう。事実、一箇所だけすべての食器が他と反対に置かれている席がある」

「あ！　ラコスト準男爵は右側、彼女の場合は……左側。私がワインを注《つ》ぐ際グラスを取り違えそうになったぐらいですから、簡単に交換できます。そういえば、ラコスト準男爵が倒れる直前、彼女がフォークを床に落としたので私が拾いました」

「その一瞬《いっしゅん》、お前の視線が床に向いたときにグラスを交換したんだろう。よく見てみるとわかるはずだ。一箇所だけ、他のグラスに残ったワインとは明らかに色が違う」

他と比べて赤い色が濃《こ》いグラスがある。ラコスト準男爵の右隣《みぎどなり》の席だ。

「そして、破片に残ったこの橙色の口紅、グルーソル共和国でしか手に入らないかなり珍《めずら》しいものだそうだ。同じものを手に入れるのは骨が折れるだろう。加えて使用された毒物もまた、共和国特有のものだ。砂漠《さばく》に生えているサボテンの一種から抽出《ちゅうしゅつ》され、多量に摂《せっ》取《しゅ》すれば死に至る。こちらも王国では入手がかなり難しい」

女性の口からため息が吐き出される。その口には橙色の紅が美しく塗《ぬ》られていた。

「もし否定すれば、次に俺は毒殺に至るまでの動機を話すことになる。マルロー男爵が自殺するまで追い詰められた経緯《いきさつ》、そして……借金の件であんたを脅《おど》し、ラコストが強要していたこと。できることなら俺の口からは話したくない」

赤茶色の髪《かみ》を結《ゆ》い上げ、細面《ほそおもて》に鮮《あざ》やかな橙色の口紅をつけたマルロー夫人は、ゆったりとした動作で頰《ほお》に手を当てる。年齢《ねんれい》は三十後半、涼《すず》しげな美貌《びぼう》が目を惹《ひ》く美しい女性だ。

「……ええ、わかりました。ここまでにいたしましょう。私もそちらのお嬢《じょう》さんに濡《ぬ》れ衣《ぎぬ》を着せるのは本意ではございません。こんな私でも一児の母親です。あなたのご両親の立場でしたら、自分の子どもが冤罪《えんざい》で捕《つか》まるなど耐《た》えられませんもの」

儚《はかな》げに微笑《ほほえ》むマルロー夫人はコルネに向かって頭を下げる。

「ごめんなさいね。あなたのせいであの男が助かったとはいえ、それは私の逆恨《さかうら》みでしかないわ。やるべきことをきちんとやり遂《と》げたら、罪を認めるつもりでした。殺し損《そこ》ねてしまったあの男をどうにか始末できれば、と思っていたんだけれど」

微笑んだまま物騒《ぶっそう》なことを口にする。その目には暗く淀《よど》んだ光が宿っていた。

「どうしてなの？　あなた、どうして私の夫を」

ラコスト準男爵の妻が、信じられないといった面持《おもも》ちで問いかける。それに対しても、マルロー夫人は穏《おだ》やかな笑《え》みで答える。

「あなたの夫が私の夫を死に追いやった。復讐《ふくしゅう》する理由には十分でしょう？」

「死に追いやった？　そんな話は初めて聞きますわ。あなたの夫、マルロー男爵は病気を苦に自殺をなさった、という話でしたでしょう？」

質問した張本人だけでなく、その場にいる貴族の全員が小さく頷いて同意を示す。腕の中のメルヴィンが「病気？」とかすかな呟《つぶや》きをもらすが、続く言葉に消されてしまう。

「それは夫の親族が体裁《ていさい》を繕《つくろ》うために吐《つ》いた嘘《うそ》です。夫は共和国出身の私と結婚《けっこん》したことで、周囲から大分冷遇《れいぐう》されておりました。代々続けてきた商売も傾《かたむ》きかけてしまい……ですが、最近ようやく軌道《きどう》に乗り始めてきたところでした。それなのにラコスト準男爵が嘘の投資話で騙《だま》した挙げ句、多額の借金を背負わせたせいで」

ぎりっと、奥歯の鳴る音が聞こえてくる。整った顔に一瞬だけ殺意と憎悪《ぞうお》の色が走り、しかし、それはすぐさま霧散《むさん》して消える。

「本当はすぐにグラスを交換するつもりでした。けれど、そちらのお嬢さんがワインを飲もうとしない私を気にかけておりましたので、なかなか交換する機会を得られなかったんです。とっさにフォークを落とすことを思いつき、上手《うま》くグラスを交換しましたが、まさか形だけ口をつけたとき口紅が残ってしまっていたなんて考えもしませんでした」

驚愕《きょうがく》で絶句する一同の中で、メルヴィンだけは平静な様子を崩《くず》さない。

「この計画はあんた一人で行ったのか？　誰《だれ》か協力者がいたんじゃないのか？」

「いいえ、これは私一人の計画ですわ。私一人の復讐ですもの。毒を用意したのも、この方法を考えたのも、すべて私一人の行いです」

きっぱりと否定するマルロー夫人に対して、メルヴィンは腑《ふ》に落ちないといったようにかすかなうめき声をもらす。何か気になることがあるのかもしれない。

「それにしても、あの男を殺せなかったことだけが本当に心残りですわ」

片手にメルヴィンを抱《だ》いたコルネはマルロー夫人に近寄ると、その手を握《にぎ》りしめる。

「大切な人を奪《うば》われたあなたの気持ちを、本当の意味で理解することは私にはできないと思います。でも、これだけははっきりと断言できます。あなたの心残りが人を殺せなかったことだなんて、そんなのは絶対に嘘です」

「……何故《なぜ》、そう思うのでしょうか？」

「だって、お子さんがいらっしゃるんですよね？　でしたら、そのお子さんを残してしまうことこそがあなたの心残りなんじゃないんですか？」

仮面のような微笑みが貼《は》り付いていた顔に、後悔《こうかい》や悲哀《ひあい》といった様々な感情が浮《う》かんでは消えていく。最後に残ったのは、間違いなく子どもを想《おも》う母親の顔だった。冷え冷えとしていた瞳《ひとみ》に、わずかに涙《なみだ》の膜《まく》が浮かぶ。

「罪は必ず償《つぐな》えます。きちんと罪と向き合って、一刻も早くお子さんの下《もと》へ戻《もど》ることを考えてください。お子さんから大切な母親を奪うような真似《まね》、どうかしないでください」

殺人を犯《おか》してしまったら、永遠に子どもの下へ戻れなくなってしまう可能性が高い。彼女の憎《にく》しみが根深いものだとしても、さらなる罪を犯すことだけは絶対にして欲しくない。

必死に説得するコルネを援護《えんご》するかのように、腕《うで》の中のメルヴィンも口を開く。

「あの男が裏であくどいことを色々やっていたのは、少しずつ明らかになっている。このまま全容が明らかになれば、あんたの罪も多少なりとも軽くなるはずだ。あんたが望む形ではないかもしれない。だが、あの男にも必ず罰《ばつ》を与《あた》える。そして、その罰を与えるのはあんたではなく、この国だ」

メルヴィンの力強い声が大ホールに響《ひび》き渡《わた》る。そこにはやはり王族ゆえの威厳《いげん》や貫禄《かんろく》、求心力がある。たとえぬいぐるみのような姿でも、たとえひきこもりをしていても、それでも決して消えないもの、変わらないものがあるのだろう。

エーリクに指示され、騎士《きし》の二人がマルロー夫人を連行していく。コルネたちの横を通り過ぎるとき、マルロー夫人は口元に穏やかな微笑《びしょう》を浮かべる。

「ありがとう、優《やさ》しいお嬢さんと可愛《かわい》いぬいぐるみさん」

コルネはメルヴィンを抱《だ》きしめ、大ホールから出て行く背中を無言で見送る。

「……やっぱり、共和国出身の人間なんて、王国に入れるべきじゃないんだわ」

「ええ、ええ、その通りですわねえ。一応男爵《だんしゃく》夫人、せっかく嫌々《いやいや》ながらも色々気にして差し上げていたっていうのに。私は本音を言えば話もしたくなかったですわ」

ラコスト夫人が憎悪と軽蔑《けいべつ》で満たされた言葉を吐き出すと、傍《そば》にいた貴族の女性が同じように顔を歪《ゆが》めて同意を示す。マルロー夫人が出て行った方角を忌々《いまいま》しそうに眺《なが》めていた。

思わず口を開こうとしたコルネを止めたのは、腕の中にいるメルヴィンだった。

「やめておけ。価値観っていうものは、そうそう簡単には変えられない。変えるためには――大きな改革が必要になるんだ」

意味深なメルヴィンの囁《ささや》きは、大ホールの冷えた空気の中に消えていった。


離宮《りきゅう》へと続く森の中を、コルネとメルヴィンは肩《かた》を並べて歩いている。沈《しず》みゆく太陽に照らされ、木々は鮮やかな夕日の色に染められている。その美しい橙色は、つい先ほどまで目にしていた口紅の色によく似ていた。

森の出入り口付近まではエーリクが一緒《いっしょ》にいたのだが、入る直前で伝言を持ってきた騎士に引き止められてしまった。

「エーリクさん、何かあったんでしょうか？」

「兄上辺りから急ぎの伝言でもあったんじゃないのか。すぐに追いかけてくるだろう」

メルヴィンの声は非常に弱々しい。視線を横に向ければ、半分目を閉じかけた状態で、ふらりふらりと左右に揺《ゆ》れて歩く姿があった。森に入って人目がなくなった時点で、その姿は子竜《こりゅう》から人へと戻っている。

「メルヴィン様、大丈夫《だいじょうぶ》ですか？　かなりよろよろとしていますが」

「問題ない。平気だ。少し眠《ねむ》いだけだ」

少しどころではなく、本当はかなり眠いのだろう。かろうじて前を向いて歩いてはいるが、その頭は今にも船を漕《こ》いで眠りの海へと旅立ってしまいそうだ。

人前に出るという精神的に非常に疲《つか》れることをした上、恐《おそ》らくここ数日は事件のことでほぼ眠っていないのだろう。もしかしたら食事も適当になっていたのかもしれない。

（メルヴィン様は絶対に認めないと思うけど、私を助けるためにこんなにふらふらになるまで頑張《がんば》ってくれたのよね。離宮に戻ったらしっかり眠ってもらって、それから食事もちゃんと食べてもらわないと）

最初の頃《ころ》はとりあえず一月頑張ってみよう、とそんな軽い気持ちだった。だが、今は違《ちが》う。少しでも長く世話係を続けていきたいと、そう強く思っている。

（お金のため、というのも否定はできない。でも、続けたい理由はそれだけじゃないわ）

いつも以上に猫背《ねこぜ》で、気怠《けだる》そうな雰囲気《ふんいき》の背中を見つめる。真っ直《す》ぐ歩くことができず、花を飛び回る蝶《ちょう》のごとく左へ右へと揺れ動いている。

前はそんな姿を見ると、不健康さへの心配しか感じなかった。しかし、不思議なことに今は温かな感情が沸《わ》き上がってくる。家族に抱くものと似ていて、けれどまた違う。芽生えたばかりの感情は、まだコルネ自身にも確かな形が見えない。

ゆらゆらと揺れながら歩くメルヴィンの一歩後ろを歩きながら、声をかける。

「一つ聞いてもよろしいですか？」

「何だ？　面倒《めんどう》なことなら答えないぞ」

「マルロー夫人に協力者がいたんじゃないのか、って尋《たず》ねていましたよね。夫人がいないと答えると納得《なっとく》していないご様子でしたので、何か気になることでもあるのかな、と」

「それは……いや、何でもない。俺の気のせいだ」

曲がった背中がそれ以上の質問を拒《こば》んでいるように感じられ、コルネは口を閉《と》ざす。代わりに、おぼつかない足取りで進むメルヴィンが口を開く。

「お前はまだ俺の世話係を続けるつもりなのか？」

メルヴィンの声は先ほどまでの眠気に満たされたものではなく、努めて感情を消した冷《れい》淡《たん》な響きを伴《ともな》っている。コルネの位置からはどんな表情を浮かべているのかは見えない。

「はい、もちろん続けますよ。世話係最長記録を更新《こうしん》するつもりですからね」

「お前はこの仕事に就《つ》いたことで、かなりの面倒事にたびたび巻き込まれているだろう。今後も巻き込まれる可能性は否定できない。エーリクから聞いたが、俺を狙《ねら》う計画があるらしい。俺の傍にいれば、それに巻き込まれるかもしれない」

メルヴィンは深いため息を一つ吐き出す。

「単純に給金の高い仕事を探しているのならば、俺の世話係にこだわる必要はない。もっと別の仕事もあるだろう。俺から兄上に頼《たの》んで、探してもらうことも」

コルネはメルヴィンの隣《となり》に並ぶと、続く言葉を途中《とちゅう》で遮《さえぎ》る。

「私に至らない部分がある、という理由ならば辞《や》めます。メルヴィン様が、私がいると嫌《いや》だという場合も辞めます。ですが、それ以外の理由では辞めませんよ、絶対に」

メルヴィンの足が止まる。コルネの視線を拒絶《きょぜつ》するかのごとく、青い瞳はまぶたに閉ざされてしまう。その横顔からは感情の色は見て取れない。

「……昔、こんな噂《うわさ》が広がったことがある。竜の血が濃《こ》い俺の血を飲めば、どんな怪我《けが》や病気もすぐさま治癒《ちゆ》する、という内容だ。父上が噂の払拭《ふっしょく》に尽力《じんりょく》し、同時に俺がひきこもって姿を消したことで、今はもう消え失《う》せた噂だ。いや、まだ覚えている者も少なからずいるな。同時に信じている者も」

話しながら開かれたメルヴィンの眼差《まなざ》しは、どこか遠くへと向けられている。

何故メルヴィンが急に自らの過去について話そうと思ったのか、コルネにははっきりとした理由はわからない。だが、恐らく自分の過去を知った上でも世話係を続けるのか、とそう問いかけたいのかもしれない。

「あらかじめ言っておくが、もちろん噂は真っ赤な嘘《うそ》だ。そんな便利な血など存在するはずがない。何故そんな噂が広まったのかもわからない。だが、きっとそんな噂を信じたい、すがりたい人間が何人もいたんだろう」

自分自身が怪我や病気を負った者、あるいは大切な人を何が何でも助けたいと考えた者。そんな人たちが歪んだ噂を生み出したのかもしれない。

「俺が竜の姿になれるほど濃い血を引いているのは事実だ。だが、俺の血はそんな奇跡《きせき》の薬になどならない。むしろその逆、猛毒《もうどく》というのが正しい」

「猛毒？　飲むと病気になるんですか？」

「少量ならば問題はない。だが、多量に摂取《せっしゅ》すれば激しく悶《もだ》え苦しんだ後、死に至る」

メルヴィンの瞳《ひとみ》に暗い陰《かげ》が浮《う》かぶ。無表情のさらに上、凍《こお》ったようなその横顔で、コルネは過去に何があったのか察してしまった。

小さなものならば両手で数え切れないほど、命を脅《おびや》かすような事態に陥《おちい》ったことも何度もある、とメルヴィンは静かすぎる声音《こわね》で言った。

十歳頃《ごろ》までは本当に病弱だったメルヴィンは、公務で忙《いそが》しい両親や兄ではなく、女官や侍女《じじょ》、従者といった使用人と過ごすことが多かったらしい。しかし、心を許した直後に襲《おそ》われることが多々あった、とどこか他人事《ひとごと》のように語る。

五歳のときには何かと気にかけてくれていた貴族に腕を切られ、七歳のときには自分にも病弱な娘《むすめ》がいるからと優しくしてくれた高官に背中を切られ、十歳のときは身の回りの世話をしてくれていた使用人に誘拐《ゆうかい》されて首を切られた。

全員が全員、メルヴィンの血を求める理由があったらしい。五歳のときの貴族は事故で大怪我《おおけが》を負った妻のために、七歳のときの高官は命の瀬戸際《せとぎわ》に立たされた娘のために、十歳のときの使用人は高齢《こうれい》の両親の病気を治すために。

「俺がひきこもりになってからは、その手の騒《さわ》ぎが起きることは激減した。俺のような存在がいるからいけないんだ。俺がいなければ、そんな争いが起きることなどない」

メルヴィンが人間嫌《ぎら》い、人間不信に陥った原因がわかった気がする。過去に何度も周囲の人間に襲われていたら、しかもそれが侍女や使用人、身近な友人、信頼《しんらい》していた相手だとしたら、そのたびにメルヴィンは裏切られた気持ちになっただろう。

傷付いた心は治る前にさらに傷付けられ、止まることなく血を流し続けている。

「家族以外誰《だれ》も信じず、ずっと一人でいれば、裏切られることに怯《おび》えることも、裏切られて傷付くこともない。だから、俺は一人でいい、一人でも大丈夫だ」

メルヴィンは自分自身に言い聞かせるように硬《かた》い声を紡《つむ》ぐ。右手を握《にぎ》りしめ、冷えた、否《いな》、懸命《けんめい》に温度を消して話すメルヴィンの様子に、コルネはぎゅっと唇《くちびる》を結ぶ。

言いたいことはいっぱいある。メルヴィンが自分を責めることではない。メルヴィンが悪いわけでは決してない。メルヴィンはただ竜の血を濃く受け継《つ》いだだけで、本物の竜ではない。コルネや他《ほか》の人たちと同じ、ただの人間なのだから、と。

でも、いくら言葉を重ねても、コルネの想《おも》いを正しく伝えることはできない気がした。だから、メルヴィンの右手に手を伸《の》ばし、冷たくなったその手を両手で包み込む。

驚《おどろ》いた顔をするメルヴィンに笑いかけると、湖面のごとく澄《す》んだ瞳に小さな波紋《はもん》が刻まれる。石のごとく硬くなっていた手から、徐々《じょじょ》に力が抜《ぬ》け落ちていく。

「私はこれからもメルヴィン様の世話係を続けていきます。いえ、続けさせてください」

どんな過去があっても関係ない。信じてもらえないのならば、信じてもらえるように努力すればいい。一人がいいと思っているのならば、一人じゃない方がいいと思えるようになってもらいたい。

世話係としてだけじゃない。コルネがコルネとして、メルヴィンの傍《そば》にいたいから。

「一緒《いっしょ》に離宮《りきゅう》に戻《もど》りましょう、メルヴィン様」

少しの間を置いて、メルヴィンの口元がわずかにほころぶ。だが、その顔に笑《え》みが浮かぶよりも早く、メルヴィンは握っていたコルネの手を振《ふ》り払《はら》った。

突然《とつぜん》の変化に戸惑《とまど》うコルネの前で、メルヴィンは表情を引き締《し》める。

「メルヴィン様？　どうかしましたか？」

「お前は黙《だま》って俺の後ろにいろ」

コルネを庇《かば》うように前に立ったメルヴィンからは、ピリピリとした空気が放たれている。猫背でも背が高いので、前に立たれるとコルネの視界は完全に奪《うば》われてしまう。

もう一度質問をしようとしたところで、近付いてくる足音が聞こえた。一瞬《いっしゅん》エーリクのものかと思ったものの、明らかに数が多い。メルヴィンの背中から顔を出すと、森の中から四人、ローブを羽織った怪《あや》しい格好の男たちが近寄ってくるのが見えた。

「メルヴィン・ドロテリア第二王子だな？」

男の一人が鋭《するど》い一言を投げ付けてくる。ローブで顔は見えないが、声音から察するに三十前後というところだろうか。

「いや、違う」

しれっとした顔をして、メルヴィンは間髪《かんはつ》を容《い》れずに否定の答えを返した。

「嘘を吐《つ》くな！　お前がメルヴィンだってことはわかっているんだ！」

「それなら質問するな。普通《ふつう》この状況で誰何《すいか》され、素直《すなお》に本人だと認める馬鹿《ばか》はいない」

明らかに異常な状況なのに、メルヴィンの様子はいつも通りだった。コルネ含《ふく》めて、男たちも呆気《あっけ》に取られてしまう。

相手が怪しい輩《やから》のせいか、あるいは大ホールでの一件が良い刺激《しげき》になったのか、見知らぬ人間の前でも落ち着いている。いや、単に眠《ねむ》くて鈍《にぶ》くなっているだけだろうか。

「メルヴィン様、この状況で喧嘩《けんか》を売るのはやめましょうよ」

「喧嘩など売っていない。いかにも頭が悪そうで、損得勘定《かんじょう》がまったくできていなそうな人間相手に、この俺が喧嘩など無意味なことをするはずがないだろう」

「いえ、それがまさしく喧嘩を売っているってことだと思いますが」

男たちも馬鹿にされていると気が付いたのか、一気に怒《いか》りで色めき立つ。

「ごちゃごちゃうるせえ！　お前を誘拐して、たんまりと身《み》の代金《しろきん》をもらうんだよ」

「しかも万病《まんびょう》に効くっていう血が流れているんだろう？　最高の金ヅルじゃないか！」

薄々《うすうす》予想はしていたが、やはりメルヴィンの身を狙う連中だったようだ。どうやってここまで入り込んだのか、疑問はあったもののそれどころではない。

エーリクが戻ってくる気配がない今、ここはコルネがメルヴィンの身を守らなければ、と恐怖《きょうふ》を押し殺して気合いを入れる。

「メルヴィン様、私の後ろにいてください」

「は？　何を言っているんだ。お前が俺の後ろにいろ」

「彼らの狙《ねら》いはメルヴィン様ですし、何よりも私の方が腕《うで》っ節も強いですから」

「うるさい、黙っていろ。俺がお前を」

守る、と続けた直後、メルヴィンの体が大きくふらつく。コルネは隣に並んで、急いでメルヴィンの体を支えた。見上げた先には、もはや三分の二ほど閉じた目があった。

「……眠い。疲《つか》れた。限界が近い。意識が遠のく」

「ほら、もう無理ですよ！　メルヴィン様は大人しくしていてください」

言い返す気力もないらしく、メルヴィンは口を閉じてふらふらとしている。

「王族を誘拐なんて、絶対に上手《うま》くいくはずがありません。やめた方が良《い》いですよ」

今のところ男たちの手に武器はない。かといって、もちろん油断はできない。

「それに、こんなにひょろひょろでへろへろ、目の下に濃い隈《くま》があって、明らかに不健康そのもの、常人よりも虚弱《きょじゃく》な上、微風《びふう》でも飛ばされそうな人の血が本当に万病に効くと思いますか？　そんなに素晴《すば》らしい血なら、普通本人がもっと健康的になりませんか？」

沈黙《ちんもく》が数秒。コルネの指摘《してき》に、男たちの中で「確かに」という声が上がる。

「こんなへろへろの奴《やつ》の血、逆に病気になるんじゃないのか？」

「しかもなあ、誘拐するのはいいんだが、身の代金の受け渡《わた》しが問題だよな」

「金目のものを盗《ぬす》んだ方が安全で手っ取り早くないか？」

男の内の三人が上げた疑問の声を、残りの一人が一喝《いっかつ》して打ち消す。

「うるせえな、小娘《こむすめ》は黙っていろ！　お前らも何を流されそうになってんだ！　こいつらは俺らの存在を知ったんだ、今さら計画を白紙にできるわけがないだろうが！」

その言葉に、再び全員の目に暗い光が宿る。殺気が広がっていく。

（うっ、やっぱりこの程度で説得は無理よね。どうしよう、メルヴィン様を背負って逃《に》げるのは難しそう……。うーん、それにしても、あの男の声、どこかで聞いたことがあるような……いやいや、そんなことを気にしている場合じゃなかったわ！）

コルネがおろおろとしていると、男の一人がローブの中から小振《こぶ》りのナイフを取り出した。それに呼応するかのごとく、全員が各々《おのおの》の武器、剣《けん》や斧《おの》といったものを手にし、じりじりと距離《きょり》を詰《つ》めてくる。

（ま、まさか、殺される、なんてことはない、わよね？）

冷や汗《あせ》が止まらない。誘拐の対象であるメルヴィンは、とりあえずこの場で殺されることはないだろう。だが、邪魔者《じゃまもの》でしかないコルネは殺される可能性が高い。

身の危険を感じて自然と体が大きく震《ふる》えてくる。直後、ぐいっと腕を引っ張られ、コルネはたたらを踏《ふ》んで背後に下がった。

気付けば、再び目の前にメルヴィンのひょろ長い背中がある。猫背《ねこぜ》で、細くて、筋肉の欠片《かけら》も見えないが、不思議とコルネに安心感を与《あた》えてくれる。

「今ならまだ見逃《みのが》してやれる。早く俺の前から消えろ」

「何を言ってんだ！　自分の置かれた状況をわかってんのか⁉」

怒鳴《どな》り声を上げる男に、メルヴィンは小さく息を吐く。

「わかった、交渉《こうしょう》は決裂《けつれつ》だな。――エーリク」

その呼びかけが合図だった。

コルネが目を瞬《またた》いている合間に、男の内の二人がそれぞれ左右に吹《ふ》き飛ばされていた。大の男二人を簡単に蹴《け》り飛ばし、殴《なぐ》り飛ばした人物は、木々の間から姿を見せたエーリクだ。一人には背後から回し蹴りを、もう一人には横っ面《つら》へと拳《こぶし》を叩《たた》き込んだらしい。

吹き飛ばされた二人は、地面に倒《たお》れたまま動かない。恐《おそ》らく気絶したのだろう。

エーリクは傍にいたもう一人に素早《すばや》く近付く。振り下ろされた剣を悠々《ゆうゆう》と避《よ》けると、武器を持つ男の手をひねり上げ、背負うようにして地面に叩き落とす。

残された男の一人がナイフをエーリクに向かって突《つ》き刺《さ》す。が、エーリクはそれをしゃがんで避けると同時に、男に足払《あしばら》いをかける。そして、相手が体勢を崩《くず》したのを見逃さず、男の鳩尾《みぞおち》に膝蹴《ひざげ》りをして気絶させた。

正直、ひやひやする間もなくすべてが終わっていた。気付けば男たち全員が地面に転がっている状態だ。それを作り出した張本人は息一つ乱れていない。

口を開いて固まるコルネを気にすることなく、エーリクはメルヴィンへと駆《か》け寄る。

「お怪我《けが》はございませんか？」

「ああ、問題ない。助かった」

「いいえ、申し訳ございません。お傍を離《はな》れるべきではありませんでした」

きっちり九十度で頭を下げるエーリクに、メルヴィンは「気にするな」と手を振る。

「コルネさんにもお怪我はございませんか？」

「私も平気です。あの、この人たちって、以前エーリクさんが話していた件の？」

「ええ、トラヴィス様が情報を摑《つか》んでいた輩だと思います。本当に申し訳ございません。騎士《きし》団が多忙《たぼう》とはいえ、王宮内部、メルヴィン様のところまで侵入《しんにゅう》を許すとは」

メルヴィンは地面に倒れ伏《ふ》した男たちを見て、ぽつりと静かな声をこぼした。

「……結局、俺はまたこうやって狙われ始めるのか」

疲労《ひろう》と諦《あきら》め、苦悩《くのう》、様々な感情が入り乱れた声はとても痛々しいものだった。コルネが何か言おうと口を開くよりも早く、エーリクの力強い言葉が響《ひび》き渡る。

「心配はいりません。自分が必ずメルヴィン様をお守りいたします」

普段《ふだん》のエーリクらしからぬ強い口調に、メルヴィンだけでなくコルネも驚《おどろ》いてしまう。だが、すぐに同意を示すため大きく頷《うなず》いた。

「そうですよ、エーリクさんの言うとおりです。こんなに強いエーリクさんが傍にいてくださるんです。私も微力《びりょく》ながら傍でお手伝いします」

安心させるために笑いかけると、強張《こわば》っていたメルヴィンの顔から険しさが消えていく。

厳重に着込まれていた刺々《とげとげ》しい鎧《よろい》が脱《ぬ》がれ、分厚い氷が溶《と》けていく気配がする。

「ありがとう、エーリク、コルネ」

ゆるやかに微笑《ほほえ》むメルヴィンの姿に、コルネは胸《むね》を撫《な》で下ろす。心底安心したかのように目を閉じたメルヴィンは——またしても立った状態で眠りの旅路に就《つ》いてしまう。

俊敏《しゅんびん》なエーリクがメルヴィンに駆け寄ってその体を支えてくれる。メルヴィンが地面に倒れずほっと息を吐いたコルネだったが、支えるエーリクの横顔を見て首を傾《かし》げる。

エーリクの顔には不可解な表情が浮《う》かんでいる。怒《おこ》っているようにも、戸惑《とまど》っているようにも、あるいは苦々しいものを噛《か》み潰《つぶ》したようでもある。

疑問に思ったコルネが指摘する前に、エーリクの顔からその表情は消え失《う》せる。

「おやすみなさいませ、メルヴィン様」

優《やさ》しい声を紡《つむ》ぐエーリクの顔には、いつも通りの穏《おだ》やかな微笑みが戻《もど》っていた。


「た、頼《たの》む、殺さないでくれ！」

闇《やみ》が色濃《いろこ》く広がる室内に、男の必死な懇願《こんがん》が響き渡る。開け放たれた窓からは湿度《しつど》を含んだ冷たい風が吹き込み、闇色に染まったカーテンを静かに揺《ゆ》らしている。

「あ、あの使用人の男のことも、もちろんあなた様のことも絶対に口外しません！　誓《ちか》います、わたしはあなた様の忠実な協力者ですから！」

ベッドの上で上半身を起こした小太りの男は、毛髪《もうはつ》の薄《うす》くなった頭に大量の汗をかいている。青白い顔を恐怖で歪《ゆが》めつつ、懸命《けんめい》に命乞《いのちご》いを繰《く》り返していた。

窓際《ぎわ》に立っていた人影《ひとかげ》、長身の男はベッドへと歩き出す。サイドテーブルに置かれたランプが灯《とも》されてはいるが、真っ黒な服を身につけた男の顔を照らし出すことはできない。

「忠実な協力者、か。では、あの話は作り話ってことか。お前が王宮の宝物庫の管理をしている高官に金を握《にぎ》らせ、贋作《がんさく》と入れ替《か》えて売りさばいている、という馬鹿《ばか》げた話を耳にしてたな。まさかこの俺に断りもなくそんな愚《おろ》かなことはしないだろう？」

「──っ！」

「加えて、貴族連中に偽《にせ》の投資話と高利貸しを繰り返している、とも聞いたが。マルロー男爵《だんしゃく》の件についても何も聞いていなかったな」

薄暗《うすぐら》い中でもベッドの上にいる男の顔から、どんどん色が抜《ぬ》け落ちていくのが見て取れた。小刻みに体を震えさせている相手に、長身の男は右手を差し出す。

「まあ、いい。お前の言葉を信じよう。お前は誰《だれ》よりも信頼《しんらい》できる協力者だからな」

「あ、ありがとうございます！　あなた様のご期待に添《そ》える働きを今後もしていきます！」

ぱっと表情を明るくした男は、差し出された手に勢いよく自らの手を重ねる。そして、強く握手《あくしゅ》をした次の瞬間《しゅんかん》、弾《はじ》かれたように手を引き戻す。男は呆然《ぼうぜん》とした面持《おもも》ちで自らの手を眺《なが》め、すぐさま心臓を押さえて苦しみ出す。

「何故《なぜ》、何故ですかっ……!?」

「俺は誰も信じていない。お前などもってのほかだ。特に、自分が自殺に追いやった男の妻を、借金を盾《たて》に手籠《てご》めにするような腐《くさ》った奴、殺してやりたいほど大嫌《だいきら》いでな」

長身の男は指と指の間に挟《はさ》んでいた細い針を慎重《しんちょう》に布に仕舞《しま》う。

「お前は王宮内で好き勝手しすぎたな。もう用済みだ」

怨嗟《えんさ》と苦痛の声が、段々と小さくなっていく。体の動きも緩慢《かんまん》になる。真っ黒な服を身につけた男は、ベッドの上で動かなくなった男を一瞥《いちべつ》し、低い息を吐《は》いた。

最近の計画はことごとく失敗している。貧民街で盗《ぬす》みを生業《なりわい》としている男を雇《やと》い、王宮内部に招き入れてルヴェリエの指輪を盗ませたところまではよかった。だが、男は王宮で窃盗《せっとう》を繰り返すという馬鹿な行動をし、結果大きな騒《さわ》ぎになってしまった。

真相がメルヴィンによって突き止められる前に、後から秘密裏《り》に王宮の外へと逃がす、謝礼金を大量に払《はら》うとそそのかして男に自首をさせた。が、まさか牢《ろう》から逃がした後に、大金目当てでメルヴィンの誘拐《ゆうかい》を実行するとは予想していなかった。

また、自殺したマルロー男爵の妻が、今ベッドの上にいる男を殺そうとしていると知り、正体を隠《かく》した上で接触《せっしょく》して手を貸した。同じテーブル席になるよう画策し、加えて邪魔《じゃま》にならなそうな人間を給仕《きゅうじ》として手配しただけだが、結局こちらも上手《うま》くいかなかった。

「最後の計画だけは、俺の手で絶対に成功させる。お前を必ず苦しみのどん底へと叩き落とす……メルヴィン」

ぞっとするほど低く、憎悪《ぞうお》をどろどろに煮詰《につ》めたその声は、窓から吹き込む冷えた風に乗って飛ばされていった。

第四章　竜王子の後悔、竜王子の想い

いつも通り離宮《りきゅう》の掃除《そうじ》や洗濯《せんたく》を済ませ、昼食の準備や書庫の片付けをしているとあっという間に時間が過ぎていく。昼食後の昼下がり、多少空いた時間ができたコルネは、休憩《きゅうけい》を兼《か》ねて新しく作った畑で作業することにした。

「どのぐらいで収穫《しゅうかく》できるようになるんだ？」

突如《とつじょ》かけられた声に顔を上げると、窓からこちらを眺めているメルヴィンと目が合った。畑は離宮の東側に作ったので、メルヴィンがいつもいる居室から見ることができる。

「苗《なえ》を植えて二週間ほどですから、収穫できるのはまだ先ですよ。ただ、もう花や小さな実ができている苗もありますから、予想よりも早く採れるかもしれません」

生《お》い茂《しげ》った木によって日光が遮《さえぎ》られ、生長が遅《おそ》くなるのではないかと見込んでいたが、そんな心配は杞憂《きゆう》だったようだ。上手く湖側から日が差し込み、また、元々の土壌《どじょう》も悪くなかったのだろう。どの苗もぐんぐんと生長し、花や実がいくつもでき始めている。

「ちなみに何が収穫できるかは、実際にできてからのお楽しみにしておきますね」

追肥の作業を終え、軍手を外して立ち上がる。やはり畑仕事は良《い》い気分転換《てんかん》になる。土や緑に触《ふ》れていると疲《つか》れが和《やわ》らぎ、気持ちも明るくなっていく。

（トラヴィス様にお願いして、離宮の傍《そば》に畑を作らせてもらって本当によかったわ）

ラコスト準男爵の毒殺未遂《みすい》事件やメルヴィンの誘拐騒動《ゆうかいそうどう》など、諸々《もろもろ》の後処理で忙《いそが》しいはずのエーリクが手伝ってくれたこともあり、畑は一日で完成した。大きさはメルヴィンの寝室《しんしつ》の半分ほど。植えたばかりの苗たちが、青々とした姿で風に揺れている。

（実はピーマンも植えていることは、まだメルヴィン様には黙《だま》っておこう）

決して嫌《いや》がらせで植えたのではない。時季的に最適だっただけだ。他意はない。

（もし世話係を辞《や》めさせられるときが来たら、ここで採れたピーマンをメルヴィン様に思い切りぶつけてやろうなんて、そんなことは全然考えていないもの。今は）

最初の頃《ころ》ならば本気で考えたかもしれない。だが、メルヴィンへの感情が変化し始めている今は、お金のためだけでなく純粋《じゅんすい》に世話係という仕事にやりがいを感じている。

水をやって作業を終わりにしよう、とじょうろを手にしたコルネの耳にどさっという音が届けられる。重いものが地面に落ちたような音に視線を向けると、紙の束を片手に窓から外へと飛び降りたメルヴィンの姿がある。

畑のすぐ近く、木の根元に左足を立てた状態で座ると紙の束を読み始める。手にしているのは嘆願書《たんがんしょ》をまとめたものだ。本のページをめくるのと同じ速度で、分厚い紙をどんどん読み進めていく。

「今日は天気もいいですし、体調が良ければ後で少し散歩をしませんか？」

「考えておく。これに全部目を通して、その後気分が乗れば行くかもしれない」

最近のメルヴィンは頻繁《ひんぱん》に離宮の外へと出てくれるようになった。外といっても離宮のすぐ近くではあるが、それでも木陰《こかげ》で本を読んだり、湖周辺を散歩したり、ときには畑の水やりを手伝ってくれたりすることもある。

外に出て適度に日光や風に当たること、歩いて体を動かすことは、ひきこもりで不健康なメルヴィンにとっては悪いことではない。実際、この頃《ごろ》のメルヴィンの顔色はすごく青白いから、やや青白いぐらいに改善している気がする。

黙々《もくもく》と紙を読んでいくメルヴィンを横目に、コルネは苗に水をあげる。太陽の輝《かがや》きをふんだんに浴びて、葉に付いた水滴《すいてき》が光を放つ。メルヴィンのおかげで野生動物の被害《ひがい》を受けることはないので、きっと一月、二月後にはたくさん実ができているだろう。

「そうだ、収穫するときはメルヴィン様もご一緒《いっしょ》にやってみませんか？」

「俺も？」

「はい。収穫作業が一番楽しいんですよ。私は大好きです」

一緒にやったらきっともっと楽しいだろう。そう考えて誘《さそ》うと、ややあってメルヴィンからぶっきらぼうな一言が戻って来る。

「考えておく」

先ほどと同じ返答だ。だが、メルヴィンの考えておくは肯定《こうてい》の意味のときが多い、というのもここ最近になってわかるようになった。コルネは口元に笑《え》みを浮かべる。

「はい、そちらもぜひ考えておいてください」

一つ一つの苗に丁寧《ていねい》に水やりをしている間、メルヴィンが紙をめくっていく規則正しい音が響《ひび》く。以前だったらメルヴィンとの間に流れる静寂《せいじゃく》に多少なりとも居心地《いごこち》の悪さを感じることがあったものの、今は会話がなくてもまったく気にならない。

お互《たが》いがお互いのことを認め、受け入れられるようになったからかもしれない。

じょうろやくわ、はさみなどの道具を片付けたコルネが視線を向けると、メルヴィンは眉間《みけん》に深いしわを寄せていた。この見当違《けんとうちが》いな処理方法は誰が考えたんだ、と小さな呟《つぶや》きがその口からぶつぶつともれている。

「何か問題でもありましたか？」

「ちょっと頭が痛くなっただけだ。河川氾濫《かせんはんらん》による水害被害の対策が、何故壊《こわ》れた堤防《ていぼう》部分に土嚢《どのう》を積み上げるだけになっているんだ。どう考えてもまた同じことが起きるだけ。堤防のかさ上げか川幅《かわはば》の拡幅《かくふく》工事、あるいは遊水池を作るとか、もっと長期的な……」

きょとんとするコルネに気付いたのか、流暢《りゅうちょう》に続いていた言葉が止まる。

「いや、いい、何でもない。高官には得意不得意があり、一つの分野にのみ特化した者も多い。これを対処した高官が畑違いの人間だっただけだろう」

懸念《けねん》を断《た》ち切るように、メルヴィンはのろのろとした仕草で地面から立ち上がる。

「お前はもう中に戻《もど》るんだろう？　俺も全部読み終えたから部屋に戻る。散歩に行く前に紅茶を淹《い》れてくれ」

すぐに準備しますと答えながら、コルネはメルヴィンが持つ紙の束を見つめる。

国王の下《もと》には、毎日国内のあちこちから大量の嘆願書が届けられている。ああして欲しい、こうして欲しい、助けて欲しい、といった国民からの切実な願いが込められた嘆願書だが、当然国王自身がすべてに目を通して処理することなどできない。

嘆願書は国王からトラヴィス、そしてトラヴィスから高官へと渡《わた》され、名目上はすべての要望に事細かく目を通している、ということになっている。が、当然大量の要望の一つ一つに向き合っていることなど到底《とうてい》できない。

関係のないもの、緊急《きんきゅう》性のないもの、すぐに対処すべき必要のあるものに分け、その後対処すべき案件のみ国が処理しているらしい、と教えてくれたのはエーリクだ。残念ながら国民の声の多くが取りこぼされ、また、処理されたものも適切な対処ではない場合も多い、と申し訳なさそうに眉尻《まゆじり》を落としていた。

「うーん、なかなか各種分野に長《た》けた知識を持つ人はいませんよね……あ！」

素晴《すば》らしい考えを思いついた。コルネはぽんと両手を鳴らし、明るい声を出す。

「でしたら、メルヴィン様が知恵《ちえ》をお貸ししたらいいんじゃないでしょうか？」

メルヴィンは足を止めて「はあ？」と訝《いぶか》しげな眼差《まなざ》しをコルネに送ってくる。

「何故《なぜ》ここで俺の名前が出るんだ」

「だって、メルヴィン様ほど知識が豊富で、なおかつ頭の回転が速い方を私は知りませんよ。メルヴィン様のせっかくの素晴らしい能力を使わないのは宝の持ち腐《ぐさ》れ、この国にとって、いいえ、全人類において多大なる損失です！」

力強く宣言するコルネの前で、薄《うす》い唇《くちびる》から失笑《しっしょう》がこぼれ落ちる。

「お前はときどき、驚《おどろ》くほど突拍子《とっぴょうし》もないことを言い出すな」

メルヴィンは手中の紙に目をやり、弱々しく頭を振《ふ》った。

「俺なんてどうせ何の役にも立たない」

「そんなことありませんよ。メルヴィン様はもっと自信を持つべきです。ほら、実際私はメルヴィン様のおかげで二度も無実が証明されているんですよ」

もしメルヴィンの助力がなければ、コルネは今なお牢《ろう》に閉じ込められていたかもしれない。無実の罪で罰《ばつ》を受けていたかもしれない。

メルヴィンの豊富な知識と聡明《そうめい》さ、何よりもメルヴィン自身の意思があったからこそ、コルネはこうして世話係を続けられている。

「もちろん無理にとは言いません。やりたくないことを嫌々《いやいや》やる必要はありませんから。でも、もしほんの少しでも考える余地があるのならば、挑戦《ちょうせん》してみてはどうでしょうか？」

私にできることならばいくらでも手伝いますよ、とコルネが続けると、メルヴィンの視線が迷いを示すかのごとくゆっくりと左右に揺《ゆ》れる。そして、数十秒の沈黙《ちんもく》を打ち消すように、大きな吐息《といき》がこぼれる。

「お前は本当に面倒《めんどう》でうるさい奴《やつ》だな。主人にあれこれ指図する世話係なんて、この国中探してもお前だけだろうな」

冷えた青い瞳《ひとみ》がじろりとコルネを一瞥《いちべつ》する。すみません、と謝るよりも早く、メルヴィンはコルネに背を向けて離宮《りきゅう》へと歩き出す。

「だが……さっきの件は考えておく」

風で吹《ふ》き飛ばされてしまいそうなほど小さな声だったが、コルネの耳にはしっかりと届いた。三度目の考えておくという言葉に、満面の笑みで返事をする。

「はい！　今美味《おい》しい紅茶を淹れてお持ちしますね」

「期待しないで待っている。後でこの嘆願書の返却《へんきゃく》と兄上への手紙を届けてこい。ここ数日は内務の事務処理に励《はげ》むと聞いているから、直接兄上の執務《しつむ》室に行って渡してくれ」

「わかりました。トラヴィス様に直接お渡ししてきますね」

明るい気分でメルヴィンの後ろを歩き出す。畑仕事での気分転換《てんかん》も相まって、頭上に広がる青空よりもさらに清々《すがすが》しい気持ちになる。

けれど、晴天の裏側で静かに、気配もなく威力《いりょく》を強めている嵐《あらし》が、少しずつ、確実に近付きつつあることを、このときのコルネはまだ知るよしもなかった。


それから二週間、穏《おだ》やかな日々が続いている。事件が起きることも巻き込まれることもなく、世話係としての仕事を着々とこなしていく毎日だ。

(もうすぐ世話係を始めて二月。うん、順調に最長記録の更新《こうしん》に近付いているわね)

生《お》い茂《しげ》った木の葉の隙間《すきま》から、力強い陽光が絶えず降り注いでいる。遮《さえぎ》るものがない湖は太陽の輝きを目一杯《めいっぱい》取り込み、まばゆいほどの煌《きら》めきを湖面から立ち上らせている。

わずかに髪《かみ》を揺らす微風《びふう》は草木の表面を軽く撫《な》で、音もなく森の中を吹き抜《ぬ》けていく。

さわやかな朝の空気が広がる中、コルネは玄関《げんかん》ポーチの掃《は》き掃除《そうじ》に勤《いそ》しんでいた。

すぐ傍《そば》にはメルヴィンの姿がある。ポーチの段差に腰《こし》かけて読書をしていた。近くを箒《ほうき》で掃いていたコルネは、何気なく視界に入ってきた本の内容に小首を傾《かし》げる。

「その本、共和国に関するものですよね。最近どこかで同じ内容を見た気が……」

箒の柄《え》を握《にぎ》り締《し》めて考えていると、思い出す前にメルヴィンが答えを教えてくれる。

「これは以前キャロルに渡したあの稀覯本《きこうぼん》を写本したものだ。俺が急いで写したものだから、多少読みにくい部分もあるが」

「え!?　あの本を全部写本したんですか？　すごいですね、かなり分厚い本だったのに」

装丁《そうてい》はもちろん違《ちが》うが、ぱっと見たところ中身は本物と遜色《そんしょく》ない。むしろメルヴィンの字の方がコルネには読みやすく感じられた。

感心しているコルネに向かって、本が差し出される。

「読んでみたいのならば貸してやる。以前、共和国に興味があると言っていただろう」

キャロルとの面会の後、そんなことを口にしたかもしれない。言った張本人すら忘れかけていた。むしろあのときのメルヴィンは聞いていなかったと思っていた。

「覚えていてくださったんですね。嬉《うれ》しいです。ありがとうございます、メルヴィン様」

「お前と違って俺は記憶《きおく》力がいいからな」

素っ気ない言い方だが、声の調子はメルヴィンの機嫌《きげん》が浮上《ふじょう》したことを教えてくれる。コルネはひっそりと顔をほころばせた。

（ずっとメルヴィン様は神経質で内面のわかりにくい、機嫌の浮《う》き沈《しず》みの激しい方だと思っていたけれど、案外とてもわかりやすくて素直《すなお》な方なのかも）

この頃《ごろ》はコルネが笑ったり喜んだりすると、メルヴィンの機嫌が良くなることが多い。褒《ほ》めると表情には出さないが嬉しそうだし、感謝を伝えれば若干《じゃっかん》の嫌味《いやみ》を交えつつも声音《こわね》は優《やさ》しくなる。

「では、少しの間借りてもいいですか？　読み終えたらすぐにお返ししますね」

「俺はすでに読んだものだから返すのはいつでもいい。ついでに最近の本も後で何冊か貸してやる。だが、お前はこの本を読むことに抵抗《ていこう》はないのか？」

「抵抗、ですか？　読んだらまずい何かがあるんですか？」

「そうじゃない。本は本、読むことに問題はない。だが知っての通り、共和国に関してはあまり良《い》い感情を抱《いだ》いていない人間がこの王国内には大勢いるからな」

グルーソル共和国は国土の六割以上を不毛な大地、砂漠《さばく》によって覆《おお》われている。ゆえに常日頃《つねひごろ》から食料問題に晒《さら》されており、雨量が少なく、国内に大きな河川や湖なども存在していないため、水に関しても常に危機的な問題を抱《かか》えていた。

そのため共和国が問題を解決するため最速、かつ手っ取り早い方法として隣国《りんごく》、ドロテリア王国の大地と豊富な資源を奪《うば》い取ろうと、戦争を仕掛《しか》ける選択《せんたく》をしたのは当然といえば当然かもしれない。

長きに亘《わた》って戦争を行っていた両国は、結果、ドロテリア王国の勝利で争いの幕を閉じる。とはいえ、泥沼《どろぬま》の長い戦乱の末、領土を守ることには成功したものの、多大なる国民の命が失われた上、土地の大半に大きな被害《ひがい》を受けたことを考えると、大手を振っての勝利というよりは辛勝《しんしょう》と言うべきものだった。

そんな戦乱の過去が両国間に深い亀裂《きれつ》を作り上げ、加えて王国側に共和国への激しい拒《きょ》絶《ぜつ》反応を生み出している。

「確かに正直な気持ちを言えば、私も共和国に対して良い印象はありませんね。ほら、やっぱりいくら昔のこととはいえ、過去のいざこざがありますし」

表立って共和国への暴言を口にする人間は減った。だが、それでも根深い因縁《いんねん》がずっと続いている。親から子へ、子からまた次の子へ、消えることなく繋《つな》がっていく。

「でも、私は純粋《じゅんすい》に知りたいですよ。周囲から入ってくる噂《うわさ》とか、個人的な印象とかではなく、ちゃんと正しい知識を知りたいって思いました。私がそんな風に考えるようになったのは、メルヴィン様のおかげです」

にっこりと笑って見下ろすと、不思議そうな眼差しが返される。

「俺の？　何故だ？」

「私の勝手な想像かもしれませんが、メルヴィン様がものすごい量の本をあれこれ読むのは、一冊だけで偏《かたよ》った知識を取得してしまわないように、たくさんの本の内容を噛《か》み砕《くだ》いて正しい知識を得るためなんじゃないかって、そんな風に思えたんです」

「……盛大なお前の勘違《かんちが》いだな。俺は単純に読書が好きなだけだ」

「ふふ、そうですね。メルヴィン様が本の虫なのも事実ですね」

楽しそうに笑うと、見上げてくる瞳に鋭《するど》さが増す。だが、そこには見た目ほどの棘《とげ》はなく、むしろ青い輝《かがや》きには温かさが宿っているように感じられた。

穏やかな静寂《せいじゃく》が周囲を包み込んでいく。優しく温かな空気が、軽《かろ》やかな風に飛ばされて広がっていった。

しばらく続いた静けさを打ち破ったのは、軽やかな第三者の声だった。

「おや、話には聞いていたが、本当に外に出ることが増えたんだね」

聞き慣れた低音の持ち主は、にこやかな表情で一人離宮に近付いてくる。銀髪《ぎんぱつ》が日の光で鮮《あざ》やかな輝きを放っている。ただ歩いているだけでも絵になる人だ。

「トラヴィス様、こちらに来られるのは久しぶりですね」

「長い外交の次は、溜《た》まりに溜まった事務処理に追われていてね。なかなか離宮まで足を運ぶ暇《ひま》がなかったんだ。君からの報告でメルヴィンも落ち着いていると聞いていたから、安心して仕事に励むことができたよ」

トラヴィスは立ち上がったメルヴィンに近付くと、手にしていた白い封筒《ふうとう》を差し出す。

「この間もらった手紙の返事だ。遅《おそ》くなって悪かったね。色々忙《いそが》しかった上に、せっかくの弟からの手紙だからね、書く内容をまとめるのに手間取ってしまった」

「……いえ、こちらこそお忙しいところすみません。外交の調子はどうですか？」

「上々ってところかな。もうすぐ良い形で折り合いが付きそうだ。お前の言うとおり、技術供与《きょうよ》を要《かなめ》に据《す》えて発表するつもりだよ。まあ、今でも高官や貴族に反対を口うるさく唱える連中がいるから、すんなり受け入れてもらえるとは思わないが」

「後々の利益は計り知れないものがあります。感情論よりも実益を優先すべきです」

「みながみな、お前のように理性的ではないからね、メルヴィン。いや、お前も理性的ではないか。一番に断《た》ち切らなければいけないものが何なのか、ずっと昔からわかっていたはずなのに自らの感情を優先し続けている」

笑《え》みが形作られた口から出る声は、いつもと何ら変わりない。だが、周囲の温度が若干下がった気がした。メルヴィンはぐっと唇《くちびる》を噛みしめている。

少し前、コルネと話をしていたときの穏やかさは欠片《かけら》もない。

「一つ言っておくよ。お前が切らないのならば、私が切ることになる。期限は、うーん、一週間にしようか」

にっこりと笑顔で告げられた内容に、メルヴィンの口が開きかける。が、その口から出るだろう言葉を拒絶するかのごとく、トラヴィスは弟に背を向けた。

目の前で交《か》わされる二人の会話をまったく理解できず、一人蚊帳《かや》の外に置かれていたコルネはトラヴィスの背中に慌《あわ》てて声をかけた。

「あの、すぐにお茶を準備いたしますので、離宮の中にどうぞ」

「ゆっくりしたいのは山々なんだけど、お茶を飲んでいる時間はないんだ。明日からまた数日、国の外に出ることになっていてね」

王宮へと戻《もど》ろうとしたトラヴィスは、足を止めて再びメルヴィンに話しかける。

「そういえば、数日前に返してもらった嘆願書《たんがんしょ》への進言、非常に有益で助かると高官が言っていたよ。今後も可能な範囲《はんい》でお前の助言がほしいそうだ。兄としても、弟が民《たみ》のために役立つことをしてくれると誇《ほこ》らしく思う」

褒められているはずなのに、メルヴィンの顔に喜びに類する表情はない。むしろ正反対の感情で頬《ほお》が強張《こわば》っている。封筒を持つ手がかすかに震《ふる》えているようにも見えた。

「それじゃあ、私はまたしばらく顔を見せられなくなる。騎士《きし》団の方は大分落ち着いてきたみたいだから、何かあればエーリクに言ってくれ」

メルヴィンの肩《かた》が揺《ゆ》れ動くのを確認《かくにん》する前に、トラヴィスが軽く手を上げて歩き出す。コルネは手にしていた箒を足元に置き、「お見送りします」と急いで追いかける。

本当は先ほどの会話の意味を問いかけたかった。だが、王族の、否《いな》、兄弟間の問題ならば、コルネが興味本位で踏《ふ》み込んでいいことではないだろう。

結局聞きたいことは口に出せず、当たり障《さわ》りのないことしか尋《たず》ねられなかった。

「今日はエーリクさんとはご一緒《いっしょ》にいらっしゃらなかったんですね」

「騎士団が落ち着いてきたとはいえ、まだやるべきことがたくさんあってふらふら出歩く私に付き合っている時間はないみたいだ。私の従者でもあるが、エーリクには騎士の仕事を優先させているからね」

「エーリクさんは次期団長候補の呼び声も高いそうですし、やはり他《ほか》の騎士の方々から頼《たよ》りにされているんですね」

「次期団長候補、か。うーん、まあ、そんな話も出ているらしいね」

トラヴィスにしては珍《めずら》しく言葉を濁《にご》す。そして、やや強引《ごういん》に話題を変えた。

「それはそうと、最近何か困ったことはないかな？　二回も牢《ろう》に入れてしまった負い目もあるし、何より君が世話係になってからメルヴィンは大分落ち着いているようだ。私も本当に安心できていてね。できる限り助力できれば、と思っているんだが」

「お気遣《きづか》いありがとうございます。ですが、この間畑を作るお許しもいただきましたし、この頃は世話係をしていて特に困ったこともありません」

「あの程度では全然謝罪にならないと思うんだけどね。給金を上げるとかどうかな？」

「魅力的《みりょく》ではありますが、今でもかなり高い給金を提示していただいていますので、お気持ちだけで十分です」

ありがとうございます、とコルネは笑顔で礼を言った。そんなコルネを一瞥《いちべつ》した後、トラヴィスはふっとその顔に柔《やわ》らかな微笑《ほほえ》みを浮かべる。

「君は変わった伯爵令嬢《はくしゃくれいじょう》だね。ここは王族に恩を売る場面なんだから、もっと色々頼《たの》むのが普通《ふつう》なのに。いや、だからこそメルヴィンも気に入ったのか」

振《ふ》り返らずに歩いていたトラヴィスが、顔だけコルネの方へと向ける。

「あの子は天の邪鬼《じゃく》で、かつ、臆病《おくびょう》者だ。失う前に遠ざける方を選ぶだろう。君がもしメルヴィンと一緒にいることを望むのならば、君の方から一歩踏み出してほしい」

どういう意味かと問い返す間もなく、トラヴィスは「見送りはここまででいいよ」と一人で歩いて行ってしまう。残されたコルネはその背中が森の中に消えるまで見送った。

コルネが離宮《りきゅう》に戻ると、てっきり中に戻っていると思っていたメルヴィンの姿がまだ玄《げん》関《かん》ポーチにあった。どうやら先ほどトラヴィスに渡《わた》された手紙を読んでいたらしい。

背中を向ける形で立っているため、コルネからはメルヴィンの顔は見えない。だが、手紙を持つ細い手が、真っ白になるほど強く握《にぎ》られている様子だけはわかった。

近寄って声をかけようとすると、コルネの気配に気付いたメルヴィンが低い声を出す。

「……コルネ、お前の家の借金はどの程度ある？　どのくらいの金があれば、屋敷《やしき》を失うことなく当面生活できそうだ？」

メルヴィンの視線は手紙に向いたままだ。依然《いぜん》として表情は見えない。ただ、その声音《こわね》だけは異様なほど硬《かた》く、凍《こお》り付いている。まるで最初のとき、世話係になる際に自己紹《しょう》介《かい》をしたときのようだ。

否、それよりももっと冷え冷えとしていて、感情の色が抜《ぬ》け落ちて何もかも真っ白になったようだった。

「あの、急にどうしたんですか？　何かありましたか？」

「いい、わかった。額は俺が勝手に調べる。お前の家の借金は、すべて俺が肩代《かたが》わりする」

「は？　ちょ、ちょっと待ってください！　突然《とつぜん》どうしてそんなこと……！」

「すぐに全額返済は不可能だが、少しずつ返していくから安心しろ」

安心とかそういう問題ではない。何故《なぜ》急にコルネの家の借金を肩代わりする、などという話になったのか、まったく意味がわからない。

とにかく落ち着いて話をしようとするコルネを制し、メルヴィンはゆっくりと振り返る。

青い瞳《ひとみ》には一切《いっさい》の温度がなかった。声同様感情が消えてしまっている。

あまりにも冷え切ったメルヴィンの姿に、開いた口からは声が出てこなかった。

「お前は今日限りで世話係を辞《や》めろ。違《ちが》う、今日限りで辞めさせる。もう来なくていい」

この二月ほど、少しずつ、一歩一歩築き上げてきたものが、すべて一瞬《いっしゅん》で粉々に砕《くだ》け散っていく音が聞こえたような気がした。


取り付く島もない、という言葉はこういうときに使うんだと身をもって思い知った。

突然の解雇《かいこ》をメルヴィンから言い渡されて三日。当然納得《なっとく》できないコルネは毎日メルヴィンのところに赴《おもむ》き、どうにか理由を聞き出そうと必死になった。

だが、聞き出すどころか離宮の中に入ることすら叶《かな》わず、カーテンが閉め切られていて室内の様子を窺《うかが》うこともできなかった。当たり前だがメルヴィンの顔すら見えない。

一応玄関まで食事を運んでいるが手を付ける気配はない。きちんと眠《ねむ》っているのかすら定《さだ》かではなく、自分が辞めさせられることよりもメルヴィンの体調の方が気になった。

相談しようにもトラヴィスは再び外交に赴いており、頼みの綱《つな》のエーリクも新たに舞《ま》い込んだ仕事で慌ただしく飛び回っている状態らしい。

騎士から聞いた話によると、メルヴィンを誘拐《ゆうかい》しようと画策した四人の男たち、その内の一人はキャロルから指輪を盗《ぬす》んだあの使用人の男だったらしい。離宮にいるメルヴィンの噂《うわさ》、どんな怪我《けが》や病気でも治せるというあの噂をどこからか聞き付け、金のために仲間を集めて誘拐を実行したようだ。

男たちの身柄《みがら》はすぐに王宮の外へと移送されることとなった。だが、主犯格となった窃《せっ》盗《とう》犯の男だけが、移送途中《とちゅう》で忽然《こつぜん》と姿を消してしまった。その場に残された大量の血痕《けっこん》から、もう生きてはいないんじゃないか、と騎士が話していた。

また、時期を同じくして、ラコスト準男爵《だんしゃく》も姿を消してしまった。ラコスト準男爵は窃盗犯の男の後ろ盾《だて》となっていたことが判明し、体調が落ち着いたら数々の悪事も含《ふく》めて厳しい取り調べが行われるはずだった。しかし、屋敷にいた誰《だれ》もが気付かない内に、自室のベッドの上から姿を消してしまった。こちらも大量の血痕を残して。

それらの顚末《てんまつ》は気に掛《か》かるが、今はメルヴィンのことが何よりも優先だ。

このまま「はい、わかりました」と故郷に帰ることはできない。そもそもメルヴィンにゲードフェン伯爵《はくしゃく》家の借金すべてを肩代わりなどさせられない。してもらう理由もない。

(明日は新月だわ。メルヴィン様の体調が心配だし、それに明日は離宮に近付けなくなってしまう。何が何でも、絶対に今日こそ会わないと！）

新月の日、竜《りゅう》になる秘密はすでに知っているが、精神的に不安定になるときはやはり人を傍《そば》に置きたくはないらしい。ゆえに休日なのは変わらないままだった。

離宮へと続く道すがら、コルネは決意を固める。玄関ポーチに到着《とうちゃく》したところで、ポーチの段差に積まれた数冊の本に気が付いた。

三冊置かれた本の一番下、風に飛ばされないように端《はし》を本で押さえた状態で白い便せんが一枚置かれている。そこに書かれた文字には見覚えがある。

紙を拾い上げたコルネは、便せんに記された文面を口に出して読む。

「本は図書室に返しておけ。次に離宮へ来たら騎士に放《ほう》り出させる。今すぐ故郷に帰れ」

メルヴィンらしいといえばメルヴィンらしい内容だ。あまりにも普段《ふだん》のメルヴィンらしくて、怒《いか》りすら湧《わ》いて出てこない。逆に肩に入っていた力が抜け落ちていく。

急にコルネを世話係から辞めさせたのは、ただのメルヴィンのわがままなのだろうか。何か理由がある気がするものの、コルネにはまったく思いつかない。

（あ、もしかしたら、新月が近いせいで神経質になっている、とか？）

新月はメルヴィンにとって最悪な日だということはよくわかっている。だからこそ、精神的に不安定となり、突然解雇《とつぜんかいこ》するというおかしな行動に出たのかもしれない。

（でも、それもしっくりこないというか……。借金の肩代わりといい、早く故郷に戻《もど》らせようとしていることといい、上手《うま》く言えないけどこう、胸がざわざわするような）

コルネは持ってきたバスケットを置く代わりに本を持ち上げ、大きなため息を吐《つ》く。

押してダメなら引いてみろ、とどこかの誰かが言っていた。ここはその言葉に従い、少し距離《きょり》を置いて様子を見た方がいいのかもしれない。

（すごく忙《いそが》しいかもしれないけど、エーリクさんとどうにか連絡《れんらく》を取ってメルヴィン様のことを相談してみよう）

コルネの言葉は聞いてくれなくても、エーリクの言葉ならば耳を傾《かたむ》けてくれるはずだ。メルヴィンがトラヴィスに対して敬愛の念を抱《いだ》いていることは確かだが、エーリクに対してはそれ以上の親愛を抱いている。

玄関扉《げんかんとびら》の前に立ったコルネは、固く閉《と》ざされた扉《とびら》に向かって大声で宣言する。

「私は全然納得していませんからね！　絶対にこのまま故郷に戻ることはしません！」

返事は当然ない。なくても別に構わなかった。一人で宣言し、一人で満足したコルネは離宮に背を向けて歩き出す、もとい走り出した。

離宮と森の出入り口の中間付近まで走ってきたコルネは、荒《あ》れた息もそのままに地面にしゃがみ込む。はあはあともれる息を整えながら、ずっと頭から離《はな》れない一言を呟《つぶや》く。

「世話係の仕事、辞めたくないなあ」

ぽろりとこぼれ落ちた本音は、一番伝えたい相手には届かない。今のメルヴィンにそのまま言ったところで、本当の意味で理解してもらえるとも思えない。

お金だけが目的で世話係をしてきたのならば、突然借金を肩代わりしてもらえたことに戸惑《とまど》いつつも、運が良かったと自分を納得させて故郷に戻っていたかもしれない。

でも、この頃《ごろ》のコルネはお金のためではなく、もっと別の感情で働いている。給金をもらうことも大切だけど、それよりもずっと大切なものがある。

（メルヴィン様にとっては、私は数いる世話係の内の一人なのかもしれない。これまでに辞めていった何人もの世話係と、大して変わらないのかもしれない）

当たり前のことだ。コルネはただの世話係、それ以上でも、それ以下でもありえない。

（わかっているのに、悲しいとか辛《つら》いとか、どうしてそんな風に感じるのかしら）

苦しい寂《さみ》しいと、胸の奥が痛みを発している気がする。

（私が世話係を、いえ、そうじゃない。私がメルヴィン様の傍にいたいのは……）

答えに手が届きそうで、けれど、手が触《ふ》れる前に消えてしまう。あと一歩でこの感情の根っこ部分にたどり着きそうなのに、気持ちに反して掘《ほ》っても掘っても届かない。

うーんうーんと、地面にしゃがんだままで唸《うな》り声を上げる。そんなコルネの頭上から心配そうな声が降り注いできた。

「あの、大丈夫《だいじょうぶ》ですか？　どこか具合が悪いんでしょうか？」

驚《おどろ》いて顔を上げると、そこには困ったような表情で見下ろしてくるエーリクの姿があった。離宮へ行く途中なのだろう。コルネは飛び跳《は》ねるように立ち上がる。

「エーリクさん！　何でもないんです、具合は全然大丈夫です、見ての通り元気です！」

「そ、そうですか。それならばいいのですが……」

気まずい沈黙《ちんもく》が周囲に漂《ただよ》う。変なところを見られてしまった。とはいえ、会いに行こうとしていた相手がいるのだから、内心の恥《は》ずかしさを押し隠《かく》してエーリクに話しかける。

「ここでお会いできて良かったです。お忙しいとは聞いていたんですが、実はエーリクさんにご相談がありまして」

最後まで言い終える前に、エーリクは心得たといった様子で頷《うなず》く。

「存じております。世話係を辞めるようにと、メルヴィン様がコルネさんに命じたそうですね。あなたの雇用主《こよう》はトラヴィス様ですから、本来であればメルヴィン様が勝手に辞めさせることなどできません。ですが、頑固《がんこ》で我の強い部分もある方ですので、一度こうと決めるとなかなか周囲の意見を聞き入れなくなってしまいまして」

「私自身に至らない点があって解雇されるのでしたら、それは仕方がないことだと思います。でも、今回は本当に突然《とつぜん》で……。どうしてメルヴィン様が急にそんなことを言い出したのか、全然わからないんです」

直前までは、コルネを解雇する素振《そぶ》りなど欠片《かけら》もなかった。トラヴィスが会いに来て、その後彼を森の途中まで見送ってから離宮《りきゅう》へと戻った途端《とたん》、まるで人が変わったかのようになっていた。

「突然、ですか。それは気になりますね。メルヴィン様が解雇を言い渡《わた》す直前、何か変わったことなどありませんでしたでしょうか？」

「ええと、トラヴィス様が久しぶりに離宮まで足を運んでくださっていましたね。メルヴィン様へ手紙を渡されて、それから私にはよくわからない話をお二人でしていました」

「……ちなみにどのような会話をしていらっしゃったか、覚えていますか？」

「確か、外交についての話と、それから切るとか切らないとか、期限がいつまでとか、そんなことを口にしていました。トラヴィス様は普段通りでしたがどこか声が怖《こわ》かったですし、メルヴィン様も随分《ずいぶん》と狼狽《ろうばい》しているように見えました」

うろ覚えの話をすると、エーリクの顔が一瞬だけ強張《こわば》る。しかし、それはすぐに消えて、顔には穏《おだ》やかな微笑《びしょう》が浮《う》かべられる。

「わかりました。とにかくメルヴィン様と話してみます。ただ説得をするにしてもかなりの時間を要するかと思います」

「いくらでも待ちます！　三日でも一週間でも、それこそ一月でも待ちます！」

大声で勢いよく答えるコルネの姿に、エーリクはやや引いた様子を見せつつも、表面上は常の落ち着いた表情を崩《くず》さずに問いかけてくる。

「どうしてそこまで世話係を続けることにこだわるんですか？　言い方は悪いかもしれませんが、今回の事態はあなたにとっては好都合ではないかと思うのですが」

「私がこの仕事を始めたのは、家のためにお金がとにかく必要だったからです。仕事の内容も全然知りませんでしたし、もちろんメルヴィン様のことも何もわかりませんでした」

屋敷《やしき》と家族の生活を守る。それだけがコルネの動力源だった。そのためだったらどんな辛いことでも我慢《がまん》できる、と思って世話係の仕事を務めることに決めた。

「正直に言いますと、最初は辞《や》めることになったらそれはそれで仕方がないって、そんな風に考えていました。頑張《がんば》って一月かな、って考えていたぐらいですから」

「それでしたら、何故《なぜ》世話係を続けたいと思うんですか？」

「メルヴィン様と一緒《いっしょ》に過ごしている内に、少しずつ私の目的が変化していったんだと思います。初めはお金のためだけに、けれど、今はそれ以上に別の想《おも》いがあります」

　コルネは視線を背後、離宮の方向へと注ぐ。目には見えないが、脳裏《のうり》にメルヴィンの姿がはっきりと浮かんでいる。

「最近のメルヴィン様は、三食きちんと食べることが増えて、それに徹夜《てつや》も大分減ったんですよ。離宮の外に出て、日光浴や散歩も少しですがしてくれるようになりました。読書の時間が一日の大半を占《し》めますが、話しかければ会話をしてくれることが増えましたし、すごくたまにですが笑顔《えがお》を見せてくれるようにもなったんですよ」

　少しずつ、ほんの少しずつ、メルヴィンはコルネに歩み寄ってくれるようになった。拒《きょ》絶《ぜつ》することもできたのに、近付くことを選んでくれた。

　コルネはどこか考え込む様子を見せるエーリクに視線を戻す。

「それから、これは本当につい最近のことですけど、ほんの少し公務のお手伝いもするようになったんですよ。すごいことですよね」

「公務の手伝い、ですか？　あのメルヴィン様が？」

「はい。国民からの嘆願書《たんがんしょ》に対して、色々助言をなさっているようです。メルヴィン様は知識が豊富で頭も良《い》いですから、とても役に立つ進言を与《あた》えることができると思います」

公務を手伝っていることを初めて知ったからか、エーリクの顔には驚きの表情がありありと現れている。そんな、まさかと、わずかに開いた唇《くちびる》から呆然《ぼうぜん》とした囁《ささや》きが落ちていく。

そこまで驚くことだろうかと思う一方で、長年メルヴィンを見てきた人間にとっては目をむくような成長なのだろうと納得《なっとく》し、コルネは先を続ける。

「この頃のメルヴィン様は、懸命《けんめい》に変わろうとしているように見えます。もし私が来たことでメルヴィン様の気持ちに変化が起きたのだとしたら、それはすごく嬉《うれ》しいことですし、だからこそ今後もメルヴィン様を傍《そば》で見守り、ときには手助けできればと、そう思うようになりました」

コルネの一方的な希望かもしれない。メルヴィンにとっては迷惑《めいわく》なことかもしれない。でも、きちんと話して想いを伝えれば、きっとメルヴィンは理解してくれる。真剣《しんけん》に伝えた言葉を意味なく切り捨てる人ではないと、この二月ほどの間で理解しているから。

「あ、すみません！　一方的に私の話を長々としてしまいました」

思わず熱弁してしまったコルネは、目の前でやや俯《うつむ》いているエーリクの姿を見てはたと冷静さを取り戻《もど》す。慌《あわ》てて頭を下げると、エーリクは口元にかすかな笑みを刻む。

「コルネさんが来てから、メルヴィン様は少しずつ変わっているように感じられます。以前でしたら、どんな理由があろうとも離宮から出ることは絶対にありませんでした」

「きっかけは私が来たことかもしれません。ですが、メルヴィン様の支えになっているのは、トラヴィス様とエーリクさんのお二人です。お二人が傍にいてくださったからこそ、メルヴィン様は辛い過去があってもこれまで生きてこられたんだと思います」

にっこりと笑いかけると、エーリクの緑色の瞳《ひとみ》がかすかに揺《ゆ》れ動く。

「メルヴィン様のこと、これからもすぐ近くで支えて差し上げてください。メルヴィン様は他《ほか》の誰《だれ》よりも一番、エーリクさんのことを信頼《しんらい》していますから」

「……ええ、わかりました。あなたやメルヴィン様のご期待を裏切ることがないよう、今後も務めていきたいと思います」

ちょうど太陽が雲の陰《かげ》に入ったのか、森に差し込む光が弱くなる。それに合わせて緑の瞳に暗い色が混じり込むが、再び太陽が顔を出すと柔《やわ》らかな色合いに戻っていた。

「自分はこれからメルヴィン様のところに行ってきます。あの方のことは昔から自分が最もよくわかっておりますので、あまり心配なさらないでください」

しばらく離宮には来なくていい、食事を含《ふく》めてメルヴィンの世話は自分がすべて行う、とエーリクはやや早口で、かつ、反論を許さないような響《ひび》きを伴《ともな》ってコルネに告げる。

「給金については自分がトラヴィス様に相談してみますので、あなたは長い休日だと思ってゆっくりと王宮や宿舎で過ごしてください」

エーリクはゆるやかな微笑をこぼす。見慣れた優《やさ》しい微笑みのはずなのに、何故かコルネは強烈《きょうれつ》な不自然さを感じ取ってしまう。しかし、そう感じる理由がわからない。

「エーリクさん、あの、私も離宮に一緒に行ってもいいですか？　もちろん邪魔《じゃま》はしません。メルヴィン様がどうしても気になるので、遠くからでも様子を確認《かくにん》できれば」

「コルネさんのお気持ちはよくわかりますが、昔から一緒にいる相手だけの方が、メルヴィン様も落ち着いて本音を話してくださるのではないかと思います」

軽く頭を下げて去っていくエーリクを引き止めるための言葉は出てこなかった。エーリクのまとう雰囲気《ふんいき》がコルネを拒絶しているように感じられたからだ。これ以上話しかけるな、早く王宮に戻れと、言外に匂《にお》わせている空気が漂っていた。

(何だろう。上手《うま》く言えないけれど、どうもエーリクさんの様子がおかしいような……。ただの私の気のせい、かしら)

追いかけるべきか悩《なや》んだものの、結局コルネは離宮とは反対、王宮の方角に向かって歩き始めた。腑《ふ》に落ちない点はある。だが、エーリクがメルヴィンに害をなすようなことなどしないだろうと結論付けた。


手にした本を王宮図書室に返す前に、宿舎の自室へと戻ることにした。全力疾走《しっそう》をしたせいか、喉《のど》が渇《かわ》いてしまった。本を返却《へんきゃく》する前に部屋で一息吐《つ》くことに決める。

「エーリクさんがメルヴィン様を説得してくれればいいんだけど」

紅茶を準備して椅子《いす》に座ったコルネは、知らず重苦しい息を吐き出してしまった。続くため息を紅茶で飲み込み、テーブルの上に置いていた本に手を伸《の》ばす。

「うーん、相変わらずメルヴィン様は難しい本を読むわね。私には全然内容が理解できない……あ！」

ぺらぺらと本のページをめくっていると、間からひらりと何かが落ちてくる。それはメルヴィンが大切にしているあのしおりだった。

一度なくしてからというもの、使っていないときはシャツの胸ポケットに入れて肌身《はだみ》離《はな》さず保管していた。だが、ここ数日メルヴィンの様子は明らかにおかしいので、もしかしたら挟《はさ》んでいるのに気付かず返却するように言ったのかもしれない。

とっさに摑《つか》もうとしたコルネの手をすり抜《ぬ》け、しおりはテーブルの上、紅茶のカップに向かって落ちていく。あっと声を出す間もなく、紐《ひも》が結ばれた部分がカップの中、茶色い液体へと入り込んでしまった。

慌ててしおりをつまみ上げるが、紅茶に浸《ひた》った部分は茶色に変色してしまっている。手近にあった布巾《ふきん》で素早《すばや》く拭《ぬぐ》うものの、一度茶色に染まった紙は元通りにはならない。

「どうしよう！　メルヴィン様がすごく大事にしているしおりなのに」

水で洗えば取れるだろうか。いや、紙なので水で洗ったら間違《まちが》いなくふやけて破ける。とりあえず紐の部分だけは外して洗えるだろう。上部に結ばれた青い紐を解いたコルネは、思わず「あれ？」という声をもらす。

厚紙を二枚貼《は》り合わせて作られたしおりは、紐を外すと中に空洞《くうどう》があることがわかる。ちょうど袋《ふくろ》のような形になっていて、きつく結ばれた紐が口の部分を閉じていたらしい。

ひっくり返して口を下に向けると、中から小さく折りたたまれた紙が落ちてきた。

本来であれば勝手に見ていいものではない。だが、紙の端《はし》もまた茶色に染まってしまっており、開いて中身の状態を確認してみる必要があった。

「ごめんなさい、メルヴィン様！　汚《よご》れていないか確認するだけですから」

謝りながら小さく折りたたまれた紙を開く。どうやら便せんらしい。紅茶で染まっただけではなく、経年劣化《れっか》を示すように黄ばみ始めている。

「……これは手紙みたい。うん、文字の部分には紅茶は染《し》みなかったみたいね」

とりあえず大きな損傷がなかったことにほっと胸を撫《な》で下ろす。手紙の内容まで読むつもりはなかったのだが、ふと最後に書かれた署名が目に入ってきた。

「リネット・フレッカー……フレッカー？　確かエーリクさんの家名だわ」

ということは、これはエーリクの親類が書いた手紙ということだろうか。先ほど見た不自然な様子のエーリクが頭に蘇《よみがえ》り、不思議と落ち着かない気持ちになってくる。

勝手に読んで本当にごめんなさい、と心の中で再度謝って、コルネは手紙に目を通す。

「私の最愛の息子《むすこ》エーリクへ、って書かれている。リネットという方は、エーリクさんのお母様ってこと？」

素早く文面を読み進めたコルネは顔を強張《こわば》らせる。そして、最後まで読み終えると同時に、便せんをポケットに突《つ》っ込んで部屋から飛び出した。向かう先は当然離宮《りきゅう》だ。

手紙の内容だけでは経緯《いきさつ》はまったくわからない。だが、漠然《ばくぜん》とした不安と焦燥感《しょうそうかん》が次々と沸《わ》き上がってきて、コルネの背中を追い立ててくる。とにかくメルヴィンのところに戻り、無事を確認しなければならない。

コルネは全速力で離宮へと続く道を走り始めた。

「私は全然納得していませんからね！　絶対にこのまま故郷に戻ることはしません！」

捨て台詞《ぜりふ》のような言葉を全力で放《ほう》り投げ、次いでバタバタと走って行く音が聞こえてくる。椅子《いす》の上に片足を上げ背もたれに寄りかかっていたメルヴィンは、離《はな》れていく気配に詰《つ》めていた息を吐き出す。

カーテンが閉め切られた室内は昼間でも薄暗《うすぐら》い。暗く淀《よど》んだ空気で満たされている。時折瞬《またた》くランプの光ですらわずらわしい。光が目に入ってくると頭痛がひどくなる気がした。

明日は新月だ。そのせいでメルヴィンの精神も体調も最悪の状態に近い。否《いな》、体調が悪いのは、ここ数日まともに食事をせず、また、ほとんど睡眠《すいみん》を取ってないことが原因かもしれない。栄養不足と睡眠不足が体調不良に拍車《はくしゃ》をかけているのだろう。

背もたれに体重を預けて天井《てんじょう》を仰《あお》ぐ。普通《ふつう》の人間ならば光源が届かず闇《やみ》で覆《おお》われただけの天井も、メルヴィンには傷や染みの一つ一つまではっきりと見える。常人よりも夜目が利《き》くという王族の特徴《とくちょう》があるが、新月の前後数日はメルヴィンの目は闇の中でも昼間と変わらずものを捉《とら》えることができるようになる。

新月が間近になると、気配や音にも敏感《びんかん》になる。離宮にいても外の様子、数十メートルの範囲《はんい》内であれば感じ取れるほどだ。それもまた、頭痛を引き起こす要因となっている。

(新月に近付けば近付くほど、自分が普通の人間じゃないと思い知らされる。かといって、完全な竜《りゅう》になることもできない。どこまでも中途半端《ちゅうとはんぱ》な生き物だ)

考えれば考えるほど、気分は落ち込んでいく。悪循環《あくじゅんかん》だとわかっているのに、思考を止めることはできない。悪いことでも嫌《いや》なことでも、メルヴィンは何でも考えすぎてしまう。そうしてあれこれ考えた結果、結局その場から一歩も動けなくなる。進んでも下がっても、どちらにも難点があると理解してしまうからこそ。

(あいつ……コルネだったら、きっとこんな風に意味のないことをぐるぐると考えないな)

考えるよりもまずは行動、という言葉がそのまま形になったような人間だ。考えなしで無謀《むぼう》、愚《おろ》かだと思ってしまう反面、何もかも考えすぎている自分が馬鹿《ばか》らしくも思えてくる。彼女ぐらい何も考えず、ただそのときの感情に従って行動できれば、と。

(コルネに相談したら、あいつはどう行動するだろう。いや、ダメだ。あいつを危険に巻き込むことはできない。これは俺が俺だけで決着を付けなければならないことだ)

メルヴィンは重い腰《こし》をどうにか上げて椅子から立つ。建物の中にいても、離宮に近付いてくる相手が誰《だれ》であるのか、足音や息づかい、まとう空気でわかってしまう。

いつも以上におぼつかない足を動かし、本の塔《とう》の間を進んでいく。足を一歩地面に踏《ふ》み出すと、その振動《しんどう》が頭に伝わって痛みがひどくなる。ここ最近、健康的な生活によって調子が良《い》い日が多かっただけに、体調の悪さがさらに辛《つら》く感じられた。

重い足を引きずって廊下《ろうか》を進み、玄関《げんかん》までたどり着く。常の倍以上重く感じる扉《とびら》を押し開くと、木々の間から差し込む強い光が目に飛び込んでくる。メルヴィンはとっさに片手を顔の前にかざす。あまりにも鋭《するど》い光で目がくらむ。

だが、新鮮《しんせん》な空気を肺に取り込むと、全身を襲《おそ》う倦怠感《けんたいかん》が若干和《じゃっかんやわ》らいだような気がした。風の気配と木々の匂い、木の葉の揺《ゆ》れる音がふさぎ込んでいた気持ちを柔らかく包み込む。目の前にかざしていた手を下ろすと、玄関前、ポーチの段差部分に置いてあるバスケットが目に入る。代わりに元々置いていた本がなくなっていた。鼻に届く焼けたパンの香《かお》りに、そのバスケットの中身が昼食であることがわかる。

メルヴィンが一切《いっさい》手を付けなくても、コルネは毎日三食、変わらずに離宮の玄関前まで運んできている。解雇《かいこ》すると一方的に告げた上、玄関を固《と》く閉ざして反応も返さないのに、彼女は諦《あきら》めずにずっと離宮まで通い続けていた。

ずきりと胸が痛む。こんな形でしか対応できない自分自身への不甲斐《ふがい》なさか、あるいは向けられる真《ま》っ直《す》ぐな想《おも》いを容赦《ようしゃ》なく払《はら》いのけていることに対してか。

「――メルヴィン様」

不意に名を呼ばれ、バスケットから視線を上げる。

「外に出ていらっしゃるとは思いませんでした。体調はいかがですか？　どこか具合が悪いところは」

「エーリク」

一歩一歩ゆっくりと玄関ポーチの段差を下りて相手、エーリクの前に立ったメルヴィンは続く言葉を鋭く遮《さえぎ》る。

「意味のない無駄《むだ》な話はやめよう。お前も俺も、話すべきことは他《ほか》にあるだろう」

「何のことでしょうか？　ああ、コルネさんの件についてでしたら、自分からもメルヴィン様にお伝えしたいことがありますが」

「違《ちが》う、誤魔化《ごまか》すのはやめろ。もう全部わかっているんだ。兄上にすべて調べてもらった」

しばしの沈黙《ちんもく》が広がる。数十分、数時間とも思えるほど長い沈黙だ。それを打ち破ったのは、空気を揺らす軽《かろ》やかな、けれど、どこか暗い響《ひび》きを伴《ともな》った嘲笑《ちょうしょう》だった。

瞬き一回分のわずかな時間で、まるで別人のように雰囲気《ふんいき》ががらりと変わる。その人間の印象を決めるのは顔立ちではなく、目つきや表情、立ち居振る舞《いふま》いによってだと痛感させられる。それほどまでに、普段《ふだん》の姿とはかけ離れた様相を見せていた。

「最後の最後まで秘密裏《り》にことを進めるはずが、一体どこで失敗したんだか。よりにもよってトラヴィスの奴《やつ》に調べられたんじゃあ、お前を上手《うま》く始末したところでこれまで通りってわけにはいかなくなったな」

騎士《きし》を続けるのも当然不可能か、と心底どうでもよさそうな態度で続ける。

エーリクはきっちりと整えていた髪《かみ》を左手でかきあげ、乱暴にぐしゃぐしゃと乱していく。表情に加えて髪型も変わると、もはや別人のようにしか見えない。一変した口調と声《こわ》音《ね》も相まって、まったく知らない相手と対峙《たいじ》しているかのようだった。

「それで、お前はいつから俺に対して疑念を抱《いだ》いていたんだ？　自分で言うのも何だが、かなり巧妙《こうみょう》に本心を隠《かく》して振る舞っていたと思うんだがな」

「……お前のことを疑わしく思ったきっかけは、ラコスト準男爵《だんしゃく》の事件のときだ。あのとき、お前が口にした言葉に明らかにおかしな部分があった」

メルヴィンは内心の激しい動揺《どうよう》を押し隠し、努めて平静な口調で答える。

「マルロー男爵について、多くの貴族が彼は病気を苦に自殺したと思っていた。それが表向き発表されていた事実だ。だが、お前はこう言った。マルロー男爵は借金の取り立てを苦にして自殺をした、と」

「なるほど、あれか。本来俺が知り得ない事実を、ぽろりと失言していたってわけか」

「自殺については夫人や親族といった身内のみが知る事柄《ことがら》だ。真実を隠蔽《いんぺい》した彼らが第三者にもらすとは思えない。であれば、マルロー男爵家側からではなくその逆、借金を取り立てていた側から知ったんじゃないのかと、そう考えた」

メルヴィンはトラヴィスに協力を頼《たの》み、秘密裏にエーリクの素行調査を行った。やらなかったことを後悔《こうかい》したくないと、そう思ったからだ。結果はこの通りだ。

「もし調べるのが兄上でなければ、恐らくお前の諸々《もろもろ》の裏工作を見抜《みぬ》くのは無理だったろうな。お前は慎重《しんちょう》に慎重を重ね、窃盗《せっとう》犯の男やラコスト準男爵、そしてマルロー夫人に接《せっ》触《しょく》していた。その上窃盗犯の男を逃《に》がすための画策、ラコストを殺害するための毒物の入手など、ほとんど何の証拠《しょうこ》も残さず成し遂《と》げていたからな」

「いくら上手く隠したところで、トラヴィスが相手では無理か。あれと俺は同類だからな。考え方が似ているってことは、行動の仕方も予測できるってことだ」

エーリクの顔からは彼の内心を読み取ることはできない。バレてしまったことを悔《く》やむ様子もなければ、真実を暴《あば》かれて焦《あせ》っている様子もまったくない。

「正直に言えば、お前への疑念はずっと俺の中にあった。あのときから……リネットが死んだあの日からずっと」

その名を口にした瞬間《しゅんかん》、口元に浮《う》かんでいた歪《ゆが》んだ笑《え》みが消え去る。向けられる眼光が一気に鋭くなった。もし視線が刃《やいば》の形になるとすれば、間違《まち》いなくメルヴィンの体はずたずたに切り裂《さ》かれていたことだろう。

「そんなにずっと前から俺のことを疑っていたのならば、何故《なぜ》今日まで放置してきた。いつか寝首《ねくび》をかかれるかもしれないとわかっていたんだろう？　とっとと俺を放《ほう》り出しておけば、こんな事態にはならなかったのに。本当にお前は甘ちゃんだな、メルヴィン」

呆《あき》れと蔑《さげす》みの入り交じった眼差《まなざ》しを黙《だま》って受け止める。いや、受け止めようと思ったものの、知らず視線を足元に落としてしまっていた。

メルヴィンの中でエーリクへの疑いの種は、ずっと存在し続けていた。けれど、見て見ぬ振りをしてきた。

種から芽が出て、段々と背丈《せたけ》を伸《の》ばし、青々とした葉を生《お》い茂《しげ》らせても、気付かない振りをし続けた。気付きたくなかったから。

しかし、もはや無視できないほどに疑惑《ぎわく》は成長し、誰もが目を向けるほどの大輪の花を咲《さ》かせてしまった。メルヴィンが無視を続けたところで誰かが、恐らく薄々《うすうす》何かを感じ取り始めていたトラヴィスが気付いていたはずだ。そして、迷わず自分や民《たみ》に害のある花を切り捨てるだろう。

その前にメルヴィン自身が決着を付けなければならない。自分のために、彼のために。

「……お前への疑いよりも、お前を信じたい気持ちの方がずっと大きかった。たとえ憎《にく》まれても、恨《うら》まれても、それでもお前に傍《そば》にいてほしかった。俺にとってお前は唯一無二《ゆいいつ》の存在だから」

トラヴィスのことももちろん信頼《しんらい》しているし、慕《した》ってもいる。だが、メルヴィンにとってエーリクは他の誰とも比べられない、他の誰でも代わりにはなれない大切な存在だ。

トラヴィスは幼い頃《ころ》から次期王位継承《けいしょう》者としての勉学に励《はげ》む必要があり、両親はメルヴィンのことを愛してくれてはいるが国政が優先。だから、生まれた頃からずっと傍にいてくれたのは、乳母《うば》であるリネットと、そして彼女の息子《むすこ》であるエーリクだった。

二人が傍にいてくれたからこそ、幼い頃のメルヴィンは病弱でも、他の人とは違っても、それでも幸せだった。二人がいてくれればそれで十分だと、そう強く思っていた。

――だが、あの日、リネットはいなくなってしまった。失ってしまったものがあまりにも大きすぎて、もう一つを失うことなど絶対に考えられなかった。

だから、メルヴィンは真実を隠した。それが最善だと、あのときは本気で考えた。

両手をきつく握《にぎ》りしめるメルヴィンを見て、冷ややかな声音が感傷も後悔も、すべてまとめて容赦なく切り捨てる。

「反吐《へど》が出るほど下らないな。お前のそれは自己満足だ。周囲を巻き込んでの迷惑極《めいわくきわ》まりない独りよがりだ」

「ああ、そうだな、わかっている。すべては俺自身の弱さが招いたことだ。そのことによって俺が害を受けるのは、たとえ殺されたとしても文句は言わない。だが、俺以外の誰《だれ》かに害を及《およ》ぼすのだけは見過ごせない」

一度きつく目を閉じたメルヴィンは、決意を込めてまぶたを開きエーリクを見つめる。

「ジャンの馬車事故の件、そして今回あの窃盗犯の男とラコストが揃《そろ》って姿を消した件、すべてお前が関与《かんよ》しているんだろう？　まさかお前がルヴェリエ夫妻と窃盗犯の男たちを手にかけたのか？」

勇気を振り絞《しぼ》って口にした質問は、ふんと鼻先で笑う音で一蹴《いっしゅう》される。

「そういうことか、よくわかった。ゲードフェン伯爵《はくしゃく》家の小娘《こむすめ》を世話係から突然《とつぜん》外したのは、俺があれに何か手出しをするんじゃないかと、そう考えたからか。なるほど、何も言わずにただ遠ざける。小心者で臆病《おくびょう》なお前らしい行動だ。結局のところ、お前は自分以外の誰も信じていない。信じられないんだな」

心の奥底を言い当てられた気がした。否《いな》、誰よりも傍にいたのはエーリクだ。メルヴィンの内心を察することなど、彼にとってはお手の物だろう。

誰かを、例えばコルネを信じたいと思う気持ちは、決して嘘《うそ》ではない。だが、一方でどうしても不信感を拭《ぬぐ》い去ることができない。これはもう長年に亘《わた》って深く染《し》み付いてしまったものなのだろう。信じることが怖《こわ》くて仕方がない。見知らぬ相手に恐怖《きょうふ》を覚える。

しかし、そうやって信じたい人間だけを信じた結果が、今に繋《つな》がっているのだろう。ひきこもっているのは楽で、代わり映《ば》えのない日々はどこまでも穏《おだ》やかだ。ぬるま湯に浸《つ》かったかのごとき生活は、メルヴィンをずっと同じ場所に停滞《ていたい》させ、心に負った傷を悪化させることがない反面、治してくれることもない。

怖がって目を背《そむ》け、避《さ》け続けているだけでは何も手に入れることはできない。後悔しないためには、一歩を踏《ふ》み出して行動しなければならない。

ここで諦めて目を背けてしまえば、メルヴィンはいつか必ず後悔する。

「……どうせ後悔するのならば、やれることは全部やった方がまし、か」

自分にだけ聞こえるように呟《つぶや》く。そして、怪訝《けげん》な眼差しを向けてくる相手の目を、逸《そ》らさずしっかりと見据《みす》える。怯《おび》えは心の奥底に押しやった。

「真実をすべて話し、罪を償《つぐな》ってくれ、エーリク。お前が罪を犯《おか》す原因となった俺も、しかるべき処分を受ける。お前だけに重荷を背負わせるようなことは絶対にしない」

きつく握りしめていた手を開き、エーリクへと差し出す。

「俺もここからやり直す努力をする。だから、お前ももう一度昔の、リネットがいた頃のお前に戻《もど》ってほしい」

一言一言、想《おも》いが伝わるようにしっかりと紡《つむ》ぐ。差し出した手がかすかに震《ふる》えていることは、恐《おそ》らくメルヴィン自身にしかわからないだろう。

どうか伝わってほしい。不甲斐《ふがい》ない自分と共に、もう一度やり直してほしい。

メルヴィンの顔と差し出した手、二つの間をエーリクの視線がゆっくりと行き来する。歪んだ笑みが口元から消えた無表情は、一体何を考えているのかはわからなかった。迷ってくれていると、そんな風に思うのは勝手な希望だろうか。

数秒、数十秒の重い沈黙《ちんもく》の後、微動《びどう》だにせず固まっていたエーリクが動き出す。その右手がメルヴィンの手に触《ふ》れようとした瞬間――ちくりとした痛みが手の平に広がる。反射的に引き戻したメルヴィンの目の前で、エーリクは指の間に仕込んでいたらしい細い針をつまみ上げる。

人差し指の第一関節辺りを針で刺《さ》されたらしい。ぷっくりと小さな血の雫《しずく》が盛り上がるのを確認《かくにん》し、何か言おうとした直後、高熱で朦朧《もうろう》とするような状態に陥《おちい》っていく。ぐるぐると視界が回り始め、激しいめまいで立っているのも困難となり、その場に膝《ひざ》をつく。

「今、俺に、何を」

今俺に何をしたんだと、そう問いかけたいのに、上手《うま》く呂律《ろれつ》が回らない。世界が大きく回り、歪み始めていく。息が苦しく、荒《あ》れた呼吸が次々に吐《は》き出されていく。

「安心しろ。お前の場合は毒物ではなく、自白剤《ざい》の類《たぐ》いだ。ここで簡単に殺すなんて、そんな真似《まね》はしない。お前は死ぬ間際《まぎわ》までずっと苦しみ続けるべきだからな」

耳から入ってきた言葉を理解するのも段々と難しくなってきている。頭の中に濃《こ》いもやがかかっているかのごとく、思考が停止して何も考えられない。

「明日は新月、元々調子が悪いところに自白剤を打てば、お前の理性はなくなるだろう。きっと今のお前が意識を失えば、自らの身を守ろうとして竜《りゅう》の姿になるな。理性を完全に失い、本能だけで動く竜。さて、お前はどう動くか」

楽しそうな笑い声が頭に響《ひび》く。必死に意識を繋ぎ止めようとするものの、視界はどんどん白く、否、黒く塗《ぬ》りつぶされていく。

「昔の俺に戻れ、だと？　笑わせるな、誰がお前の手など取るか。俺は……ずっと、ずっとずっと、お前のことが殺したいほど大嫌《だいきら》いだった。お前を見ているだけでいつも吐き気がこみ上げてきて、視界に入れるのも話をするのも本当に嫌《いや》で嫌でたまらなかった」

エーリクの声は、ただただどこまでも冷えた憎しみで満たされている。メルヴィンはしびれる舌を懸命《けんめい》に動かし、どうにか言葉を生み出す。

「そんなに、俺のことを、憎んでいた、のか……？」

激しい痛みを内包した問いかけが、静寂《せいじゃく》の森を揺《ゆ》らす。そこに荒れた呼吸音が重なった。

もはやメルヴィンの意識は途切《とぎ》れる寸前だった。

「ああ、この手で息の根を止めたいと思うほどにな。お前なんて生きている価値もない」

どろどろと、憎悪《ぞうお》という名の底なし沼《ぬま》が広がっていく。一度捕《と》らわれたら最後、抜《ぬ》け出すことができなくなってしまうほど深く、どす黒い泥水《どろみず》で満たされている。

「無駄《むだ》に聡明《そうめい》なお前は、本当は自分でもよくわかっているんだろう？　お前のことを愛している人間など誰一人として存在していない。国王も王妃《おうひ》もお前などお荷物だと思っている。トラヴィスだって役立たずの弟の面倒《めんどう》など、心の底では忌諱《きい》しているはずだ」

心臓を抉《えぐ》り取るような冷え冷えとした、本物の刃《やいば》よりももっと鋭《するど》い言葉が次々に放たれていく。一気に温度を失っていく風が、冷酷《れいこく》無情な声を運んでいく。

「そもそもお前は人間じゃない。竜でもない。どちらにも属さない中途半端《ちゅうとはんぱ》な化け物だ」

遅効性《ちこうせい》の毒のごとく蝕《むしば》んでいく音色が、心に激しい痛みをもたらしてくる。

朦朧とする頭は、強い憎しみをまとったエーリクの声だけは正確に拾い上げる。そして、思考が停止した中でも、彼が自分に向ける激しい殺意と憎悪だけはしっかりと認識させる。

体が前後に揺れ動く。もはや目を開けているのも辛《つら》く、まぶたを固く閉じた。正常な意識が奪《うば》われていくと、弱く脆《もろ》い心がむき出しになっていく。

「俺が、いなければ……お前も、みんなも、もっと穏やかに、過ごせる、のか？」

「その通り。お前は永遠に孤独《こどく》だ。誰も化け物のお前のことなど理解しない」

即座《そくざ》に返事が戻って来る。そうか、そうかもしれないと、素直《すなお》に相手の意見を受け止める。言われたことがすべて正しいのだと、そう思い込まされていく。何も考えられない。だから、向けられたものをそのまま受け入れるしか術《すべ》はない。

（俺を理解してくれる人なんて、傍《そば》にいてくれる人なんて、きっと、どこにもいない……）

ぶちっと、何かがちぎれる音が耳の奥底で響く。それが自らの意識を、理性を繋ぐ糸がちぎれた音だと理解する間もなく、体はぐらりと地面に向かって倒《たお》れ込んでいった。

意識がどろりとした闇《やみ》に落ちる寸前、誰かの叫《さけ》ぶような声が聞こえたような気がしたが、それを確かめる術はメルヴィンにはなかった。

「――メルヴィン様！」

コルネが離宮《りきゅう》の前に駆《か》けつけた瞬間《しゅんかん》、周囲に突風《とっぷう》が巻き起こる。立っているのがやっとで、額に手を当てて目を閉じる。風は髪《かみ》や服、木々を乱暴に揺らして吹《ふ》き抜けていく。

ようやく突風が収まり、きつく閉じていた目を開けると、視界に入って来たのは太陽の光で煌《きら》めく白銀の鱗《うろこ》だった。赤く染まっていく陽光で照らされた姿は、まるで全身から血を流しているかのようだ。

大きな翼《つばさ》、鋭い鉤爪《かぎづめ》、固い鱗で覆《おお》われた巨大《きょだい》な体軀《たいく》――成竜の姿に変化してしまっている。しかも、どう見ても様子がおかしい。そもそも新月は明日のはず、何故《なぜ》竜の姿に変化してしまっているのだろうか。

開け放たれた口からは低い唸《うな》り声が絶えずもれ、青い瞳《ひとみ》は瞳孔《どうこう》が開ききっている。長く伸《の》びた尻尾《しっぽ》は苛立《いらだ》ちを示すかのごとく大きく左右に動き、右の前足が忙《せわ》しなく地面に打ち付けられていた。足元から振動《しんどう》が伝わってくる。

「メルヴィン様、落ち着いてください！」

コルネは必死に巨大な竜、否《いな》、メルヴィンへと近付いて声をかける。どうにかいつものメルヴィンに戻ってもらわなければと、さらに声をかけようとしたとき、揺れていた尻尾が空中へと振《ふ》り上げられる。

反射的に何が起きるか察したコルネは、今いる場所から背後へと飛び退《の》いた。瞬間、メルヴィンの長くて太い尻尾が振り下ろされる。固い鱗で覆われた尻尾はたやすく近くにあった木々を薙《な》ぎ倒し、ついでに畑に植えられていた苗《なえ》も破壊《はかい》していった。

大きな咆哮《ほうこう》が一つ放たれる。身がすくむような鳴き声だが、コルネにはまるでメルヴィンが泣いているかのように聞こえた。いや、きっと本当に泣いている。

巨大な竜は自らの悲しみや苦しみを吐き出すかのごとく、がむしゃらに暴れ出す。畑や木だけではなく、離宮の壁《かべ》まで尻尾で破壊していく。

（まずい、メルヴィン様は完全に自我を失っているわ！　このままだと……！）

早く正気に戻さなければ大変なことになる。もしこのまま暴れ続け、そして――森の外に出てしまうようなことがあれば、どうなるかはコルネでも簡単に想像できる。

「ははっ、ここまで上手くいくとは。やはり新月に近い日を選んで正解だったなあ」

心底楽しくて仕方がないといった低い笑い声がすぐ傍から聞こえてくる。慌《あわ》ててメルヴィンからそちらへと視線を移せば、いつもの物静かな微笑《ほほえ》みとは似ても似つかない、悪意に満ちあふれた笑《え》みを浮《う》かべる人の姿があった。表情も口調も、何もかもがいつものエーリクとは似ても似つかない。

「エーリクさん！　メルヴィン様に、一体何があったんですか!?」

「ちょうどよかった。お節介《せっかい》なあんたのことだ、きっとここに来るだろうと思っていた。あんたはメルヴィンにとって最高の獲物《えもの》だからな」

コルネの問いかけなど聞こえていないとばかりに、エーリクは楽しそうに笑い続ける。

「ここでメルヴィンがあんたを殺せば、もう二度と、メルヴィンはこの醜《みにく》い竜の姿から戻ることができなくなるだろうなあ。考えただけですごく楽しそうだ」

正直、コルネには今自分が置かれた状況《じょうきょう》がまったく理解できていない。だが、メルヴィンが竜の姿で暴れ回っているのは、恐らく豹変《ひょうへん》したエーリクが関係しており、なおかつコルネに危険が及《およ》ぶ可能性があることだけはわかった。

「わ、私だけじゃなく、エーリクさんだって危険な状況なんですよ!?」

「普段《ふだん》のメルヴィンだったら危険かもしれないが、今のあいつはかなりの混乱状態だ。見ての通り、ほとんど直線的な動きしかできない。俺は最悪多少の怪我《けが》をする程度で済むだろうが、あんたはそうはいかないな」

口調だけでなく一人称《いちにんしょう》も変化している。当然表情も常とまったく違《ちが》う。コルネを見る目に温度は一切《いっさい》なく、その場に落ちている石や葉っぱを眺《なが》めているかのごとく無機的だ。

何かを言い返す前に、唸り声がすぐ傍まで近寄ってきていることに気が付く。直後、エーリクはメルヴィンが振り下ろした前足の一撃《いちげき》を、最低限の動きで避《よ》けた。よく観察するとメルヴィンの動きはどこかぎこちなく、弱々しい。明らかに精彩《せいさい》に欠けている。上手《うま》く動きを見極《みきわ》めれば、エーリクのように避けられるのかもしれない。が、実際はそう簡単なことではない。コルネの運動神経が多少優《すぐ》れているとはいえ、どうにかこうにか攻撃《こうげき》から逃《に》げるので精一杯《せいいっぱい》、当然長くは続けられない。

(これは本格的にまずいわ。どうしよう、このままじゃあ、私がメルヴィン様に)

いや、そんなわけにはいかない。絶対に死ぬわけにはいかない。ここで自分がメルヴィンに殺されるような事態に陥《おちい》ったら、コルネだって絶対嫌だし、何よりもメルヴィンに永遠に消えることのない深い傷を作ってしまうことになる。

「メルヴィン様、聞いてください！　落ち着いて、私の声を聞いてください！」

お願いします、と懸命に叫ぶものの、メルヴィンの動きが止まる気配は一切ない。どれだけ呼びかけてもコルネの声は届かない。

「無駄なあがきだな。その程度で自我を取り戻《もど》すはずがない。自白剤《ざい》の効き目はあと数時間続く。そいつは竜《りゅう》の本能に負けて、大切なものを自ら壊《こわ》していくんだ」

エーリクは酷薄《こくはく》な笑みを浮かべる。コルネは思い切り奥歯を噛《か》み締《し》めた後、すぐ目の前まで迫《せま》ってきた相手に再度話しかける。諦《あきら》めることなどできない。

「ここで竜の本能に負けてしまったら、メルヴィン様は絶対に後悔《こうかい》しますよ！」

足元から伝わる大きな振動と共に、一歩ずつ、確実に竜の姿のメルヴィンはコルネに近付いてくる。背後は先ほど尻尾でなぎ払《はら》われた畑だ。もう逃げる場所はない。

「メルヴィン様ならば、竜の血に負けたりなんかしません！　メルヴィン様は竜ではなく、私と同じ人間なんですから！」

元々開かれていた竜の口が、さらに大きく開け放たれていく。コルネの頭など一飲みできそうなほど巨大な口があと一歩のところまで迫る。焦《あせ》りと恐怖《きょうふ》からか、冷や汗《あせ》が全身から噴《ふ》き出してきた。

一際甲高《ひときわかんだか》い咆哮が一つ上がる。全身に震《ふる》えを引き起こすほど鋭い叫び声が合図となり、メルヴィンが一気にコルネへと襲《おそ》いかかってくる。

（やっぱり私の声ではメルヴィン様には届かないの!?）

もう無理だ、避けることはできない。その場で石像のごとく固まるコルネの目前で、鋭い牙《きば》を見せていた口が突然《とつぜん》大きく横に逸《そ》れる。まるでコルネを避けたようだ。え？　と驚《おどろ》く間もなく、直後に腕《うで》が強く横に引っ張られた。

横から腕を引かれ、平衡感覚《へいこうかんかく》を失って地面に倒れ込んでしまう。そんなコルネの横を通り過ぎた巨大な竜は、口を開けたまま破壊された畑の中へと突《つ》っ込んでいった。そして、轟音《ごうおん》を立てて地面に崩《くず》れ込む。

コルネは土埃《つちぼこり》を上げて畑の中に倒れる巨体《きょたい》を確認《かくにん》した後、自分を引っ張った相手、すでに腕から手を放し距離《きょり》を取っているエーリクへと視線を上げる。

「エーリクさん、どうして……？」

どう考えてもエーリクはコルネのことを助けようとしてくれた。直前までの言葉とはかけ離れた行動に、疑問が沸《わ》き上がってくる。勝手に体が動いてしまった、といった苛立たしげな横顔に質問を重ねるよりも早く、畑の中からうめき声が聞こえてくる。

慌てて立ち上がり、メルヴィンの様子を確認する。竜の姿のメルヴィンは、地面に転がって激しく苦しみ始めていた。何が起きたのかと目を瞬《また》くコルネの視界に、あちこちに散らばったピーマンの残骸《ざんがい》が入り込んでくる。

(もしかして畑に突っ込んだとき、偶然《ぐうぜん》ピーマンが口の中に入った、とか？)

コルネの考えが正しいことを示すかのごとく、ゴロゴロと地面をのたうち回る巨大な竜の周りにもピーマンの欠片《かけら》が落ちている。メルヴィンはピーマンを心底嫌《きら》っていた。そのピーマンが偶然口の中に入り、飲み込んだ結果苦しんでいるのだろう。

特に考えもなく、ただ季節だからとピーマンを植えただけだったが、これほどまでにピーマンの存在に感謝するとは思ってもいなかった。

頭を大きく振って暴れていたメルヴィンの動きが、徐々《じょじょ》に弱くなっていく。尻尾が地面に力なく落ちるのに合わせて、広がっていた翼も閉じられていく。

コルネは大人しくなったメルヴィンに近付き、もう一度声をかける。

「私はどんなことがあっても、どんなメルヴィン様でも傍《そば》にいますよ。私のことをどうか信じてください」

メルヴィンの動きがぴたりと止まる。地面に落ちていた頭が、やや上に持ち上げられる。大きな青い瞳が驚愕《きょうがく》の光を浮かべてコルネを見ていた。

「私は私の意志で、メルヴィン様の傍にいます。傍にいさせてください」

見つめてくる瞳に笑みを返す。嘘偽《うそいつわ》りのない想《おも》いを伝えるため、銀の鱗にそっと手を伸ばす。冷たくて、固くて、けれどその内側には確かに生きている温かさが感じられた。

巨大な竜の姿が瞬き一つの後、いつも通りのメルヴィンの姿へと戻る。今にも倒《たお》れてしまいそうなメルヴィンに駆《か》け寄り、苦しげに肩《かた》を上下させている体を支える。

「よかった、メルヴィン様！　大丈夫《だいじょうぶ》ですか？　痛いところはありませんか？」

「……大丈夫だ。すまない、迷惑《めいわく》をかけた。お前の方こそ、どこか怪我は？」

「ありません。この通りぴんぴんしていますよ」

「そうか、よかった」

弱々しいながらも返事が戻って来て、コルネはほっと胸を撫《な》で下ろす。額に手を当て、眉根《まゆね》を深く寄せる様子からはまだ本調子とはほど遠いことが窺《うかが》える。息が荒《あら》いままだ。

「突然解雇《とつぜんかいこ》するとか、借金を肩代《かたが》わりするとか、絶対におかしいと思ったんですよ」

コルネの安全を第一に考えて、世話係を辞《や》めさせると言って突き放そうとしたのだろう。

だが、突如放《とつじょほう》り出された身としては、勝手に判断せず相談してほしかった。

「私は頼《たよ》りないかもしれませんが、それでもいないよりはずっといいはずです」

ふっと、穏《おだ》やかな笑みが荒《あ》れた呼吸の合間からこぼれ落ちる。

「ああ、そうだな。いないよりはずっといいな」

「そうです、そうです。だから、もう二度と追い出すような真似《まね》はやめてください」

たとえ危険だとしても、それでもただ何も知らずに気を揉《も》んでいるよりは、メルヴィンと一緒《いっしょ》に危険に巻き込まれた方がずっとましだ。

「何せ私はメルヴィン様の世話係なんですからね」

胸を張ってそう言うと、メルヴィンはきょとんと目を丸くした後、柔《やわ》らかな微笑《びしょう》をこぼす。ふわりと笑う姿は、何度見ても引き込まれてしまいそうなほど綺麗《きれい》なものだった。若干《じゃっかん》、顔に浮かんだ苦痛が和《やわ》らいだ気がする。

「あーあ、つまらない結果になったな。せっかくの余興が台無しだ。何人かこの国の人間を殺させた後で、俺が息の根を止めてやろうと思っていたんだがな」

ゆっくりと近付いてくる足音と冷酷《れいこく》な声音《こわね》に、コルネとメルヴィンは同時に視線をその人物、エーリクへと向ける。緊張感《きんちょうかん》が広がっていく。

「なあ、本当に信じていいのか？　その小娘《こむすめ》もいつかお前を裏切るかもしれないぞ」

コルネはそんなことは絶対にしない。反論しようとすると、メルヴィンが苦しげな息の合間に、揺《ゆ》らぐことのない意志を秘《ひ》めた返事をする。

「頭でっかちの俺は、肝心《かんじん》な部分で何もわかっていなかった。裏切らない相手だから信じるんじゃない。相手を純粋《じゅんすい》に信じたいからこそ、信じるんだ」

凜《りん》とした響《ひび》きには、一切の迷いがない。心を惑《まど》わすようなエーリクの暗い声音を、力強い音色が一掃《いっそう》していく。

「たとえ裏切られて悲しみ、苦しむ結果になっても、それは後悔することじゃない。もし後悔することがあるとすれば、それは相手の苦しみや痛みに気付かず、裏切る前に手を差し伸《の》べることができなかったことに対してだ」

そもそも馬鹿《ばか》正直なコルネが裏切るとは思えないが、と続いた言葉に咳《せき》が重なる。幾分《いくぶん》息が治まってきたとはいえ、まだ辛《つら》そうなメルヴィンを庇《かば》う形でコルネは口を開く。

「どうして、ですか？　エーリクさんはあんなにもメルヴィン様のことを大切にしていらっしゃったのに、どうしてこんなことを？」

「そんなもの全部演技だったに決まっているだろう。俺がそいつを大切にしているように振《ふ》る舞《ま》っていたのは、俺のことを誰《だれ》よりも信頼《しんらい》させて、そしていずれ手酷《てひど》く裏切ってやるための計画だった、ってことだ」

メルヴィンの小さく息を呑《の》む音が響く。一瞬《いっしゅん》だけその体が硬《かた》く強張《こわば》り、けれど、気を取り直したかのように力強い声が息の整った口から出てくる。

「リネットの件が、お前にそこまでの憎悪《ぞうお》を抱《いだ》かせることになったとは思ってもいなかった。いや、そうなるかもしれないと、少し考えればわかったはずなのに、あのときの俺はそんなことにも思い至らなかった」

メルヴィンから出てきた名前に、エーリクのまとう雰囲気《ふんいき》が重くなる。目元を吊《つ》り上げて睨《にら》む姿には、間違《まちが》いなく殺意がにじんでいる。

「リネットさん……エーリクさんのお母様ですよね」

「俺と兄上の乳母《うば》でもあった。だが、何故《なぜ》お前がリネットのことを知っているんだ？」

「え、あ、ええと、それはその」

　ポケットの中の手紙に手を伸ばし、言葉を濁《にご》す。メルヴィンが大事にしていたしおりを汚《よご》した挙げ句、隠《かく》されていた手紙を勝手に読んだ、とは今の雰囲気では言いにくい。

　視線をさ迷わせるコルネに胡乱《うろん》な眼差《まなざ》しを向けつつ、メルヴィンはリネットについて驚きの一言を紡《つむ》ぐ。

「リネットは俺が七歳のときに襲われた事件で、俺を庇って亡《な》くなった」

　大きく目を見開き驚くコルネの耳に、吐《は》き捨てるような低い声が突き刺《さ》さる。

「そうだ。お前の、竜もどきの化け物のせいで俺の母は死んだ。そいつが濃《こ》い竜の血なんてもんを持っているせいで一緒にいるとき襲われて、そいつなんかを庇ったせいで死んだんだよ。あれはお前の七歳の誕生日だったか？　なあ、メルヴィン？」

　どろどろとした憎悪と殺意が周囲に広がっていく。木々の間から差し込んでくる夕日は、まるで血のように赤い光でコルネたちを照らし出す。

「母はいつだって息子《むすこ》の俺よりも、トラヴィスやお前を優先していた。俺がめったに出さない熱を出して寝込《ねこ》んでも、病弱なお前が微熱《びねつ》を出せばそっちが優先。お前は放っておけばすぐに死んじまいそうなほど手がかかったからな」

　エーリクの緑色の瞳《ひとみ》がどこか遠くへ、ここではないずっとずっと遠い場所へと向けられる。淀《よど》んだその瞳に何が映っているのか、コルネには想像もできない。

「お前なんかを庇って死んだことも許せないが、それよりも許せないのはお前自身だ、メルヴィン。母が死んだ後、お前は母の死を省《かえり》みることなく、いつまで経《た》っても弱く、後ろ向きなまま。挙げ句の果てはひきこもりだ。いい御身分《ごみぶん》だよなあ、第二王子っていうのは」

メルヴィンは何も言い返すことなく、唇《くちびる》を一文字に引き結んで全部受け入れている。

「反論はないのか？　頭の良さも知識の多さも、結局何の役にも立たないということか」

エーリクの右手が腰《こし》に帯びた剣《けん》の鞘《さや》へと伸びていく。コルネは一歩前に出ようとしたが、ゆっくりと首を横に動かすメルヴィンによって止められてしまう。

「ルヴェリエの指輪が盗《ぬす》まれた事件のとき、抱いた疑問をきちんと解消すべきだった。そうすればお前がここまで罪を重ねることもなかったはずだ」

メルヴィンがエーリクに対してかすかな疑惑《ぎわく》を抱き始めたのは、コルネが巻き込まれた最初の事件、ルヴェリエの指輪が盗まれたときだったらしい。

窃盗《せっとう》犯の男に王宮内で協力者がいたことは明白だった。一人は男が王宮で働く際の後ろ盾《だて》になっていたラコスト準男爵《だんしゃく》だが、もう一人、もっと内部に詳《くわ》しい人間が背後にいることをメルヴィンは疑っていた。

理由は二つ。一つはキャロルと国王との正確な謁見《えっけん》の日時を、窃盗犯の男が知っていたことだ。たとえ貴族であろうとも、謁見の日時という内部情報を簡単に知ることはできない。知ることができるとすれば国王に近い人物、高官、あとは警備を担《にな》う騎士《きし》だ。

もう一つは、窃盗犯の男が厳重な牢《ろう》からいともたやすく脱出《だっしゅつ》したこと。基本的に牢は騎士が二人一組で番を行っている。彼らが肌身《はだみ》離《はな》さず身に付けている牢の鍵《かぎ》を気付かれないように盗んだ上、さらに王宮内を警備している騎士に誰一人として見付かることなく外へと逃《に》げ出す。ただの窃盗犯にそんな芸当ができるとは思えない。

「騎士の中に協力者がいる可能性が高いと疑ってはいた。だが、あのときはまだ調査をすることは考えてもいなかった。厄介《やっかい》事に進んで首を突《つ》っ込む気など毛頭なかったからな」

だが、ラコスト準男爵への毒殺未遂《みすい》事件で、メルヴィンは動かざるをえなくなった。エーリクがマルロー夫人や親族しか知らないはずの真実、マルロー男爵が借金により自殺したと口に出したことによって。

「俺はお前を疑い、だが、一方でお前の疑いを晴らしたかった。信じたいからこそ調べることを選んだ」

「信じたいから疑う、か。すべて綺麗事だな。お前には幾度《いくど》となく真実を知りうる機会があった。しかし、お前は自分が傷付くことを恐《おそ》れ、関《かか》わらない道を選び続けてきた」

「そう、だな。すべてお前の言うとおりだ。一つ、ちゃんと確認《かくにん》しておきたい。ジャンの、ルヴェリエ夫婦《ふうふ》の件にも本当にお前が関わっていたのか？」

「ジャンには俺がお前を激しく憎《にく》み、害をなそうとしていることを偶然《ぐうぜん》知られたんでな。あいつは台座の中に、俺が裏切り者だと書いた紙まで残していた。当然邪魔《じゃま》だった。あれがただの事故か、あるいは俺が仕組んだのか、どっちでも好きなように考えればいい」

「……そうか」

「お前なんて母が命を捨ててまで助ける価値もない。本当はもっともっと苦しませてから殺そうと思っていたが、そろそろ潮時だな。邪魔が入る前に、何もかも全部終わらせる」

剣が鞘から引き抜《ぬ》かれる。赤い光を帯びて輝《かがや》く刃《やいば》を見たコルネは、意を決して口を開く。

「メルヴィン様を恨《うら》む気持ち、憎む気持ちがエーリクさんの中に根強くあることは、これまでの話を聞いていてわかりました。でも、それだけじゃないはずです」

冷ややかな眼差しがコルネを見る。ぞっとするほど暗い目だ。背筋が凍《こお》りそうになるが、勇気を振り絞《しぼ》って懸命《けんめい》に先を続ける。ここで口を閉じたら絶対に後悔《こうかい》する。

「だって、メルヴィン様への言動のすべてが演技だったなんて、私には到底《とうてい》思えません。メルヴィン様について語るときのエーリクさんはすごく優《やさ》しくて、実の弟のように想《おも》っていることを強く感じました。あれがすべて嘘《うそ》なはずがありません」

「田舎《いなか》の小娘に何がわかるんだ。あんなもの、全部が全部でまかせに決まっているだろうが。メルヴィンやお前らを騙《だま》していただけだ」

「いえ、絶対に違《ちが》います！　先日メルヴィン様が誘拐《ゆうかい》されそうになった際、エーリクさんは本気でメルヴィン様のことを守っていました。もしメルヴィン様のことを憎んでいるだけでしたら、あのとき助ける必要なんてありませんでしたよね？」

「そんなものは俺自身の手でそいつを殺すため、仕方なく助けただけだ。他《ほか》のやつに勝手に殺されたら、せっかくここまで我慢《がまん》して来た楽しみがすべて台無しになっちまう」

口調も眼差しもどこまでも冷え切っている。だが、やはりコルネにはメルヴィンを見る瞳の中に、憎悪以外の感情、もっと別のものが存在していることを強く感じる。

「自分で気付いていないんですか？　エーリクさんの言動は矛盾《むじゅん》しています。私にはエーリクさんは結局のところメルヴィン様を守っているようにしか見えません」

エーリクに抱いていた違和感《いわかん》の正体は、優しく温厚《おんこう》な表面で隠されていた深い憎悪なのだろう。だが、すべてがただの演技で、メルヴィンへの想いが偽物《にせもの》だとは思えない。

「メルヴィン様への憎悪よりも愛情の方がずっと大きいと、そう私は思います」

「……は？　愛情？　俺がそいつに？」

コルネ、とメルヴィンが名前を呼ぶ。余計なことを言って刺激《しげき》するな、と暗に注意を促《うなが》してくるが、コルネは引くつもりはなかった。間違ったことは言っていない。

「そうです。エーリクさんはメルヴィン様のことを実の弟のように、本当の家族のように愛していますよね」

何かを考え込むかのごとく一度口を閉じたエーリクは、次の瞬間鋭《しゅんかんするど》い眼差しと共に剣の切っ先をコルネへと突きつけてくる。

「違う、そんなはずがない！　うるさい小娘《こむすめ》だな、まずはお前から先に消してやる！」

あ、と思う間もなく、素早《すばや》く踏《ふ》み込んだエーリクがコルネへと剣を振《ふ》り下ろす。だが、コルネに届く寸前で、何故か刃が空中で不自然に動きを止める。切っ先が震《ふる》えているようにも見えたが、しっかりと確認する前にメルヴィンがコルネの正面に回り込む。

突然《とつぜん》飛び出したメルヴィンに驚《おどろ》いたのか、空中で止まっていた剣が大きく揺《ゆ》れ動く。次の瞬間、震えた剣の切っ先が不運にもメルヴィンの腕《うで》を切り裂《さ》いてしまった。

真っ赤な夕日の中に鮮血《せんけつ》が飛び散る。メルヴィンの右腕は瞬《また》く間に血で染められていく。

ぐっと、うめき声をもらしたメルヴィンは体勢を崩《くず》しかけ、しかし、どうにか地面に倒《たお》れ込むことは防ぐ。

「メルヴィン様！　血が！」

浅い傷ではないのだろう。ぽたぽたと血が地面に向かって絶えず滴《したた》り落ちていく。

「……っ！」

切った張本人であるエーリクは大きく息を呑《の》み、何故か一歩後ろに下がって目を見開く。しかし、それを気にしている余裕《よゆう》などコルネにはない。

「すみません、私を庇《かば》ったせいで！　すぐに手当てを……！」

「落ち着け、このぐらい大丈夫《だいじょうぶ》だ。少し切られただけで問題ない」

でも、と続けようとしたものの、それよりも先にメルヴィンがエーリクと向き合う。

「言ったはずだ。俺以外の誰《だれ》かに害を及《およ》ぼすことは見過ごせない、と。特にこいつ、コルネに手を出すことだけは、俺が絶対に許さない」

「……許さない、とは大きく出たな。弱いお前に、何ができる」

血で濡《ぬ》れた剣を見ていたエーリクは、己《おのれ》の動揺《どうよう》を隠《かく》すかのごとく柄《つか》を握《にぎ》り直す。しかし、大きく開いた目を左右に揺らし、唇を噛《か》みしめる様子は明らかにおかしい。

「確かに俺は弱い。この姿の俺は、な。だが、竜《りゅう》の姿の俺であれば、お前でも敵《かな》わない」

「はっ、大嫌《だいきら》いで仕方がない竜の姿に、お前が望んで変化できるのか？」

「できる。当然竜の姿は大嫌いだ。しかし、大嫌いな姿で大切な相手を守れるのだとしたら、俺は己の嫌悪《けんお》感《かん》など捨て去って迷わず竜になる」

メルヴィンはきっぱりと断言する。そこには恐怖《きょうふ》も苦痛もない。

言われたエーリクだけでなく、コルネも驚いてしまう。同時に、そこまで言ってもらえることが嬉《うれ》しくて、また、竜の姿を認めようとしているメルヴィンの成長を眩《まぶ》しく感じた。

エーリクは何か言い返そうとしたものの、耐《た》えきれないといった動作でメルヴィンから視線を逸《そ》らしてしまう。剣を持つ手は大きく震え、青白くなった顔には冷や汗《あせ》まで浮《う》かんでいる。吐《は》き出される呼吸も短く浅い。

エーリクの突然の変わりように驚くコルネとは対照的に、メルヴィンは冷静だった。

「やはりお前は血が苦手、いや、恐怖すら感じているんだな。あのとき、血にまみれたリネットを見てから、お前は極端《きょくたん》なまでに血を避《さ》けるようになった。騎士としてずっと隠しているようだったが、訓練時以外ほぼ剣を使おうとしないことからも明らかだ」

そういえばメルヴィンが誘拐されそうになったときも、エーリクは何故《なぜ》か腰《こし》に帯びた剣《けん》は一切《いっさい》使わず、素手《すで》で男たちを倒していた。単純に剣を使う必要がないからだと思っていたが、実際は使わなかったのではなく、使えなかったということなのだろう。

「俺はお前に許してほしいなんて、そんなことを言える立場ではない。リネットが死んだもなかった。すべてはお前の自分本位な行動が母の死の発端《ほったん》となったんだからな」
「……当然だ。お前が母を置いて一人で逃げようなどという愚《おろ》かな行動を取らなければ、お前の血を奪《うば》おうとしていた高官が逆上して剣を振り上げることも、母がお前を庇うこと
のは俺のせいだ」

あれ？　とコルネは周囲に広がる緊張感《きんちょうかん》も忘れて首を傾《かし》げる。

少し前に読んだ手紙の内容と矛盾している。リネットの手紙には、そもそもの事件の原因は——。そこまで考えて、ようやくコルネはあることに思い至った。

手紙はしおりの中に隠されていた。本来であればエーリクへと渡《わた》されているはずの手紙を、メルヴィンがずっと隠していたということだ。それは、手紙をエーリクへと渡したくなかった、そして手紙の存在を他の誰にも知られたくなかったからなのだろう。

コルネは睨《にら》み合う両者の間に足を踏み入れる。

「ちょっと待ってください。一つ確認しますが、リネットさんが亡《な》くなったのは、本当に逃げ出そうとしたメルヴィン様を庇ったためなんでしょうか？」

エーリクは不愉快《ふゆかい》そうに眉根《まゆね》を寄せる。対して、メルヴィンは唇《くちびる》を引き結んだ。

そのメルヴィンの反応を見たコルネは、自分の予想が正しいことを確信する。

「メルヴィン様、エーリクさんに全部お話ししてないんですか？　十年前の事件が起きるきっかけとなったのが何だったのか、ちゃんと話さなかったんですか？」

「……どうして、何故、お前がそんなことを知っているんだ？」

ポケットに仕舞《しま》い込んでいた手紙を出すと、息を詰《つ》めるメルヴィンへと手渡した。

「勝手に読んでしまい、本当に申し訳ございません。でも、これはきちんと受け取るべき方にお渡しした方がいいと思います」

「……だが、それは、その中には」

「メルヴィン様は色んな方を守るためにこの手紙を隠したんですよね。もちろん嘘が必要なときもあると思います。十年前、メルヴィン様はエーリクさんのことを思って嘘を吐いたのかもしれません。ですが、今必要なのは嘘ではなく、真実だと私は思います」

血がぽたりと地面にこぼれ落ちていく。茶色い土の上に落ちた赤い雫《しずく》は、じわじわと砂の中に染《し》み込む。

「お前たちは先ほどから一体何の話をしているんだ？　真実とは何のことだ？」

一人だけ蚊帳《かや》の外に置かれたエーリクが、苛々《いらいら》とした口調で詰問《きつもん》する。手紙を手にしたメルヴィンは迷うように目を閉じ、しかしすぐに開いてエーリクへと青い瞳《ひとみ》を向ける。

「十年前のあの日、お前は高熱と激痛とで苦しんでいただろう。体が丈夫《じょうぶ》でめったに熱など出さないお前が、あの日だけは信じられないほど激しい体調不良に襲《おそ》われた」

「それがどうした。そんな状態の俺よりも、母は誕生日だったお前を優先した。俺が高熱にうなされ、激痛に苦しみながらも母とお前のところに向かうと……血だまりで倒れ伏《ふ》す母の姿があった」

「ああ、そうだ。リネットの姿を見た直後、お前は意識を失って倒れた。それから三日三晩、意識不明の状態で苦しみ続けた。お前が血をそこまで苦手とするのは、リネットの大量の血を見たこと、そしてその後生死の境をさ迷ったことも関係しているんだろう」

自らを落ち着かせるための一呼吸を置いて、メルヴィンは真実を話し始める。

「リネットが苦しむお前の看病ではなく、俺の下《もと》に来ることを選択《せんたく》したのは……彼女が脅《おど》されていたからだ。息子《むすこ》に、エーリクに毒を盛り、自分に協力しなければ解毒剤《ざい》は渡さないと、俺を襲った高官に脅されていた」

エーリクの口から「は？」と素《す》っ頓狂《とんきょう》な呟《つぶや》きがもれる。その目が大きく見開かれていく。

「警備の目を誤魔化《ごまか》し、俺と二人きりになれる場を作れと、そう無理矢理協力させられていたらしい。リネットは迷い、だが、協力することを選んだ。俺よりもお前の方がずっと大事だったからだ」

エーリクは母が自分よりもメルヴィンを優先していたと思っていたようだが、実際のところは息子であるエーリクを何よりも大切に想《おも》っていたのだろう。

「殺すつもりはない、ただ少し血をもらうだけだと言われたようだ。当然、リネットは俺の血に病気や怪我《けが》を治す力などないと知っている。だが、高官はリネットの言葉になど耳を貸さず、俺を襲って背中を切りつけ……殺そうとした。大量の血を求めて」

そのときの光景を思い出したのか、メルヴィンは辛《つら》そうに目を伏《ふ》せる。

「リネットはとっさに俺を庇ってくれた。自分が協力したせいで危険に巻き込んですまないと、そして、苦しむお前の傍《そば》にいられなくてごめんねと、そう言って息を引き取った」

「──嘘《うそ》だ、嘘を言うな！　あの母がそんなことをするはずがないだろうが！」

茫然自失《ぼうぜんじしつ》、といった様子を見せていたエーリクは、突如《とつじょ》大声を上げる。母親の名誉《めいよ》が汚《けが》されようとしているのだから、激怒《げきど》するのは当然の反応だろう。

メルヴィンは手にしていた手紙、リネットからエーリクへと宛《あ》てた手紙を差し出す。

「これはリネットが書いた手紙だ。彼女の荷物の中に見付け、俺がずっと隠し持っていた」

危ない橋を渡るのだから、何があってもいいようにあらかじめ手紙を残していたのだろう。もしかしたら心のどこかで命の危険を感じ取っていたのかもしれない。

手紙を奪うように乱暴に取ったエーリクは、すぐにその内容を読み始める。

「俺は嘘を吐いた。俺が一人で逃《に》げようとして、リネットが庇って死んだ、と。リネットが高官に協力していたことは決して口外しなかった。リネットの名誉を守りたかったのもあるが、それ以上にエーリク、お前を守りたかったからだ」

メルヴィンを襲った高官は解毒剤を持っていなかった。エーリクが誤って毒を摂取《せっしゅ》してしまったことにして、メルヴィンは症状《しょうじょう》からいくつかの毒に絞《しぼ》り込んで王宮の医師に進言した。幼い頃《ころ》からすでに本の虫だったようだ。

「死の淵《ふち》からどうにか体は生還《せいかん》したが、母親の死を知ったお前の心は死んでいた。もしあのときリネットがしたことを知ったら、お前は自殺するんじゃないかと思った」

文面を読み進めていくごとに、エーリクの顔から表情が抜《ぬ》け落ちていく。

軽く読んだだけだが、手紙の中には自分が脅されていたこと、エーリクを守るために罪を犯《おか》すこと、自分に何があっても誰《だれ》かを、メルヴィンを恨《うら》むことはしないでほしいこと、最後に息子への深い愛情が綴《つづ》られていた。

（メルヴィン様を絶対に恨まないで、っていうリネットさんの切実な言葉が、私の背中を押してここまで、メルヴィン様のところまで導いてくれた）

文面だけでも、心優《やさ》しく、息子想いの愛情深い人だとわかる。エーリクを盾《たて》に脅迫《きょうはく》などされなければ、絶対に自ら罪を犯すような人ではなかったはずだ。

「恨まれてもいい、憎《にく》まれてもいい。生きて傍にいてくれれば、それでいいと思っていた。けれど、俺はあの日、選択を間違《まちが》えたんだな。お前を信じ、真実を話すべきだった」

表情が完全に消え失《う》せた顔に、今度は次々と表情が浮かび上がっていく。しかし、そのどれもがすぐに霧散《むさん》していく。

憎悪《ぞうお》、殺意、苦悩《くのう》、嫉妬《しっと》、恨み、怒《いか》り、悲しみ、後悔《こうかい》、罪悪感、親愛——深い愛情。

そして、最後に残ったのは——嘲笑《ちょうしょう》だった。自らを嘲笑《あざわら》う笑《え》みが、口元を歪《ゆが》ませている。それはあまりにも痛々しいもので、見ている方まで苦しくなってくる。

エーリクの口から乾《かわ》いた笑い声が吐《は》き出される。音を立てて、地面に剣が落ちていく。空いた右手が額に当てられ、視線は力なく虚空《こくう》をさ迷っている。

「は、はは、あんなにお前を憎んだのに、すべてが無意味、何も知らなかった俺の逆恨《さかうら》みでしかなかった、というわけか……。しかも、結局のところ母が死んだのは俺のせい。俺を助けるために協力などしなければ、死なずに済んだのに」

メルヴィンが傷付くことを恐《おそ》れてひきこもってしまったように、エーリクもまたずっと大切な人を失った悲しみから抜け出せず、暗い場所をさ迷い続けていたのかもしれない。エーリクが犯した罪は許されないものだ。だけど、悲しみで溺《おぼ》れてしまった彼が生きるための手段は、憎しみしかなかったのかもしれない。

すべてを諦《あきら》めてしまったかのように、両手がだらりと落ちていく。そして、そのまま地面に膝《ひざ》をついてしまった。

もうエーリクから殺意は感じられない。否《いな》、殺意以外の感情も全部消えてしまった。何もかもすべてどうでもいいと、虚無感《きょむかん》だけがエーリクを覆《おお》っている。

「すまない。何もかも俺自身が弱かったせいだ。許してもらえなくても、これから少しでもリネットに顔向けできるよう、認めてもらうことができるよう頑張《がんば》るつもりだ」

メルヴィンはエーリクと視線を合わせるため、地面に膝をつく。そして、流れ落ちていく血を気にした様子もなく、必死にエーリクへと話しかけ続ける。

「すぐには無理かもしれない。だが、必ず王族の一員として、この国や民《たみ》のためにもっと尽《つ》くせるように努力する。リネットに恥《は》じない人間になる。だから」

その先に続くであろう言葉は、エーリクによってばっさりと切り捨てられる。

「真実はわかった。だが、真実を知ってもなお俺はお前を許すつもりはない。和解など絶対にごめんだ」

エーリクは忌々《いまいま》しそうにメルヴィンを見る。そこにはやはり消せない憎悪と殺意があったが、すぐに視線は逸《そ》らされてしまう。そして、口元に歪んだ笑みが浮《う》かぶ。

「大分遅《おそ》い到着《とうちゃく》だが、ようやっと俺の首を取りに来たのか？」

「お前の首なんて私は欲しくもないけどね。メルヴィンに一週間猶予《ゆうよ》を与《あた》えていたから様子を見ていたが、とどのつまりこういうことになるだろうとは思っていたさ」

いつの間にか、コルネたちのすぐ傍にトラヴィスが立っている。銀の長い髪《かみ》を揺《ゆ》らし、柔和《にゅうわ》な微笑《ほほえ》みをたたえる姿は、この異常な場においてもいつも通りすぎて逆に寒々しい。

「兄上！　待ってください、ここは俺が——」

「メルヴィン、もうお前の個人的な意見とか希望とか、そんな私的な感情は無意味だよ」

ゆったりとした静かな口調で、顔にも微笑みが浮かんでいるのに、圧倒《あっとう》的なまでの威圧《いあつ》感《かん》がある。慌《あわ》てて立ち上がったメルヴィンはぐっと口を閉じるしかなかった。コルネもまた、放たれる静かな威迫《いはく》に口を挟《はさ》むことができない。

「形だけの裁判をして、それから公開処刑《しょけい》、って流れか」

「正解、よくわかっているじゃないか」

「有能で優秀《ゆうしゅう》、公平で公正な次期王位継承《けいしょう》者様は、国の法律にちゃんと従わないとな」

トラヴィスはエーリクの正面に回ると、顔を近付けてにっこりと笑いかける。

「大丈夫《だいじょうぶ》、たとえ公開処刑でも私が直々にお前の首を切り落とすからね」

「そうか。で、いい加減無駄《むだ》なお喋《しゃべ》りはやめて、牢《ろう》でもどこでも連行して欲しいんだが。これ以上そこにいる死ぬほど嫌《きら》いな奴《やつ》の顔を見たくないんでな」

「はいはい。じゃあね、メルヴィン。その怪我、きちんと治療《ちりょう》しておきなよ。コルネ嬢《じょう》、任せたからね。この辺りの片付けや修理は後から手配しておく」

軽く手を挙げたトラヴィスは、いつも離宮《りきゅう》を訪《おとず》れているときのようにエーリクを伴《ともな》って歩き出す。半歩後ろを歩くエーリクが逃げるとか攻撃《こうげき》するとか、そんなことは一切《いっさい》考えている素振《そぶ》りもなく、出入り口へと歩いていった。

去り際《ぎわ》、エーリクはメルヴィンのことを一瞥《いちべつ》もしなかった。二人の姿が森の中へと消えてから、コルネは呆然《ぼうぜん》とした面持《おもも》ちをしているメルヴィンに声をかける。

「本当にこれでいいんですか、メルヴィン様。この結果で後悔しませんか？」

「……後悔、か。だが、他《ほか》に道はない。俺がいくら和解を望んでもエーリクは受け入れないだろう。それに、エーリクのしてきたことを考えれば……処刑以外に罪を償《つぐな》う道はない」

重々しい息が吐き出される。もはや半分以上沈《しず》んだ太陽が、空を橙《だいだい》から赤紫色《あかむらさきいろ》へと染めていく。吹《ふ》き抜けていく風には夜の冷たさが混じり始めている。

「でしたら、まずはちゃんと調べてみませんか？」

「は？　調べる？　急に何だ」

「実は私、ちょっと腑《ふ》に落ちない点があるんですよね。私では何故《なぜ》そう感じるのかわかりませんが、メルヴィン様ならきっと正しい答えを導き出してくれるはずです」

ポケットからハンカチを取り出したコルネは、血が流れ続けているメルヴィンの腕《うで》に当てて強く押さえる。痛みからか、あるいは別の感情からか、眉《まゆ》が寄せられていく。

「ほら、やれることは全部やってみましょう。やらなかった後悔よりも「やった後悔の方がいい、か。もう耳にタコだな、その言葉は」

澄《す》み渡《わた》った青い瞳《ひとみ》に、涙《なみだ》の煌《きら》めきがゆらゆらと膜《まく》を作っていく。沈みゆく太陽に照らされて、涙の膜が揺れ動く。実際に涙は流れていないが、泣きぼくろの上をこぼれていく雫《しずく》が見えた気がした。

涙の膜を隠《かく》すように両目を閉じたメルヴィンは、「わかった」と小さく首を縦に動かす。

コルネは暗い雰囲気《ふんいき》を吹き飛ばすため、努めて明るい口調で声を出した。

「よし、それじゃあ、まずは怪我の手当てをちゃんとしましょうね」

「畑を壊《こわ》して悪かったな。だが、一つだけ言っておく。俺はお前があそこにピーマンを植えていたこと、絶対に許さないからな。もう一度言う。絶対に許さない」

「え⁉　いや、でも、今回すごく助かったんですから、むしろピーマンの存在に全身全霊《ぜんれい》で感謝するべきところだと思いますよ」

「確かに助かった。だが、絶対に許さない。けれど、お前が……コルネが俺の傍にいてくれたら、いつか許そうと思える日が来るかもしれない。だから、傍にいろ」

コルネはきょとんとしてしまった後、すぐに満面の笑みで「はい！」と答えた。

太陽が完全に沈み、闇《やみ》で覆われる夜がやってくる。森は漆黒《しっこく》で覆われていく。だが、必ず朝日は昇《のぼ》ってくる。

どれほど悲しいことがあっても、どれほど苦しいことがあっても、それでも生きている限り何度でも朝日を迎《むか》え、何度でも新しい一日を始めていかなければならない。

それはときにとても辛《つら》いことかもしれないが、でも、一人ではなく二人ならば、きっと一人のときよりももっとずっと頑張れるはずだ。一人ではできないこと、思いつかないことが、二人ならば見付けられるかもしれない。

「お前が世話係になってくれてよかった。ありがとう」

あどけない笑みを浮かべたメルヴィンの長身が、ぐらりと傾《かたむ》く。何が起きるのか察したコルネは、反射的に手を伸《の》ばして倒《たお》れていく体を支えようとした。が、踏《ふ》み留《とど》まることができず、二人揃《そろ》って地面へと倒れ込む結果となった。

もしやと思いながらメルヴィンの顔をのぞき込むと、想像通り気持ちよさそうに眠《ねむ》っている姿があった。間近にある穏《おだ》やかな寝顔《ねがお》を見るとほっとする反面、どこか落ち着かない気持ちにもなる。

不思議と心臓の拍動《はくどう》が速くなり、言いようのない、けれど決して嫌《いや》ではない温かさが広がっていく。重なる体温に熱が徐々《じょじょ》に上がっていくようだ。

「……おやすみなさい、メルヴィン様」

寄りかかるメルヴィンの髪をゆっくりと撫《な》でる。柔《やわ》らかな髪に触《ふ》れると、くすぐったい気持ちになる。熱を帯びた頰《ほお》が緩《ゆる》んでいく。

メルヴィンに抱《いだ》き始めた気持ちがどんなものなのか、コルネにはまだわからなかった。

でも、遠くないいつか、この気持ちに付ける名前を知る日が来ると、そうコルネは目元と口元をほころばせながら思った。

終章 竜王子とお世話係

形ばかりの裁判が行われ、有罪かつ死刑《しけい》の判決が出てから二週間後。王都の中央広場にてエーリク・フレッカーの公開処刑が執《と》り行われることとなった。

異例の早さで実施《じっし》される背景には、エーリクがすべての罪を事実として認めた上、本人の強い希望があったからだ。また、罪人が爵位《しゃくい》を有する貴族ということもあり、国内の混乱を素早《すばや》く収めるため一刻も早い処刑を行うべき、という判断を多くの高官が下したことも関係している。

死刑執行《しっこう》は、処刑されるエーリクと名乗りを上げた当人の強い希望のもと、トラヴィス・ドロテリア第一王子が担《にな》うことになった。国王を始め高官や貴族は、そんな汚《よご》れ役を次期王位継承者であるトラヴィスがするべきではないと大反対したものの、当の本人は
「私の役目ですから」と笑顔《えがお》で一蹴《いっしゅう》した。

噴水《ふんすい》前に設けられた処刑場から半径百メートルほどは、国王やトラヴィスを含《ふく》めた関係者以外の立ち入りが禁止されている。だが、次期団長候補と呼び声の高かった人物の処刑を一目見ようと、離《はな》れた場所には騎士《きし》に押し留められている大勢の国民の姿がある。

冤罪《えんざい》じゃないのかとか、実は黒幕はトラヴィスなんじゃないのかとか、勝手な想像や希

望が入り交じった話があちこちでまことしやかに囁《ささや》かれていた。

「最後に言い残すことは？　処刑が怖《こわ》いとか、弱音でも構わないよ」

「言いたいことなど何もない。それに……今さら死ぬことが怖いはずがないだろうが」

「ふうん、そうか。じゃあ、お別れだね、エーリク」

「ああ、じゃあな、トラヴィス」

片方は銀に煌めく長剣《ちょうけん》を手にし、片方は俯《うつむ》いて切り落としやすいように首をさらし。ざわめいていた場が水を打ったかのごとく静まり返る。

剣を摑《つか》んだ死刑執行人の手が、青空に向かって無慈悲《むじひ》にも振《ふ》りかざされようとした瞬間《しゅんかん》。

「――待ってください、お願いします！」

驚愕《きょうがく》と混乱、悲鳴と喚声《かんせい》が入り交じる中、竜《りゅう》の姿をしたメルヴィンは空中から地上、トラヴィスとエーリクの正面へと舞《ま》い降りる。

大きな翼《つばさ》から巻き起こされる風に乗って、周囲から戸惑《とまど》いの声がいくつも聞こえてくる。

「――竜!?　そ、そんな、嘘《うそ》だろ!?」

「ま、まさか、本当に竜が存在していたなんて……!?」

あちこちで「偽物《にせもの》？」とか「幻覚《げんかく》？」といった混乱の喧噪《けんそう》が広がっていく。

激しく当惑《とうわく》はしているものの、恐怖《きょうふ》や不安で逃げ惑《まど》うような気配はなかった。存在を疑問視している国民が多いとはいえ、竜は建国に携《たずさ》わった伝説上の存在だ。恐怖よりは畏敬《いけい》の念の方が強いのかもしれない。

コルネがバスケット片手に背中から下りると、メルヴィンは本来の人の姿へと戻《もど》る。一《ひと》際《きわ》さざめきが大きくなった。

「王族特有の銀髪《ぎんぱつ》……もしかして第二王子のメルヴィン様か!?」

「病弱だって噂《うわさ》のメルヴィン様が、竜の姿に……？」

不特定多数の人間に囲まれている状態はかなりの負担だろう。それでも、メルヴィンは懸命《けんめい》に猫背《ねこぜ》を伸ばし、ゆっくりとトラヴィスへと近付いていく。

「どうか少しだけ自分に時間をください、トラヴィス兄上」

「……はあ。随分《ずいぶん》と派手な登場をしたねえ。まさかこう出るとは」

「父上にはあらかじめきちんと話した上で、許可をもらっています。絶対反対されると思いましたので、兄上にはこのように事後報告となりましたが」

「そういうことか。しかし、これじゃあまた、お前がひきこもる前の二の舞《まい》になるんじゃないか？　そもそもこんな大勢の前で竜の姿になって支障はないのか？」

「俺が暴走する心配をしているのならば、問題ありません。対策はしてきました」

ちらりとメルヴィンの目がコルネの持つバスケットへと向く。中に入っているのは大量のピーマンだ。新月ではないので自我を失う可能性は低いが、国民の前に出るという精神

面に大きな負担をかけることをする以上、万が一のことを考えておく必要がある。

「俺の体質についても、俺自身の口から国民へと説明します」

メルヴィンはエーリクを一瞥《いちべつ》した後、周囲に集まっている国民へと視線を向ける。体の横できつく握《にぎ》られた手はかすかに震《ふる》えている。

エーリクに自白剤《ざい》を打たれてからというもの、メルヴィンの体調は下降したままだ。栄養不足や睡眠《すいみん》不足なども重なり、細い体がさらに痩《や》せ細ってしまった。遠目から見ても弱々しく、心配になるほどだ。

「まずはここに集まった人々に、心から謝罪したい。俺が幼い頃《ころ》病弱だったのは事実だが、今はただ周囲から逃《のが》れるため、自らが傷付くのを恐《おそ》れて、ずっと表に出ることなくひきこもり続けていた。他人を信じることができず、ずっと人間不信で、王族としての役目を果たすことができなかった」

紡《つむ》がれる声はわずかにかすれてはいるものの、凛《りん》とした響《ひび》きを伴《ともな》って広がっていく。

「昔、俺の血を飲めばどんな怪我《けが》や病気も治ると、そんな噂が流れたことがある。だが、それはすべて嘘だ。俺たち王族は確かに普通《ふつう》の人よりは頑丈《がんじょう》で、病気になりにくいかもしれない。だが、絶対に病気にならないわけではなく、また、怪我だって普通にする」

メルヴィンの目が父親、国王に向けられる。青白い顔の国王が病気を患《わずら》っていることは誰《だれ》の目から見ても明白だ。そもそも今のメルヴィン自身もまた、病弱ではないと宣言したものの、端《はた》から見ると不健康そのものだった。

そして、メルヴィンは右腕に巻かれていた包帯を外し、まだ痛々しい傷口を人目にさらす。再び血が滴《したた》り落ち始めたその怪我は、先日エーリクに切られたものだ。

「先ほど実際に見てもらったように、俺に竜の姿になれるほど濃《こ》い血が流れているのは事実だ。だが、この通り普通に怪我を負う上、当然一瞬《いっしゅん》で治ることもない。自分自身でこれなんだ。俺の血を飲んだところで怪我や病気が治るはずがない」

ただ違《ちが》うと、そんなことはないと訴《うった》えるだけでは納得《なっとく》してもらうことはできない。きちんと筋道を立てて説明することで、嘘が広がることを防ぐことができると、メルヴィンは自らの体質をすべて国民へと明かすことに決めた。

「どうか嘘か本当かわからない噂などではなく、俺の言葉を信じて欲しい。信じてもらうことができるように、これから少しずつ王族としての役目も果たしていくつもりだ」

国民に向かって深く頭を下げるメルヴィン。戸惑いの声が入り交じった騒音《そうおん》は消えないが、それでも非難するような言葉は聞こえてこない。それだけでも今は十分だろう。

頭を上げたメルヴィンは今度こそエーリクと向き合う。その顔には迷いも怯《おび》えもない。

「話があるんだ、エーリク」

「そんなもの俺にはない。いいから処刑《しょけい》を続けさせろ」

「言葉が足りなかったな。話の内容はお前のことだが、話すべき相手はお前じゃない」

怪訝《けげん》な眼差《まなざ》しで見上げてくるエーリクを置いて、メルヴィンは再び周囲を見やる。

「俺が今日ここに来たのは、エーリク・フレッカーへの処刑に異を唱えるためだ」

エーリクだけでなく、傍《そば》にいたトラヴィス、そして周囲の国民も全員が呆《ほう》けた面持《おもも》ちをする。何を言っているんだこいつは、という言葉がその表情から聞こえてくる。

「エーリクに処刑判決が下されたのは、ルヴェリエ夫妻と御者《ぎょしゃ》、窃盗《せっとう》犯の男とラコスト準男爵《だんしゃく》、五名への殺害を自白したからだ。だが、実際のところは誰一人として殺していない」

ざわっと、周囲にどよめきが広がる。まさか、そんな、と聞こえてくる声に被《かぶ》せるように、メルヴィンは大きな声で先を続ける。

「まず、ルヴェリエ夫妻の馬車事故は、間違《まちが》いなく不運な事故だったことが判明している。怪《あや》しい点、突然《とつぜん》の御者と経路の変更《へんこう》、車輪の傷について再度綿密に調べ直したが、エーリクが関与《かんよ》している証拠《しょうこ》は一切《いっさい》出てこなかった。そもそも馬車事故の三週間ほど前から、エーリクは兄上、トラヴィスの外国留学に付き従い国を離れている」

トラヴィスは次期王位継承《けいしょう》者として、様々な国への留学を行っている。当時はドロテリア王国からかなり離れた島国へ留学していた。エーリクが留学先から誰かに指示をした、という可能性ももちろんあったが、島国ゆえ容易に王国内の誰かと連絡《れんらく》を取り合うのは難しく、何よりも当時エーリクにはラコスト準男爵のような協力者はいなかった。

「窃盗犯の男とラコスト準男爵に関しては、共にグルーソル共和国内で生存が確認《かくにん》されている。二人とも何らかの薬を盛られてかなり衰弱《すいじゃく》した状態で、意識がはっきりしていないが、医師の見立てでは一月ほどすれば回復するだろうという話だった」

二人が本当に殺されているのか。コルネがその疑問を抱《いだ》いたのは、二人が姿を消した場に大量の血液が残されていた、という話を思い出したからだった。エーリクは血液に対して激しい拒絶《きょぜつ》反応を持っている。遺体がなくとももう生きてはいない、と暗に示すかのような殺害方法、血が大量に流れる手口を選ぶとは考えにくい。

メルヴィンの指示の下《もと》調査した結果、血液は人のものではなく牛や豚《ぶた》といった動物のものだと判明した。そして、二人がいなくなったそれぞれの現場から、共和国へと向かう怪しい馬車があったという目撃《もくげき》情報を見付け、結果、共和国から別の国に売り飛ばされる予定だった二人を発見した。

血液に関してはエーリクが手を下さず、他《ほか》の人間がやった可能性もあった。だが、メルヴィン曰《いわ》く、エーリクは基本的に何でも自分の手でやらないと落ち着かない性分《しょうぶん》らしい。特に自らにとって重要な事柄《ことがら》であればあるほど、他人には絶対に任せないと断言した。

「そもそものところ、エーリクに誰かを殺せるはずがない」

きっぱりと断言したメルヴィンに、トラヴィスが眉根《まゆね》を寄せる。何故《なぜ》そんなことが言い切れるんだと、そう訴える視線を受けて理由を口にする。

「リネットが死んだ際、エーリクは血液に対して激しい拒絶反応を抱くようになったが、それと共にもう一つ、精神に深い傷を負った。それが――死に対する強烈《きょうれつ》な恐怖だ」

エーリクは一瞬《いっしゅん》だけ驚愕《きょうがく》の表情を浮《う》かべたが、すぐに顔全体で不機嫌《ふきげん》さを表現する。眉根は深く寄せられ、鼻の付け根にはしわが刻まれた上、口元は激しく歪《ゆが》んでいた。

「お前は俺をずっと殺したいと思っていた。だが、これまで一度も殺そうとしなかった」

「それは、お前をじわじわと苦しめ続けるためだ。すぐに殺したら意味がない」

「違う、そうじゃない。お前は殺さなかったんじゃなくて、殺せなかったんだ」

竜《りゅう》になったメルヴィンに襲《おそ》われる直前で、エーリクはコルネの腕《うで》を引いて助けてくれた。本人に自覚はなかったのかもしれないが、目の前で人が死ぬ場面を見ていられなかった、見過ごすことができなかったのだろう。

ラコスト準男爵と窃盗犯の男、二人を手にかけなかったことからも明らかだ。

「恐らく他人を殺そうとすると、あのときの、リネットの姿が思い浮かぶんだろう？」

「黙《だま》れ、知ったような口をきくな！」

「自分は殺せない。かといって、他人を信用して殺しを任せることもできない。あまりに不器用で不格好、難儀《なんぎ》な性格だな。お前ほど犯罪者に不向きな人間はいない」

後ろ手に縛《しば》られたエーリクは、苛立《いらだ》ちを示すように目を閉じる。肯定《こうてい》も否定もしないが、その態度からメルヴィンが口にしたことが正しいということは明らかだ。

「マルロー夫人への協力など、エーリクが罪を犯《おか》したのは事実だ。だが、殺人はしていない。もう一度裁判を行った上で、犯した罪に見合った判決を下すべきだ」

しんと静まり返った場には困惑《こんわく》の空気が漂《ただよ》っている。メルヴィンの言っていることが正しいとしても、すぐには受け入れられないといった雰囲気《ふんいき》があった。

不安な色を浮かべた青い瞳《ひとみ》がコルネに注がれる。大丈夫《だいじょうぶ》だと、傍にいると、そう伝えるように小さく頷《うなず》き返せば、ほっとしたようにその瞳に自信が戻《もど》る。

今この場においてメルヴィンの味方と言えるのは、きっとコルネだけだ。それでも、メルヴィンは自らを奮い立たせて話し続ける。

「処刑は最も重い刑罰《けいばつ》だ。だからこそ、軽々しく行うべきものではない」

メルヴィンは続く静寂《せいじゃく》から視線を逸《そ》らし、ぎろりと睨《にら》み上げてくるエーリクを見下ろす。

「で、処刑をまぬがれて生き残ったとしたら、お前は俺に何をしろって言うんだ？　お詫《わ》びのために各地を放浪《ほうろう》すればいいのか、あるいはお前の手足となって働けばいいのか？」

「そんなもの俺が知るか。自分で考えろ」

突《つ》き放す口調に、言われた張本人だけでなく傍にいたトラヴィスまでも目を丸くする。

「俺は俺で、これから自分の役目を果たすのに精一杯《せいいっぱい》だ。お前のことまで考えていられない。考えたくもない。だから、自分のやりたいことぐらい自分で考えろ」

メルヴィンはエーリクに頼《たよ》りすぎ、彼に信頼《しんらい》を置きすぎていた。そして、エーリクもまた、メルヴィンのことばかり考え、他のことに目を向けてこなかった。

良くも悪くも近すぎた二人は、お互《たが》いのためにも距離《きょり》を置き、それぞれ違う道を歩み出すべきなのだろう。

「ただし、誰かに迷惑《めいわく》をかけることは許さない。それ以外だったら、相談してくれれば少し手を貸すぐらいならしてやってもいい」

どこか偉《えら》そうに胸を張るメルヴィンの姿に、ふっと、聞き逃《のが》してしまいそうなほど小さな笑い声がこぼれ落ちる。だが、視線を向けたときには、その笑い声の主であるエーリクみながらも前に進んでいけるはずだ。

見守っていたコルネの体から力が抜《ぬ》けていく。問題は山積みだが、それでもきっと悩《なや》みながらも前に進んでいけるはずだ。

「——ねえ、次の国王はトラヴィス様よりメルヴィン様の方が相応《ふさわ》しいんじゃない？」

何気なく発せられた一人の言葉に、周囲の人々がそうだ、その通りだと同意し始める。

「この国は竜が作った国なんだ、竜の姿になれる方が王に相応しいよな」

ほんの一握《ひとにぎ》りの人々だけだが、不穏《ふおん》な発言は瞬《また》く間に広がっていく。悪い方向に流れ始めた空気を打ち消すように、成り行きを見守っていた国王が一歩前に出る。

「本来ならばきちんとした場で告げるべきことだが、この場を借りて宣言させてもらいたい。今の私の状況《じょうきょう》から一目瞭然《いちもくりょうぜん》だと思うが、ここ最近、重い病気のため公務に支障が出ている状態だ。このままだと国内の政治に悪影響《あくえいきょう》を及《およ》ぼす可能性もある」

声や口調に威厳《いげん》はあるものの、顔色が悪くて体調は良くなさそうだ。わずかに咳《せ》き込む国王に、トラヴィスがすぐに寄り添《そ》う。国王はそれを軽く手を振《ふ》って制した。

「国王として見苦しいところを見せてすまない。命を脅《おびや》かすような病ではないが、長い療《りょう》養《よう》が必要だと医師に言われている。そこで、一年を目処《めど》に王位を第一王子のトラヴィスへと譲《ゆず》ろうと考えている。みなも知っての通り、トラヴィスは非常に優秀《ゆうしゅう》で、次期国王として誰《だれ》よりも相応しい人間だ。本人も王になるべく様々な努力をしてきた」

一呼吸置いて、退位を示した国王の口からさらに驚《おどろ》くべき言葉が放たれる。

「最近は特に外交に力を入れており、先日トラヴィスの尽力《じんりょく》のもと、隣国《りんごく》──グルーソル共和国との正常な国交回復を約する条約が締結《ていけつ》された。ドロテリア王国とグルーソル共和国は現在の断絶状態を改善、平和的な友好関係を今後築いていくこととなる」

一瞬静まり返った場に、これまでで最も大きなどよめきが生み出される。国王が一年後に退位することも衝撃《しょうげき》的だが、それ以上に国交回復という情報の衝撃が強い。

かくいうコルネも共和国との国交回復については全然聞いていなかった。だが、思い返せばメルヴィンは大分前から意味深なことを言っていた気がする。トラヴィスの手腕《しゅわん》、という形で発表されているが、恐《おそ》らくメルヴィンも陰《かげ》ながら協力していたのだろう。

「そんな、馬鹿《ばか》な……！」

「共和国との国交なんて絶対に認められないわ！」

否定的な意見が次々と吐《は》き出されていく。それほどまでに共和国への不信感は根深い、ということだろう。

「みなの不安や戸惑《とまど》いはもちろん私にもわかる。我々は長い間、過去の戦争に囚《とら》われ、今の共和国の現状を見ようとしてこなかった。しかし、それではこの国にとって不利益にしかならない。共和国には我が国にはない知識や技術がたくさんあり、現在は様々な国と積極的に国交を結んでいて、我が国よりも一歩も二歩も発展している」

現状、ドロテリア王国は豊かだ。それは土地や資源に恵《めぐ》まれているからで、かといっていつまでも枯渇《こかつ》しない資源はなく、環境《かんきょう》の変化もいずれ起きる可能性がある。

変化を拒《こば》み現状に留《とど》まり続けることは、確実に衰退《すいたい》へと向かっていく道だ。

「実際、共和国から供与《きょうよ》された治水技術により、我が国で発生していた水害の被害《ひがい》が圧倒《あっとう》的に減少している。他にもこの国にはない製鉄技術や、医療《いりょう》の点でも有益な技術を提供してもらっている。すぐに受け入れるのは無理かもしれない。だが、この国のより良い未来のために、どうか新たな道に進むことを国民全員で考えていってほしい」

国王が深々と、国民に向かって頭を下げる。騒《さわ》がしさは若干《じゃっかん》収まったものの、それでも不満や不安を訴《うった》える空気が消えることはない。

重苦しい雰囲気が流れる中、次に動いたのはメルヴィンだった。メルヴィンはトラヴィスやコルネたちから距離を取ると、再び銀色の鱗《うろこ》を有した竜の姿へと変化する。

硬質《こうしつ》な銀の鱗が日差しを反射する様は美しく、見惚《みと》れてしまうほど神々《こうごう》しい。国民が驚きや羨望《せんぼう》、畏敬《いけい》の眼差《まなざ》しを向ける中で、メルヴィンは竜の姿のままトラヴィスの前に移動すると、深く頭を下げて平伏《へいふく》の姿勢になった。

──雄大《ゆうだい》で壮麗《そうれい》な竜がひれ伏《ふ》す姿に、息を呑《の》む音があちこちから聞こえてくる。言葉はなくとも、その行動でメルヴィンがトラヴィスに服従する意思があると宣言している。

メルヴィンは再び人間の姿に戻ると、立ち上がって国民へと語りかける。

「俺は兄上が国王になることに賛成だ。俺自身が兄上を追いやり、国王の座に就《つ》くことはない。もし俺を国王の座に据《す》えるような動きがあれば、俺はこの国から出て行く」

真っ直《す》ぐに前を、民《たみ》たちを見据えるその姿には迷いなど一切《いっさい》なく、本気でそう考えていることが感じ取れる。それゆえに、誰一人として何も言えなかった。

「この国を作ったのは確かに人間と、そして竜かもしれない。だが、今はもう俺たち人間が生きる、人間の手で作り上げてきた国だ。竜ではなく、人間が治めてきた国だ。何よりも俺は竜の姿になれたとしてもただの人間、あなたたちと変わりない」

包帯を外したメルヴィンの腕からは、すっかり傷口が開いてしまったのか、とめどなく血が流れ続けている。ぽたりとこぼれ落ちる赤い血は、竜の血ではなく人間の血で、この場にいる大勢の人々のものと何ら変わりない。

「過去に縛られるのではなく、今にしがみつくのでもなく、より良い未来に向かって全員が協力して進んでいくべきだ。そして、この国の未来は竜ではなく、この国に住む一人一人の人間が築いていくべきものだ」

ふらりと、メルヴィンの体が傾《かたむ》く。二度も竜の姿に変化したことにより、体調がかなり悪化したのだろう。ふらつく痩身《そうしん》を支えたのは、すぐ傍《そば》に立っていたトラヴィスだった。

息切れして疲《つか》れ切ったメルヴィンの言葉を引き取ったのも、トラヴィスだ。

「どうか、私や弟にみんなの力を貸してほしい。この国を今よりもさらに素晴《すば》らしい国にできるのは、あなた方この国で生きる人々なのだから」

凛《りん》とした強い響《ひび》きは、不安や戸惑いの空気を少しずつ晴らしていく。トラヴィスの声には威厳があり、王族として人の上に立ち、導く存在としての力強さが宿っている。

真摯《しんし》に、揺《ゆ》らぐことなく語られる言葉には、信じたいと思えるだけの強さがあった。トラヴィスの堂々とした振る舞《ま》いに、徐々《じょじょ》に重苦しい空気は和《やわ》らいでいき、国民の顔には落ち着きが取り戻されていく。

すぐには無理かもしれない。恐らくものすごく時間がかかるだろう。だが、いつか遠くない未来に、ドロテリア王国はグルーソル共和国と手を取り合って、それが当たり前のように共に生きていくようになるかもしれない。

メルヴィンはようやく肩《かた》の荷《に》が下りたというように、コルネを見てそっと笑《え》みをこぼす。弱々しく、どこか眠《ねむ》そうで、不安と心配の色がにじむ微笑《ほほえ》みは、コルネにとっては威厳のある王族としての姿よりも素敵《すてき》で、とても格好良く感じられた。

「メルヴィン様、大丈夫ですか？」

「……全然大丈夫じゃない。無理だ、死ぬ。吐き気がする。頭が痛い」

広場から離宮《りきゅう》のある森へと戻って数分。ふらふらしつつもどうにか森の中を歩いていたメルヴィンだったが、離宮へたどり着くよりも前に気力が完全に途切《とぎ》れてしまったらしい。道の脇《わき》、草むらに移動すると、よろよろと座り込んでしまう。

しばらく立ち上がるのは無理だと判断し、コルネもまたメルヴィンの隣《となり》に腰《こし》を下ろす。

「すぐに包帯を巻き直しましたが、怪我《けが》の具合はどうですか？」

「問題ない。少し傷口が開いただけだ」

メルヴィンの腕《うで》に巻かれた包帯にはうっすらと血の色がにじんでいる。

「離宮に戻《もど》ったらちゃんと消毒して手当てをしますね。それから、食事を摂《と》ってきちんと眠ってください。せっかくエーリクさんの処刑《しょけい》を止められたのに、メルヴィン様が倒《たお》れてしまったら意味がありませんよ」

「わかっている。今回ばかりはお前の言葉に従う」

エーリクの処刑を覆《くつがえ》すために、メルヴィンはずっと睡眠《すいみん》時間を削《けず》って調査を続けてきた。馬車事故の現場やラコスト準男爵《だんしゃく》の屋敷《やしき》にまで、素性《すじょう》を隠《かく》した状態ではあるが自ら足を運んでいたほどだ。

これから、もう一度エーリクの裁判が行われることになる。罰《ばつ》は当然受けるだろうが、人を殺していないことが証明されたため、極刑《きょつけい》になることはないだろう。ただし、騎士《きし》でいることは当然できず、爵位《しゃくい》だけでなく領地も剝奪《はくだつ》されることになっている。

厳しい道であることは確かだが、意外にも最後に見たエーリクの顔には清々《すがすが》しい表情が浮《う》かんでいた。すべてを失い身軽になったことで、逆に気分が晴れたのかもしれない。

今後、エーリクもまた新しい道を模索《もさく》していくのだろう。

「それにしても、共和国との国交回復の発表には本当に驚きましたよ。ずっと前から計画していたことなんですか？」

「ああ、三、四年ほど前からだな。過去のいざこざはもちろん俺もわかっている。だが、すぐ傍にいる隣国であり、なおかつ著《いちじる》しい発展を遂《と》げている国だ。国交回復に舵《かじ》を切っていくべきだと、そう父上や兄上にずっと進言していたが聞き入れてもらえなかった」

メルヴィンはたくさんの本や資料から知識を得る中で、ドロテリア王国の今後にとってグルーソル共和国との国交が必要不可欠だと考えたらしい。だが、ずっと断絶状態を続けてきた王国にとって、メルヴィンの主張は受け入れられるものではなかった。

「ようやく一年ほど前、国交を回復した場合の利益を兄上に切々と説き、味方になってもらうことができた。だが、両国間で条約を締結したとはいえ、現段階ではまだ国交を回復する予定でしかない。実際に正常な国交回復までには、あと数年はかかるはずだ」

反論も多いようだが、目に見えて役立つ技術が大量に入ってきていることもあり、少しずつ反対派よりも賛成派の方が増えていくと予想される。

「ちなみにお前にだけ明かすが、俺がグルーソル共和国との国交回復を進めた大きな理由の一つは、共和国の書物を手に入れやすくするため、だったんだけどな」

まさかそんな私的な理由があるとは思っていなかった。いや、むしろそちらの理由の方がメルヴィンの場合はしっくりくる。

絶対に秘密にしておけよ、と続けるメルヴィンに、コルネは思わず笑ってしまった。

「わかりました、秘密にしておきますね。でも、私はいいと思いますよ。きっかけなんて何でもいいんです。ほら、終わりよければすべてよし、って言いますしね」

「ものすごく楽観的な考え方だな」

「それがゲードフェン家の人間の長所ですからね」

得意満面で答えれば、呆《あき》れと感心の入り交じった苦笑《くしよう》が戻ってくる。

「お前と一緒《いっしょ》にいると、あれこれ考えて心配しているのが馬鹿《ばか》らしく思えてくるな」

「それはメルヴィン様にとっていいことですか？　それとも悪いことですか？」

「さあな、どっちだろうな」

優《やさ》しい声音《こわね》を聞けば、おのずとどちらなのかは予想できる。

メルヴィンは不意に立ち上がると、コルネの前にひざまずく。

「お前が傍にいてくれて本当によかった。ありがとう」

すぐ目の前で大輪の花が咲《さ》いた感覚に包まれる。その身を守るかのごとく固く閉じられていた蕾《つぼみ》がふわりと開き、内側に閉じ込めていた繊細《せんさい》な美しさを惜《お》しげもなくさらけ出す。

世界で最も美しく、けれど、世界で最も咲かせることが困難な花が、銀と青の煌《きら》めきをまとわせた花弁を四方に広げて花開く。

世界中の美しいものだけを栄養として与《あた》え、世界中の儚《はかな》いものだけを水として与えられた花は、美しくも儚く、しかしその身に力強さと温かさも宿している。頭の芯《しん》をがつんと殴《なぐ》る暴力的なまでの美貌《びぼう》は、見た者の心を一瞬《いっしゅん》で奪《うば》い去っていく。

満面の笑みを咲き誇らせているのは、もちろんコルネの眼前にいる人物、メルヴィンだ。泣きぼくろのある目尻《めじり》を下げ、細められた青い目には無邪気《むじゃき》な光が瞬《またた》いている。銀に輝《かがや》く髪《かみ》に縁取《ふちど》られた顔はうっすらと赤みを帯び、口元は柔《やわ》らかな弧《こ》を描《えが》いていた。どこか甘い花の香《かお》りを思わせる色香《いろか》が漂《ただよ》っている。

メルヴィンのあふれんばかりの笑みを見るのはこれが初めてだ。取り繕《つくろ》うことなく自然に、屈託《くったく》なく嬉《うれ》しそうに笑う姿は、素直《すなお》で純真無垢《むく》なメルヴィン本来の内面を映し出している。

すぐ目の前、触《ふ》れられる位置にある笑顔を見た瞬間《しゅんかん》、ようやくコルネは自分の中に根付いている感情の答えを知ることができた。

(——私はメルヴィン様のことが好き。だから、傍にいたいって思うんだわ)

一度気付いてしまえば、すんなりと自らの感情を受け入れることができた。コルネの胸中でメルヴィンへの想《おも》いはすとんとあるべき場所に納まっていく。

メルヴィンは両手でコルネの手を包み込む。冷えて骨張った手が優しく、同時に力強く両手を握《にぎ》りしめていく。重ねられた手は冷たいはずなのに、温かなものがコルネの中にどんどん流れ込んでくる。

「お前に伝えたいことがある」

先ほどまでの笑顔は消え、真剣《しんけん》な面持《おもも》ちになったメルヴィンの顔がすぐ傍にある。青い瞳は一見すると氷のように冷えているが、実際は炎《ほのお》よりも熱い感情が宿っていることが交わった視線から伝わってくる。

「だが、今はまだ言う資格が俺にはない。やるべきこと、やらなければならないこと、やりたいこと、まだ何一つとして成し遂げられていない俺では」

一度唇《くちびる》を横に引き結び、メルヴィンは強い想いの込められた言葉をコルネに注ぐ。

「もう少しだけ待っていてほしい。俺がもっと自分に自信を持ち、自分のことはもちろん、お前のこともちゃんと守っていけると思えたときに必ず伝える。いつかという不確定ではなく、必ずという確定だ。だから、待っていてほしい」

コルネはメルヴィンの手を握り返し、心の奥底から沸《わ》き上がってくる笑みを浮かべる。

「はい、待っています。メルヴィン様のすぐ傍《そば》で、ずっとずっと待っています」

ただ待っているだけでなく、コルネもこれからもっと成長していこう。どちらかがどちらかに頼《たよ》りすぎることなく、対等な存在でいられるように、共に歩んでいけるように。

コルネの答えを聞いた瞬間、強張《こわば》っていた顔がふにゃりと緩《ゆる》む。さっきまでの美しい笑みとはまた違《ちが》う。年齢《ねんれい》よりもさらに幼さを感じさせるあどけない笑顔は、人間不信のメルヴィンがありとあらゆる鎧《よろい》を脱《ぬ》いだ証拠《しょうこ》のように思えた。ありのままの純粋《じゅんすい》な笑顔はコルネへの信頼《しんらい》と愛情の証《あかし》に感じられた。

無意識の内に見惚《みと》れて固まっていたコルネの頬《ほお》に、突然《とつぜん》何か柔らかなものが触れる。え？　と目をぱちぱち瞬かせるコルネの頬から温《ぬく》もりはすぐに去っていく。気のせいかと思ったものの、離《はな》れていくメルヴィンの顔を視界に捉《とら》えて、触れられた部分がどんどん熱を帯びていく。心臓が痛いぐらいに全力疾走《しっそう》を始める。

「あ、の、今、ええと、頬に」

コルネの頬に触れたのは恐《おそ》らく、いや、間違《まちが》いなくメルヴィンの唇だろう。不思議と、以前もどこかで感じたことがあるような気がしたが、大量の熱で埋《う》め尽《つ》くされていく頭では考えがまとまらない。

しどろもどろになって「あ」とか「う」とか意味のない言葉を呟《つぶや》くコルネから手を離すと、メルヴィンはコルネから顔が見えないような形で地面に横になる。

「――眠《ねむ》い。限界だ。ここで寝《ね》るから膝《ひざ》を貸せ」

努めてぶっきらぼうに告げられた言葉に答える間もなく、コルネの膝の上に重みが乗ってくる。当然メルヴィンの頭だ。洋服を通して、重さだけでなく温かさも思いっきり伝わってくる。いわゆる膝枕《ひざまくら》という体勢なのだろう。

予想していなかった展開に、奇《く》しくもいつかの牢《ろう》でのメルヴィンと同じ、思わず「ぎゃっ！」と叫《さけ》んでしまった。さっきまでの恥《は》ずかしさはすべて吹《ふ》き飛んでいた。

「ぎゃって何だ、ぎゃって」

「いや、だって、急に頭を乗せられたらびっくりしますよ！」

「だとしても、もっと別の叫び声は出なかったのか？」

「本当に驚《おどろ》いたときは可愛《かわい》い声なんて出ないんです！　それに、私は膝枕なんてやったことがないんですよ！」

「……俺だってやるのは初めてだ」

コルネに後頭部を向ける形で横になっているため、メルヴィンの顔はあまり見えない。だが、銀髪《ぎんぱつ》の間から見える耳は真っ赤に染められている。恥ずかしいのは自分だけではないとわかると、不思議と落ち着きが取り戻されていく。

「想像よりも寝づらい。が、これで我慢《がまん》するか」

ちょっと前の甘い空気はもはや欠片《かけら》も残っていない。諸々《もろもろ》の気恥ずかしさを隠《かく》すためか、メルヴィンの態度は一気にいつも通り、否《いな》、いつもよりも若干《じゃっかん》素っ気なくなっている。

だが、自分とメルヴィンはこれでいいのかもしれない。この距離《きょり》感《かん》と速度で、ゆっくりと進んでいけばいいのだろうと、コルネは顔をほころばせた。

メルヴィンが両目をゆっくりと閉じていく気配がする。

「俺は寝る。しばらく起こすな」

「わかりました。安心して眠ってください」

風で揺《ゆ》れる銀髪をそっと撫《な》でると、メルヴィンの口元から満ち足りた吐息《といき》がもれる。触れた部分から熱が生まれ、コルネの心に温かさをもたらしてくれる。その温かさの源は、幸せだ。ゆっくりとその幸せを噛《か》みしめると、幸福感が体も心も優しく包み込んでいく。

「おやすみなさい、メルヴィン様」

ゲードフェン伯爵《はくしゃく》家の借金が完済される日はまだまだ、いや、この先ずっと来ない可能性も高い。だが、もし借金がすべてなくなる日が来たとしても、それでも世話係の仕事を続けていきたい。メルヴィンのすぐ傍で、メルヴィンのことを支えられるように。

コルネは自らの膝の上で安心して眠るメルヴィンを見下ろし、かすかな笑い声をこぼす。その声には隠しきれないほどの深い愛情が込められていたことに、コルネ自身も、そして眠るメルヴィンも気付くことはなく、柔らかく吹き抜《ぬ》けていく風に運ばれ、晴れ渡《わた》った青空へと溶《と》けて消えていった。

あとがき

はじめまして、青田《あおた》かずみと申します。もし前作を読んでくださっている場合は、お久しぶりでございます。

このたびは本作品をお手に取っていただき、誠《まこと》にありがとうございます。ほんの少しでも読者の方に楽しいお時間を提供できておりましたら、これ以上の喜びはございません。

本作品は第十九回ビーンズ小説大賞にて奨励《しょうれい》賞をいただいたデビュー作の次、二作目の書籍《しょせき》となります。一作目が本の形になった際も夢のようでしたが、二作目もいまだふわふわと夢見心地が続いております。デビュー作を出版していただいたときに「必ず次の作品を生み出そう！」と意気込んでおりましたが、今回再び出版する機会を与《あた》えてもらい感無量です。

デビュー作がシリアスな場面の多い作品となりましたので、今作はサクッと軽くて甘い物語にしようと考えておりました。が、蓋《ふた》を開けてみれば前作同様ズシンと重量感のある作品となっており、改めて自らの技術不足を痛感する日々でした。

重くて苦い要素も多々ありますが、シリアスなだけの物語でなく、成長や幸せもしっかりと練り込むことができたのではないかと思っております。読み終えた後に、読者の方の心に響《ひび》くものがかすかにでもあれば幸いです。

　プロットの段階から担当編集者様には数々のご指導をいただき、原稿《げんこう》を作り上げる際にもたくさんの助言を与えてもらいました。担当編集者様のお力添《ちからぞ》えがなければ、本作品を完成させることはできなかったと思います。本当にありがとうございました。

　また、本作に素晴《すば》らしいイラストを描《えが》いてくださったウラシマ先生、心より感謝を申し上げます。キャラフをいただいた段階からすごくイメージぴったりで、驚《おどろ》きと同時に感《かん》嘆《たん》で息をもらしていました。特に彩色《さいしき》してくださったイラストは本当に美麗《びれい》で、色使いが鮮《あざ》やかで美しく、しばし言葉を忘れて見惚《みと》れてしまったほどです。

　校正者様を始め、本作品の出版に関わってくださった皆様《みなさま》に深く感謝いたします。

　最後となりますが、本書をお手に取ってくださった読者の方に、再度お礼を申し上げます。また新たな作品を読んでいただける日が来るように、鋭意《えいい》努力していきたいと思いますので、どうぞその機会が訪れた際には再びお手にとっていただければ幸いに存じます。

　皆様にまたお目にかかれる日が来ることを心より願っております。最後まで目を通していただき、誠にありがとうございました！

青田かずみ

「借金令嬢とひきこもり竜王子 専属お世話係は危険がいっぱい!?」の感想をお寄せください。
おたよりのあて先
〒102-8177　東京都千代田区富士見2-13-3
株式会社KADOKAWA　角川ビーンズ文庫編集部気付
「青田かずみ」先生・「ウラシマ」先生
また、編集部へのご意見ご希望は、同じ住所で「ビーンズ文庫編集部」
までお寄せください。

借金令嬢《しゃっきんれいじょう》とひきこもり竜王子《りゅうおうじ》

専属《せんぞく》お世話係《せわがかり》は危険《きけん》がいっぱい!?

青田《あおた》かずみ

角川ビーンズ文庫　23619

令和5年4月1日　初版発行

発行者――山下直久
発　行――株式会社KADOKAWA
〒102-8177　東京都千代田区富士見2-13-3
電話 0570-002-301（ナビダイヤル）
印刷所――株式会社暁印刷
製本所――本間製本株式会社
装幀者――micro fish

ISBN978-4-04-113593-8 C0193 定価はカバーに表示してあります。
◇◇◇

フロレラーラ王国の第一王女ルーティエは、幼馴染みの同盟国
王子と幸せな結婚を迎える――はずだった。
結婚式の最中、突如国が攻められ、人質として敵国に嫁ぐことに。
しかも相手は、不気味な仮面をつけた皇子で!?

●角川ビーンズ文庫●

前世で書いた小説に転生し公爵令嬢・レリアとなったが、自分が冷たく無表情な義弟・ルディウスをいじめて殺されるキャラだと気がつく。その未来の回避のため、弟を大切にするぞと決意し可愛がるうちに、なぜか義弟から迫られて!?

好　評　発　売　中　!!!

●角川ビーンズ文庫●

黒幕令嬢なんて心外だわ！
素っ頓狂な親友令嬢も
初恋の君も
私の手のうち
初恋を叶えるために
一生懸命なだけなのに――
「黒幕」なんて失礼ね！
第7回
カクヨムWeb小説コンテスト
恋愛（ラブロマンス）部門
特別賞
受賞
著／野菜《やさい》ばたけ　イラスト／赤酢《あかず》キエシ
幼い頃の初恋を胸に、ある「夢」を追いかける公爵令嬢・シシリー。
でも王太子の婚約破棄騒動など次々と邪魔が入り……って
私が解決するしかない、だと!?
史上最高にピュアな黒幕令嬢の華麗なる暗躍！
好評発売中！
●角川ビーンズ文庫●

著／陽炎氷柱《かげろう つづら》
イラスト／NiKrome《ニクロム》
妹に婚約者を取られたら見知らぬ公爵様に求婚されました
最低な婚約を破棄したら、
若き公爵様に求婚され
愛されモード突入!?
第7回
カクヨムWeb小説コンテスト
恋愛（ラブロマンス）
部門大賞 特別賞
受賞
伯爵令嬢・アマリアは妹に婚約者を寝取られ、ヤケで参加したパーティーで婚約破棄をしたいと見知らぬ人に愚痴を言ってしまう。
しかしその相手は若き公爵で、難なく婚約破棄を手伝い、今度はアマリアへ求婚してきて!?
好評発売中!!!

●角川ビーンズ文庫●

3回
角川ビーンズ小説大賞
原稿募集中!
君の"物語"がここから始まる!
https://beans.kadokawa.co.jp
詳細は公式サイトでチェック!!!
【一般部門】&【テーマ部門】
賞金 大賞 100万円
優秀賞 30万円
他副賞
締切 3月31日
発表 9月発表(予定)
イラスト/紫 真依